ड्रेगन एण्ड फायरहार्ड

क्रिस्टल का इतिहास

I0638115

अभिषेक चौधरी

डायमंड बुक्स

SMS New Hindi at 9911044500 for Alert

ISBN : 978-81-288-3629-9

© प्रकाशकाधीन

प्रकाशक   डायमंड पॉकेट बुक्स (प्रा.) लि.
            X-30 ओखला इंडस्ट्रियल एरिया, फेज-II
            नई दिल्ली
फोन   : 011–40712200
ई-मेल   : sales@dpb.in
वेबसाइट   : www.diamondbook.in

DRAGAN AND FIREHARD KRISTAL KA ITIHAS
by : Abhishek Choudhary

सारांश

हमारा और हमारे वैज्ञानिकों का कहना है, कि पृथ्वी हमारे सूर्य का ही एक छोटा–सा भाग है। इसके अलावा कुछ और भी ऐसे ग्रह हैं जो सूर्य से टूटकर ही बने हैं, ऐसा आज से लगभग करोड़ों–अरबों वर्ष पूर्व हुआ है। पर कुछ बातों से हम अन्जान हैं। जैसे कि एक "जादुई क्रिस्टल"।

जिसके बारे में पहले तो हमें नहीं पता था। पर दूसरे ग्रहों पर रहने वाले एलियन्स को जरूर पता था। इसलिए वे हमारी धरती पर कई बार आये और क्रिस्टल की तलाश में तबाही मचा कर वापस चले गये। लेकिन फिर भी उन्हें हमारी धरती के क्रिस्टल के बारे में पता नहीं चला।

हमारे वैज्ञानिकों को इस बारे में कुछ भी पता न होने के कारण वे दूसरे ग्रहों पर, जीवन की तलाश करने में लगे थे। हालांकि उन्हें दूसरे ग्रहों पर जीवन तो मिला और उन पर लोग भी, लेकिन वे उनसे बिल्कुल अन्जान थे। इसलिए वो उनसे अपना सम्पर्क बनाने का लगातार प्रयास करते रहे।

एक दिन जब उनकी कोशिशें सच साबित हुईं तो हमारे दो वैज्ञानिकों ने एलियन्स के ग्रह पर जाने के लिए अन्तरिक्ष यात्रा आरंभ कर दी। वहां उन्हें काफी खतरों का सामना भी करना पड़ा और यही कारण था कि उनकी मौत भी हो गयी। कुछ समय बाद एलियन्स जब दोबारा धरती पर आये तो इस बार उन्हें धरती के क्रिस्टल का पता चल गया और उन्होंने हमारी धरती के क्रिस्टल को पाने के लिए कई प्रकार की कोशिशें भी की, जिनमें उन्होंने धरती पर मरे ड्रेगन्स को अपनी शक्तियों द्वारा जिन्दा कर उन्हें पूरी तरह से अपने काबू में किया और धरती पर तबाही फैलाने की सोची। लेकिन हमारी दुनिया के जाने–माने साउथ–अफ्रीका के वैज्ञानिक डॉ. मल्होत्रा ऑक्सीहार्ड के रूप में सामने आये और धरती पर तबाही मचा रहे सभी बुराई के ड्रेगन्स का अन्त कर दिया।

उनके अन्त के साथ–साथ उन्होंने अपनी सारी शक्तियां अपने ही एक खास ड्रेगन को दे दी, जो उनकी पूरी लड़ाई में उनके साथ था। जिससे वह ऑक्सीहार्ड का रूप पा गया और हमारी धरती की रक्षा करने लगा। उसके बाद डॉ. मल्होत्रा अपने दोस्त डॉ. आर्या के साथ साउथ–अफ्रीका वापस आ गये, जहां पर उन्होंने अपनी रिसर्च एलियन्स पर शुरू की।

इस बार उनका मकसद एलियन्स को हमारी धरती पर तबाही फैलाने से रोकना था। उसी बीच एलियन्स ने एक बार फिर धरती पर हमला किया और ऑक्सीहार्ड धरती को बचाने भी आया जिससे हमारी दुनिया बच गई। लेकिन इसी दौरान बीच डॉ. मल्होत्रा की मौत भी हो गयी।

22 सालों के बाद डॉ. मल्होत्रा और डॉ. आर्या दोनों के ही बेटे बड़े हुए और उन्होंने 22 साल पहले हुई घटना की जानकारी प्राप्त की और अपने मकसद में कदम आगे बढ़ाया। उस दौरान उन्हें काफी मुश्किलों का सामना भी करना पड़ा, पर उन्होंने हार नहीं मानी और आगे बढ़ते गये। कुछ समय पश्चात् यश को अपने पिछले जन्म के बारे में पता चला, कि वह अपने पिछले जन्म में एक ड्रेगन था, जिसका नाम 'फायरहार्ड' था। यश अपनी सच्चाई जानने के बाद हैरान रह गया। उसे अपने पिछले जन्म में एक ड्रेगन होने का कोई दुख नहीं था, बल्कि उसे इस बात की खुशी थी कि, आखिर वह धरती की रक्षा करने में किसी प्रकार तो काम आया। इसी बात को यश अपना आधार बनाकर धरती के क्रिस्टल की तलाश में लग जाता है।

उसके साथ इस सफर में डॉ आर्या, करन और लेजली भी थे। वो उन सभी के साथ मिलकर अपनी कोशिशें जारी रखता है और समय आने पर उसे धरती के क्रिस्टल का पता लगते ही वह तबाही फैला रहे सभी बुराई के ड्रेगन्स का नाश करने के लिए निकल पड़ता है।

कुछ समय बाद एक बार फिर धरती पर एलियन्स के बनाये ड्रेगन्स का हमला हो जाता है, साथ ही यश को भी धरती के क्रिस्टल की पूरी जानकारी मिल जाती है और वह उस क्रिस्टल को पाने के लिए ऑक्सीहार्ड के साथ समुद्र से होकर धरती के नीचे बनी पानी की दुनिया में पहुंच जाता है, जहां पर उसे वह क्रिस्टल एक ड्रेगन के बड़े से कंकाल के बीचो–बीच रखा मिलता है, जो उसके पिछले जन्म का रूप था। समय के साथ–साथ उसके पूरे शरीर का मांस गल गया था। अब सिर्फ उसका कंकाल ही इस दुनिया में धरती के नीचे पानी की दुनिया में रह गया था।

यश पानी के अन्दर रखे कंकाल में क्रिस्टल पाने के लिए जाता है और उसके द्वारा क्रिस्टल को छूते ही वह एक बड़े ड्रेगन (फायरहार्ड) के रूप में बदल जाता है। उसी बीच वहां पर पानी में एलियन्स के बनाये बुराई के ड्रेगन्स आकर फायरहार्ड से युद्ध करते हैं और अन्त में पानी की दुनिया से बाहर निकलकर युद्ध करते हैं।

उनका यह युद्ध लगभग चार दिनों तक चलता रहता है। जबकि इसी बीच ऑक्सीहार्ड घायल भी हो गया, बुराई का नाश करने के लिए केवल फायरहार्ड ही दुनिया में अकेला लड़ रहा था। अन्त में फायरहार्ड धरती पर सभी बुराई के ड्रेगन्स का नाश कर दुनिया को बुराई के कहर से बचाने में कामयाब हो जाता है!

इस उपन्यास में सफर कर रहे हर किरदार को भयानक ऐडवेण्चर्स, अलगाव और मिलन की भावुकता, खतरनाक एक्शन का सामना करना पड़ता है। इसमें इण्डिया से अमेरिका तक, साउथ अफ्रीका व आइसलैण्ड से रोम तक का खाका बुना गया है।

विषय सूची

1. तबाही से सामना — 7
2. वापसी की मुस्कुराहट — 19
3. डायमण्ड हार्बर में हुई तबाही से सामना — 26
4. मस्तियों के दिन — 30
5. खतरों की दुनिया — 37
6. यादों में — 49
7. अन्जान बातें — 58
8. अतीत का सामना — 66
9. रहस्यमयी खजाने का नक्शा — 102
10. बेख़ौफ़ होकर मौत से सामना — 115
11. सच्चाई का सामना — 123
12. जादुई जंगल की दुनिया — 134
13. मौत का सौदागर — 144

1

तबाही से सामना

अमेरिका में आज रात के दो बजे बहुत ही तेज बरसात हो रही है, आसमान में बिजली कड़क रही है और अगले दिन के मौसम का भी किसी को कुछ नहीं पता कि मौसम साफ रहेगा या बरसात होती ही रहेगी।

इस बात का पता तो हमें अगले दिन ही चल पायेगा। दो लड़के जिनके नाम यश मल्होत्रा और करन आर्या हैं। अपने हॉस्टल में कमरे के खिड़की–दरवाजे खोलकर बरसात का आनन्द लेते हुए अगले दिन का इन्तजार कर रहे हैं।

अगले दिन का मौसम बहुत ही साफ और सुहावना होता है। सुबह के ग्यारह बजे, जब अमेरिका में कुछ विद्यार्थियों को उनके अच्छे अंक प्राप्त करने और एक कामयाब वैज्ञानिक बनने के लिए अमेरिका के राष्ट्रपति द्वारा उनकी डिग्री दी जा रही है, जिनमें सबसे पहले दो नाम यश और करन के हैं। जी हां, ये वही लड़के हैं, जो बीती रात अपने हॉस्टल के खिड़की–दरवाजे खोलकर बरसात का आनन्द ले रहे थे।

हम सभी को यह बात जानकर खुशी होगी कि वो दोनों ही हमारे देश 'इण्डिया' यानी भारत से हैं। उन दोनों ने ही आज अपने बचपन के सोचे हुए सपने को सच कर दिखाया है। जिसके कारण अब वे दोनों भी अपने–अपने पिता की तरह एक कामयाब वैज्ञानिक बनने के लिए पूर्ण रूप से तैयार हैं। हालाँकि यश के पिता डॉ. मल्होत्रा तो अब इस दुनिया में नहीं हैं, पर उनके सबसे अच्छे दोस्त और करन के पिता डॉ. आर्या अभी जिन्दा हैं और आज वो 'साउथ–अफ्रीका' के

'केपटॉउन' शहर में अपनी एक बहुत बड़ी कोशिश एलियन की खोज को अन्जाम दे रहे हैं।

खैर आज डॉ. मल्होत्रा कहीं भी हो, लेकिन आज वो अपने बेटे यश की कामयाबी को देखकर बहुत ही खुश रहे होंगे क्योंकि आज उनका बेटा भी उनकी तरह एक वैज्ञानिक बन गया है। साथ ही आज डॉ. आर्या के लिए भी बहुत बड़ी खुशी की बात है क्योंकि उनका बेटा भी यश की तरह अपने पिता व अपने सपने को सच कर रहा है। यही कारण है, कि अमेरिका में आज उन दोनों को पूरे कॉलेज की मेरिट लिस्ट में आने के लिए अमेरिका के राष्ट्रपति के द्वारा उनको डिग्री और मेडल दिये जा रहे हैं।

उनका ये शो, जो कि आज पूरी दुनिया के हर शहर में टी0 वी0 पर दिखाया जा रहा हैं, जिसे यश और करन दोनों की ही मां इण्डिया में डॉ. आर्या के घर में एक साथ बैठकर देख रही हैं। जबकि डॉ. आर्या 'साउथ–अफ्रीका' में अपने जूनियर्स के साथ बैठकर दोनों की ही कामयाबी को टी0 वी0 पर देखकर खुश हो रहे हैं।

पर वहां पर डॉ. आर्या से अपनी खुशी छिप नहीं पाती है और उनकी आँखों से आंसू छलक पड़ते हैं। जिसे उनके सहयोगी और बहुत अच्छे दोस्त डॉ. भटनागर देख लेते हैं और उनसे पूछते हैं कि "आपकी आँखों में ये आंसू कैसे डॉक्टर ?" डॉ.. आर्या पहले तो उनकी बातों का जवाब मुस्कुराकर टाल देते हैं। पर उनके दोबारा पूछने पर वो उनसे कहते हैं "हमारे ये आंसू तो खुशी के हैं, क्योंकि आज उनका और डॉ. मल्होत्रा दोनों का ही सपना उनके बेटों ने सच कर दिखाया है। अगर आज डॉ. मल्होत्रा होते तो वो न जाने कितने खुश होते।"

उसी बीच डॉ. मित्रा उस कमरे में आते हैं और कहते हैं "पर आज से 22 साल पहले हुए हादसे ने डॉ. मल्होत्रा जैसे काबिल वैज्ञानिक को हमसे और इस दुनिया से छीन लिया।" जिसे सुनकर डॉ. आर्या उदास हो जाते हैं और कहते हैं "कुछ भी हो, आज भले ही डॉ. मल्होत्रा हमारे बीच नहीं हैं, पर फिर भी कहीं–न–कहीं से तो वो जरूर ही अपने बेटे यश की कामयाबी को देखकर खुश हो रहे होगें और उसे अपना आशीर्वाद जरूर ही दे रहे होंगे।"

तभी उनकी एक सहयोगी, वैज्ञानिक डॉ. लेजली जो कि एक साल पहले ही उस रिसर्च सेन्टर में आयी हैं, उन्हें इस बारे में ज्यादा तो कुछ

नहीं पता है, पर फिर भी वो उन सबसे कहती हैं कि ''बिल्कुल डॉ. मल्होत्रा उन्हें जरुर देख रहें होंगे, पर आज से 22 साल पहले हुआ क्या था? इस बारे में आप लोगों ने हमें आज तक इस बारे में ज्यादा कुछ भी नहीं बताया।''

उनकी बातें सुनकर डॉ. मित्रा उनसे कहते हैं ''डॉ. मल्होत्रा तो आज से 22 साल पहले ही एक एलियन दुर्घटना में मारे जा चुके हैं। वो भी डॉ. आर्या के साथ ही एक बहुत बड़े वैज्ञानिक थे, और वो भी डॉ. आर्या के साथ अपनी खोज दूसरे ग्रहों पर रहने वाले कुछ एलियन्स पर कर रहे थे। उनकी ये कोशिश सच तो साबित हुई, पर वो जिन्दा नहीं बच सकें। लेकिन तब से आज–तक डॉ. आर्या, डॉ. मल्होत्रा की मौत के बाद से ही एलियन्स पर अपनी रिसर्च कर रहे हैं और उन्होनें अपनी ये कोशिश आज तक बन्द नहीं की।''

उनकी बात सुनकर डॉ. आर्या की आंखों में आंसू आ जाते हैं, जिसे वो छिपाने के लिए वहां से चले जाते हैं। उन्हें अकेला देख डॉ. भटनागर भी उनके पीछे–पीछे निकल जाते हैं और उन्हें खुद को संभालने के लिए कहते हैं। दूसरी तरफ डॉ. मित्रा, डॉ. लेजली के पास रुककर उसे मल्होत्रा के साथ 22 साल पहले घटित हुई घटना की बात बताते हैं कि कैसे डॉ. आर्या और डॉ. मल्होत्रा एक–दूसरे से जुड़े हुए थे, और आज भी वो उनके सबसे करीब हैं, तभी तो वो आज भी अपनी कोशिश को अन्जाम दे रहे हैं। पर इन 22 सालों में एलियन्स का एक भी यान इस धरती पर नहीं आया और जिस कारण वो हमेशा से ही ये सोचते रहे हैं कि अब शायद कोई भी एलियन अपना यान इस धरती पर नहीं उतारेगा। लेकिन फिर भी वो अपनी कोशिश करने में लगे हैं।

दूसरी तरफ जहां डॉ. आर्या, डॉ. भटनागर से एलियन्स के बारे में बात करते हुए कहते हैं कि अब शायद एलियन्स का यान धरती पर वापस कभी नहीं आयेगा। तभी डॉ. भटनागर उन्हें भरोसा दिलाते हैं कि हमें बस अपनी कोशिश करते रहना चाहिए। एलियन्स एक–न–एक दिन धरती पर जरुर आयेगें, आखिर धरती पर उनकी एक बहुत ही कीमती चीज; जादूई क्रिस्टल जो रह गई हैं।

उनकी ये बात सुनकर डॉ. आर्या को भरोसा हो जाता है कि एलियन्स जरुर ही आयेंगे और उनसे कहते हैं ''हां वो अपना क्रिस्टल;

जिसे वो 22 साल पहले ही धरती पर भूल गये थे। उसे लेने के लिए जरुर ही धरती पर आयेंगें और उन्हें आना ही होगा।''

उतने में ही डॉ. मित्रा वहां आते हैं और कहते हैं ''सर एलियन्स तो अभी आये या बाद में, पर अभी अमेरिका से यश और करन नाम के दो एलियन कुछ दिनों में इण्डिया के लिए रवाना होने वाले हैं और आपको भी इण्डिया जाना ही होगा।'' उनकी यह बात सुनकर डॉ. आर्या को हँसी आ जाती हैं और वो डॉ. मित्रा, डॉ. भटनागर के साथ नीचे अपने रिसर्च रूम में आते हैं, जहां पर डॉ. लेजली और उनके साथ उनकी पूरी टीम अपनी रिसर्च को अन्जाम दे रही होती हैं।

उनकी रिसर्च मिसक्लेयर को सही कर और भी ज्यादा शक्तिशाली बनाना, साथ ही उसमें ऐसे प्रोग्राम्स को बनाना होता है, जो कि एलियन्स के ग्रहों के बारे में आसानी से अधिक से अधिक जानकारी जुटा सके और उनके ग्रह में हो रही प्रगति का पता लगा सके।

हालाँकि मिसक्लेयर की सीमा केवल एलियन्स के ग्रह के बाहर तक ही सीमित रह सकती हैं, पर फिर भी वो एलियन्स से जुड़ी जानकारी हमारे वैज्ञानिकों तक पहुंचाने के लिए ठीक हैं।

अब आप सोच रहे होंगें, की ये मिसक्लेयर क्या हैं? तो हम आपको बता दें, कि यह एक ऐसी मशीन हैं, जिसे आज से 22 साल पहले डॉ. मल्होत्रा और डॉ. आर्या ने मिलकर बनाया था।

ये मशीन एक बड़े से रूम में कम्प्यूटर की तरह चारों दीवारों पर लगे मोटे काँच होते हैं, जिसकी स्क्रीन हरे पारदर्शी कांच की होती हैं, जिस पर काले और गहरे हरे रंग के संकेत दिखाई देते हैं। उसे ही उनकी पूरी टीम ठीक करने में लगी हैं।

पर उतने में ही डॉ. ऑर्या, डॉ. मित्रा और डॉ. भटनागर के साथ वहां पर आकर सभी मिसक्लेयर को ठीक से देखते हैं और डॉ. लेजली से पूछते हैं कि ''मिसक्लेयर को ठीक होने में अभी कितना समय लगेगा।'' तो लेजली उनसे कहती है ''सर अभी इसे ठीक होने में कम से कम 10 से 20 दिन लग सकते हैं। तब–तक के लिए आप इण्डिया जा सकते हैं।''

उनकी बातें सुनकर डॉ. आर्या, डॉ. भटनागर और डॉ. मित्रा से कहते हैं कि ''ठीक है, हम एक हफ्ते के लिए छुट्टी पर जा रहे हैं और हमारे न रहने पर आप दोनों को रिसर्च सेन्टर की जिम्मेदारी संभालनी होगी।''

उसी बीच डॉ. आर्या के पास कैमिकल विभाग से यानी दूसरे रिसर्च रूम से एक जूनियर वैज्ञानिक आकर कहता हैं "सर आपको जल्दी से कैमिकल रूम में चलना होगा। वहां पर बहुत बड़ी गड़बड़ हो गई हैं।" उसकी बात सुनते ही डॉ. ऑर्या, डॉ. मित्रा और डॉ. भटनागर के साथ कैमिकल रूम में जाते हैं। वहां पर पहुंचते ही वो घबरा जाते हैं, क्योंकि कैमिकल रूम में जो 22 साल पहले के एलियन का खून था, जो उन्होनें एक काँच के बॉक्स में एकत्र कर रखा था। उसमें से तेजी से धुआँ बाहर आ रहा था, जबकि वो काँच का बॉक्स पूरी तरह बन्द था। उसमें से ध ुआँ बाहर आता देखकर वो घबरा जाते हैं, पर कुछ ही देर में डॉ. आर्या पहले से भी ज्यादा घबरा जाते हैं, क्योंकि अचानक ही उस खून का रंग बदलकर हरे से नीला हो जाता हैं।

जिसे देखकर डॉ. आर्या वहां मौजूद कुछ लोगों से कहते हैं "लगता हैं, अब हमारा सामना एक भयानक तबाही से होने वाला हैं, पर हमें इसे रोकना ही होगा। आप लोग ऐसा करिए कि इस पूरे कमरे को हर तरफ से ऐसा बन्द कर दो, कि इसके अन्दर न ही बाहर की रोशनी आ सके और न ही अन्दर की रोशनी बाहर जा सके, और हवा भी आर–पार न आ जा सके।"

और कुछ लोगो से वो कहते हैं कि आप लोग रूम की लाइट्स और ऑक्सीजन ऑन कर दीजिए।

उसके बाद डॉ. ऑर्या, डॉ. भटनागर और डॉ. मित्रा को छोड़कर बाकी सभी लोगों को बाहर जाने के लिए कहते हैं, साथ ही ये भी कहते हैं की "आप में से कोई दो लोग बाहर रुक जाइये और हमारे बुलाने पर अन्दर आ जाइयेगा।"

उनके जाने के बाद डॉ. आर्या, डॉ. मित्रा और डॉ. भटनागर को हाथ में पहनने वाले दस्ताने और मुंह पर लगाने के लिए मास्क देकर उसे पहनने के लिए कहते हैं। साथ ही वो खुद भी मास्क और दस्ताने पहनकर एलियन के खून को कांच के बॉक्स में से बाहर निकालते हैं।

जैसे ही वो उसे बाहर निकालते हैं, वैसे तुरन्त ही वो काँच की शीशी एक तेज विस्फोटक की तरह विस्फोट करती हैं, जिसके कारण डॉ. मित्रा और डॉ. भटनागर दोनों ही अलग जाकर गिरते हैं, जबकि डॉ. आर्या एलियन के खून के पास होने व उसे हाथ में पकड़ने के कारण

तेजी से छत से की ओर उछलकर–टकराकर वापस जमीन पर आ गिरते हैं।, जिससे उनके सिर में काफी चोट भी आ जाती है। उनके साथ ही वो काँच की शीशी भी जमीन पर आ गिरने के कारण फूट जाती हैं।

जमीन पर गिरने के कारण उस शीशी में रखा सारा खून जमीन पर फैलकर तेजी से एक जहरीली गैस की भांति, धुएं की तरह पूरे कमरे में चारों तरफ फैल जाता है।

कमरे के अन्दर हुए हादसे से जो आवाज होती है, उसे सुनकर बाहर बैठे वो दोनों व्यक्ति अन्दर आ जाते हैं लेकिन बिना मास्क के अन्दर आने से उन पर जहरीली गैस का असर बहुत बुरा होता हैं और वो वहीं पर गिर जाते हैं, जिससे कुछ ही देर में उनकी मौत हो जाती है। (रिसर्च रूम में रखे एलियन के खून से बनी जहरीली गैस जहां भी पड़ रही थी, वहां पर वो ऑक्सीजन गैस के साथ मिलकर एक ऐसा जहर बना रही थी कि जो भी व्यक्ति उस गैस को सांस द्वारा ग्रहण करे, वो उसी समय मर जाये।)

धुंए के कारण डॉ. आर्या, डॉ. मित्रा और डॉ. भटनागर को कुछ भी नहीं दिखता हैं, पर गैस का बहाव बाहर की ओर जाते देखकर डॉ. आर्या रिसर्च रूम का दरवाजा बन्द कर देते हैं और वापस अन्दर आकर अपने दोनों वैज्ञानिकों से रिसर्च सेन्टर के सभी लोगों को सावधान करने के लिए कहते हैं। जिससे वो दोनों ही रिसर्च रूम से बाहर चले जाते हैं। पर डॉ. आर्या वहीं रुककर खतरे को टालने की कोशिश में लगे रहते हैं।

दूसरी तरफ रिसर्च सेन्टर के ही वैज्ञानिक डॉ. जार्ज, डॉ. आर्या के पर्सनल रिसर्च रूम की तरफ से गुजरते हैं तो उन्हें उस रूम से अजीब–अजीब सी आवाजें और कुछ गिरने की आवाज सुनाई देती हैं। जिसे सुनते ही वो घबरा से जाते हैं और तेजी से भागते हुए डॉ. भटनागर के पास जाकर उनसे कहते हैं, ''डॉक्टर, डॉ. आर्या के पर्सनल रिसर्च रूम में से अजीब–अजीब सी आवाजें और कुछ गिरने की आवाजें सुनाई दे रही हैं आप जल्दी से उस रूम में चलिए।'' डॉ. जार्ज की बात सुनकर डॉ. भटनागर उनसे कहते हैं, ''चीफ तो कैमिकल रूम में हैं और उनके रूम की चाबी भी उनके ही पास हैं।

अच्छा, आप रिसर्च सेन्टर के सभी लोगों को बाहर निकलने के लिए कहिए फिलहाल हम डॉ. आर्या को इस बात की खबर देते हैं।''

उसके बाद डॉ. जार्ज सभी लोगों को सावधान करने के लिए चले जाते हैं और डॉ. भटनागर, डॉ. आर्या के पास जाकर उन्हें सारी बात बताते हैं। जिसे सुनते ही डॉ. आर्या तुरन्त ही डॉ. भटनागर के साथ बाहर आकर, बाहर का गेट बन्द कर डॉ. भटनागर के साथ अपने रिसर्च रूम की चाबी लेकर तेजी से अपने रिसर्च रूम का दरवाजा खोलकर अन्दर जाते हैं।

वहां पहुंचकर उन्हें हैरानी होती हैं, क्योंकि वहां पर रखी लाश, जो की एक कांच की बनी प्रिमेज नाम की एक ऐसी मशीन, जिसमें वो लाश कभी भी खराब नहीं होती है क्योंकि उस मशीन के अन्दर लगी बल्ब की रोशनी से कुछ ऐसी तरंगे निकलती हैं, जिनसे वो लाश लगभग 50 साल तक नहीं खराब हो सकती। प्रिमेज के अन्दर रखी वो लाश 22 साल पहले मरे एक एलियन की होती हैं। डॉ. मल्होत्रा की मौत के समय आए एलियनों के यान से छूटे हुए उसी एलियन की होती है और कैमिकल रूम में रखा वो खून, जिससे पूरे रिसर्च सेन्टर में भगदड़ मच जाती हैं, वो भी उसी एलियन का था।

उस एलियन की लाश, जो की प्रिमेज के कांच को तोड़कर जमीन पर गिरी होती हैं, वो हिल रही होती हैं। उसे देखते ही डॉ. आर्या और डॉ. भटनागर दोनों ही घबरा जाते हैं क्योंकि वो इस तरह हिल रही होती हैं कि मानो उसमें एक बार फिर जान वापस आ रही हो।

उसे देखते ही डॉ. आर्या, डॉ. भटनागर से दूर हटने के लिए कहते हैं क्योंकि उन्हें लगता है उससे उन्हें और पूरे रिसर्च सेन्टर के लोगों को खतरा है। पर उतने में ही वो लाश तेजी से हिलने लगती हैं, उसे हिलता देखकर डॉ. भटनागर, डॉ. आर्या से कहते है "सर मुझे लगता है कि इस एलियन की लाश का हिलना जरूर ही कैमिकल रूम में रखे इसके खून से है।

उनकी बात से डॉ. आर्या भी सहमत होकर कहते है "अगर हमें रिसर्च सेन्टर में हो रही इस तबाही को रोकना है तो जल्द ही इस लाश को एक सुरक्षित कमरे में रखना होगा।"

और फिर वो दोनों ही मिलकर उस एलियन की लाश को प्रिमेज के अन्दर रखकर सुरक्षित रखने के लिए एक ऐसे कमरे में लेकर जाने की सोचते हैं, जो कि बहुत ही ज्यादा ठण्डा हो।

हालांकि उस एलियन की लाश हिलती रहती है, पर वो दोनों ही उस एलियन की लाश को प्रिमेज के साथ ही ढ़केलते हुए वहां से एक सुरक्षित व दूर कमरे की ओर भगाते हैं। उन्हें प्रिमेज में उस लाश को रखकर ले जाते हुए कोई भी कठिनाई नहीं होती है क्योंकि प्रिमेज के नीचे छोटे–छोटे पहिए लगे थे और पहिए लगे होने के कारण उसे ले जाना उनके लिए और भी आसान होता है। कुछ देर में जब वो दोनों ही प्रिमेज के साथ एलियन की लाश को भी उस सुरक्षित स्थान पर पहुंचाने के बाद उस कमरे को हर तरफ से इस प्रकार बन्द कर देते हैं कि उसमें सें रोशनी और हवा दोनों ही आर–पार नहीं आ–जा सके।

उस कमरे को बन्द करने के बाद वो उस कमरे में ताला लगाकर वहां से डॉ. भटनागर के साथ कैमिकल रूम में आते हैं। तो वे वहां का माहौल देखकर हैरान हो जाते हैं, क्योंकि वहां का सारा धुआं गायब हो चुका होता हैं। पर एलियन का वो खून बहुत ही कम मात्रा में बचा होता हैं। उसे देखकर वो बिल्कुल भी परेशान नहीं होते हैं क्योंकि तब–तक पूरे रिसर्च सेन्टर से खतरा टल चुका था और खतरा टलने से सभी को बहुत ही खुशी होती है।

फिर भी सभी के लिए परेशानी पूरी तरह से नहीं टली थी और आने वाली परेशानी से निपटने के लिए डॉ. आर्या डॉ. भटनागर से रिसर्च सेन्टर के सभी लोगों को मीटिंग हॉल में बुलाने के लिए कहते हैं। उनकी बात मानते हुए डॉ. भटनागर बाहर जाकर सभी लोगों को मीटिंग हॉल में जाने के लिए कहते हैं और वापस आकर वो डॉ. आर्या से कहते हैं ''डॉक्टर हमने सभी लोगों से कह दिया हैं, कि वो मीटिंग हॉल में आ जायें।''

उसके बाद वो भी डॉ. भटनागर के साथ मीटिंग हाल में चले जाते हैं। मीटिंग हॉल में उनके पहुंचते ही, वहां के सभी वैज्ञानिक खड़े हो जाते हैं और डॉ. आर्या, डॉ. भटनागर दोनों ही जाकर अपनी सीट पर बैठकर सभी को बैठने के लिए कहते हैं।

जिस मीटिंग हॉल में वो अपनी मीटिंग करते हैं वो बहुत ही बड़ा होता हैं और उसमें कम से कम दो सौ लोगों के बैठने की जगह होती हैं। लेकिन जहां पर रिसर्च सेन्टर के पांच चीफ डॉक्टर बैठते हैं, वो जगह बिल्कुल पीछे की दीवार के पास होती हैं और उसकी दीवार पर

एक बड़ा–सा कांच का कम्प्यूटर होता हैं, जिस पर डॉ. आर्या अपनी जानकारी दिखाकर बताते हैं।

उस समय भी वो वहां बैठे सभी लोगों को कम्प्यूटर स्क्रीन पर ये दिखाते हैं, कि आज जो हुआ है, वो पहले भी कई बार हो चुका है। साथ ही सभी लोगों से ये बात भी कहते हैं "आज से पहले जितनी बार भी ऐसी घटनाएं हुई हैं, उतनी बार हमें पृथ्वी के अन्दर एलियन्स के आने के कई संकेत मिले हैं, इसलिए इस बार हमें एलियन को पृथ्वी पर आने के लिए मजबूर करना ही होगा और तभी हम आगे अपने मिशन को अन्जाम दे पायेंगे। इसके लिए हमें मिसक्लेयर को जल्द ही पूरा कर अपनी खोज को अन्जाम देना होगा। साथ ही हमें ये भी ध्यान रखना होगा कि हमारे पृथ्वी वासियों को हमसे और एलियन्स से कोई भी परेशानी न हो सके। वैसे तो इस बार हमारी पूरी पृथ्वी पर बड़ी परेशानी आते–आते टल गई, पर ऐसा हर बार नहीं होगा।"

कुछ समय बाद उनकी मीटिंग खत्म हो जाती है और सभी अपना–अपना काम करने के लिए चले जाते हैं। पर डॉ. आर्या, डॉ. मित्रा और डॉ. भटनागर के साथ अपने रूम में जाते है, जहां पर डॉ. आर्या उन दोनों से कहते हैं "इस बार तो मुसीबत टल गई। पर मुझे ये बात समझ में नहीं आ रही हैं कि इस बार एलियन की लाश हिलने कैंसे लगी? ऐसा पहले तो कभी–भी नहीं हुआ हैं।" पर उतने में ही वहां पर एक फोन आता है, जिसे डॉ. आर्या रिसीव करते हैं। वो फोन अमेरिका से यश और करन का था, जिससे डॉ. आर्या का मन बहुत ही खुश होता हैं और वो यश और करन दोनों से ही बात करने में लग जाते हैं।

पर दूसरी तरफ हमारे बह्माण्ड में जहां पूरा अंधेरा और तारे चमकते हैं, वही पर एक ग्रह अचानक ही जाकर दूसरे ग्रह से टकराता है और उन दोनों ग्रहों के टकराने से एक चमकती हुई हरे रंग की रोशनी गोले के आकार में पूरे सौरमण्डल के चक्कर लगाने लगती है। साथ ही उन दोनों ग्रहों के एक साथ टकराने से एक ग्रह तो एक स्थान से दूसरे स्थान तक ऐसे जाता हैं कि मानों वो एक फुटबॉल हो।

हमारे ब्रह्माण्ड में हो रही ये सभी घटनाऐं अचानक ही अमेरिका के रिसर्च सेन्टर नासा के साथ–साथ दुनिया के अनेक देशों में बने रिसर्च सेन्टर जहां पर दुनिया के बड़े वैज्ञानिक एलियन्स पर रिसर्च कर रहे

होते हैं। उन सभी को ब्रह्माण्ड में हो रही यह घटना दिख रही थी। पर साउथ–अफ्रीका में जहां पर हमारे वैज्ञानिक रिसर्च को अन्जाम देते हैं, उन्हें कुछ भी नहीं दिखता है, क्योंकि उनके रिसर्च सेन्टर में कुछ देर पहले हुए हादसे को लेकर अनेक परेशानियां आयी थी और हादसे के कारण रिसर्च सेन्टर के ज्यादातर कम्प्यूटर्स खराब हो गए थे।

इसका कारण 22 साल पहले रखे एलियन के खून के धुएं में परिवर्तित होने के कारण वो धुआं पूरे रिसर्च सेन्टर में फैल गया और वहां के सभी कम्प्यूटर्स खराब हो गये।

पर कुछ देर बाद जब डॉ. आर्या के पास अमेरिका के रिसर्च सेन्टर नासा के चीफ डॉ. गिल्स का फोन आया तो डॉ. गिल्स ने डॉ. आर्या से कहा ''डॉक्टर, हमारे ब्रह्माण्ड में ये क्या हो रहा हैं?'' उनकी ये बात सुनकर डॉ. आर्या हैरान रह गये और उनसे पूछने लगे कि ''डॉक्टर, क्या हो रहा हैं?''

तो डॉ. गिल्स उनसे कहते हैं कि ''आपको नहीं पता और अगर नहीं पता है तो जाकर आप ब्रह्माण्ड में हो रही इस तबाही को अपने कम्प्यूटर में देखिए।'' उनकी बातें सुनकर डॉ. आर्या को कोई बड़ी परेशानी दिखाई लगती है। जिससे वो उनसे रिसर्च सेन्टर में कुछ देर पहले आई परेशानियों के बारे में बताते हैं। उनकी बात सुनकर डॉ. गिल्स भी उनसे ब्रह्माण्ड में हो रही उस तबाही के बारे में बताते हैं, जो वो अपने कम्प्यूटर स्क्रीन पर उस समय देख रहे थे।

डॉ. गिल्स की बात सुनते ही डॉ. आर्या फोन रखकर तुरन्त ही रिसर्च सेन्टर की पांचवी मंजिल पर जाकर रिसर्च सेन्टर के ब्रह्माण्ड से जुड़े कम्प्यूटर के पास जाते हैं, जहां पर उन्हें पहले से मौजूद कुछ वैज्ञानिक बताते हैं कि 'रिसर्च सेन्टर के सभी कम्प्यूटर्स खराब हो गये हैं। जिन्हें, वो सही करने की कोशिश कर रहे थे।' उनकी ये बात सुनते ही डॉ. आर्या घबरा जाते हैं, पर कुछ ही देर में वहां का कम्प्यूटर सही हो जाता हैं। जिस पर डॉ. आर्या सबसे पहले ब्रह्माण्ड का दृश्य खोलते हैं, जिस पर उन्हें ब्रह्माण्ड में हो रही वो घटना दिखाई देती हैं। जिसमें दो ग्रहों के आपस में टकराने से हरी चमकीली रोशनी का गोला बनकर ब्रहमाण्ड के चारों ओर चक्कर लगाता हैं। पर उसी बीच ब्रह्माण्ड का एक ग्रह भयानक विस्फोटक की तरह विस्फोट करता हैं

और उसके छोटे–छोटे टुकड़े हो जाते हैं। उसके कुछ टुकड़े धरती पर भी आ गिरते हैं।

उन टुकड़ों के धरती पर आ गिरने के कारण जगह–जगह भगदड़ मच जाती है। जिससे कि अधिक लोग उससे प्रभावित हो जाते हैं, कुछ लोगों की तो उसके कारण मौत भी हो जाती है, जबकि ज्यादातर लोग घायल हो जाते हैं।

ब्रह्माण्ड में हुए चमकीली रोशनी के विस्फोट में हुए कुछ टुकडे भारत के एक छोटे से राज्य पश्चिम बंगाल के एक छोटे से डायमण्ड हार्बर नाम के शहर, जो की सुमुद्र के किनारे बसा है, वहां पर भी आ गिरता है। उस टुकड़े के वहां गिरने से उस शहर में ऐसी तबाही मच जाती है कि मानों उस शहर में बाढ़ आ गई हो और ज्वालामुखी फट गया हो।

अब आप सोच रहे होंगे कि बाढ़ और ज्वालामुखी जैसे खतरनाक विस्फोट एक साथ कैसे हो सकते हैं? पर वहां ऐसा ही हुआ क्योंकि उस ग्रह का वो टुकड़ा समुद्र में जैसे ही गिरा, वैसे ही वहां का पानी तेजी से उछलकर बाढ़ की तरह आस–पास के सभी भाग में फैल गया और उसके बाद वो ग्रह समुद्र की निचली सतह से टकराकर वापस बाहर आते हुए, उस शहर के एक बड़े से जंगल में जा गिरता है, जहां पर वो जमीन के नीचे कुछ दूरी तक जाकर एक ज्वालामुखी की तरह फटता है। जिसके कारण उस शहर में भारी तबाही मच जाती है और ये खबर कुछ ही देर में पूरे विश्व में फैल जाती हैं। पर जब इस बात का पता डॉ. आर्या और उनके रिसर्च सेन्टर में फैलती है, तो वो घबरा जाते हैं।

इसी बीच उनके पास भारत के बंग्लौर शहर के रिसर्च सेन्टर से डॉ. खन्ना का फोन आता है। डॉ. खन्ना डॉ. आर्या से कहते हैं "सर अगर यही हाल रहा तो हमारी पूरी पृथ्वी खतरे में पड़ सकती है, इसलिए इसे रोकना ही होगा, और आप जल्द से जल्द इण्डिया आ जाइये।" डॉ. आर्या उनसे कहते हैं "आप फिक्र मत करें। हम जल्द ही इण्डिया आ रहे हैं।"

उसी बीच रिसर्च सेन्टर के कम्प्यूटर स्क्रीन पर उन्हें ब्रह्माण्ड में हो रही वो तबाही शान्त होती दिखाई देती है, जिसके बारे में वो उनसे बाद में बात करने के लिए कहते हैं और खुद वो अपनी कम्प्यूटर स्क्रीन पर देखने लगते हैं। उन्हें वो चमकीली हरी गोल रोशनी जो कि उन दो ग्रहों

के आपस में टकराने से बनी थी वो उन्हें तेजी से सूर्य की ओर जाती हुई दिखाई देती है। जिसे डॉ. आर्या अपने कम्प्यूटर से सेटेलाइट द्वारा उस रोशनी का पीछा करते है, तो उन्हें वो रोशनी सूर्य के अन्दर जाती हुई दिखती है। पर सूर्य की रोशनी तेज होने के कारण उन्हें स्पष्ट तो नहीं दिखाई देता है। लेकिन इस बात का पता चल जाता है कि वो रोशनी सूर्य के अन्दर समा गई है। उसके बाद डॉ. आर्या कम्प्यूटर द्वारा पूरे ब्रह्माण्ड में देखते हैं, कि अब कोई परेशानी तो नहीं हैं और जब उन्हें सभी खतरे के टलने के संकेत दिखाई देते हैं तो वो शान्त होकर एक जगह जाकर बैठ जाते हैं। तभी उनका एक आदमी फोन लेकर आता हैं और कहता हैं ''सर इण्डिया से आपके लिए फोन है।''

वो फोन उनकी पत्नी का था, जो उनसे उनका हाल–चाल पूछती हैं और कहती हैं ''आप घर कब आयेंगे? वैसे भी अब तो यश और करन दोनों ही वापस अपनी पढ़ाई पूरी कर वापस आने वाले हैं।'' उनकी ये बात सुनकर डॉ. आर्या भी उनसे कहते हैं ''ठीक हैं, हम एक–दो दिन में इण्डिया आ रहे हैं।''

2

वापसी की मुस्कुराहट

यश और करन की वापसी की खबर सुनकर डॉ. आर्या बहुत खुश होते हैं और तुरन्त ही डॉ. भटनागर और डॉ. मित्रा को फोन कर अपने पास बुलाते हैं। कुछ देर बाद वो दोनों ही उनके कमरे में आते हैं तो डॉ. आर्या उनसे कहते हैं कि फिलहाल दो दिन बाद हम अपने घर इण्डिया वापस जा रहे हैं और तब–तक आप दोनों को रिसर्च सेन्टर की देख–रेख करनी हैं, साथ ही हम वहां पर बंग्लौर शहर में जाकर डॉ. खन्ना से भी मिल लेंगे और उनके साथ पश्चिम बगांल के डायमण्ड हार्बर शहर में भी जाकर कुछ दिनों तक अपनी रिसर्च करेंगे।

वहां पर हमें, वहां हुए हादसे के बारे में जरूर ही कुछ–न–कुछ पता चलेगा। उसी बीच डॉ. आर्या के पास डायमण्ड हार्बर शहर जहां तबाही मची थी वहां से, डॉ. खन्ना का फोन आता है, डॉ. आर्या डॉ. खन्ना से पूछते हैं कि वो कहां हैं। तो डॉ. खन्ना उनसे कहते हैं कि वो इस समय डायमण्ड हार्बर शहर के उस जंगल में हैं, जहां पर ब्रह्माण्ड से गिरे ग्रह के टुकड़े ने ज्वालामुखी से भी भयानक विस्फोट किया हैं। उनकी ये बात सुनते ही डॉ. आर्या उनसे कहते हैं "डॉ. खन्ना वैसे हम भी एक–दो दिन में वहां आ रहे हैं और तब–तक आप वहां पर अपनी रिसर्च जारी रखिए। पर वैसे आपको अब तक कोई ठोस सबूत मिला क्या?" तो डॉ. खन्ना उनसे कहते हैं, "नहीं डॉक्टर अभी तो कुछ खास नहीं मिला, पर 34 लोगों की जानें जा चुकी हैं और 108 लोग जख्मी हैं। मुझे यहां पर उस ग्रह का टुकड़ा मिला है, जो

कि ब्रह्माण्ड से टूटकर धरती पर आ गिरा था, पर वो टुकड़ा जिस जगह गिरा है, उस जगह एक बहुत ही गहरा गड्ढा हो गया हैं और वो टुकड़ा उस गड्ढ़े में धंसा हुआ हैं, वैसे वो टुकड़ा बहुत ही बड़ा है। साथ ही वो टुकड़ा बहुत ही गर्म और उसका रंग नीला है। लेकिन मुझे ये बात नहीं समझ में आ रही है कि वो ग्रह है कौन–सा? और वो गर्म है तो लाल क्यों नहीं है?''

उनकी ये बात सुनते ही डॉ. आर्या एक लम्बी सोच में पड़ जाते हैं और फोन रख देते हैं।

कुछ देर बाद वो डॉ. मित्रा से कहते हैं कि, आप आज ही मेरी दिल्ली की टिकट बुक करा दीजिए। हम दो दिन बाद इण्डिया जायेंगे और दो हफ्ते के लिए।'' उसके बाद वो, डॉ. मित्रा और डॉ. भटनागर दोनों ही उस रूम से चले जाते हैं। कुछ देर बाद डॉ. आर्या अपने रिसर्च रूम में जाकर कम्प्यूटर पर ब्रह्माण्ड में ये देखते हैं कि ब्रह्माण्ड में कोई समस्या वापस तो नहीं आने वाली हैं। लेकिन जब वो ब्रह्माण्ड में देख लेते हैं कि अब सब ठीक हैं तो वो पूरी तरह सन्तुष्ट हो जाते हैं। वहां पर काम कर रहे वैज्ञानिको से कहते हैं कि आप सभी को हमारे न रहने तक ब्रह्माण्ड में हो रही सभी घटनाओं पर कड़ी नजर रखते हुए हमें हर बात की जानकारी देते रहना होगा।

उसी समय डॉ. आर्या के पास डॉ. मित्रा आते हैं और कहते हैं डॉक्टर आपकी टिकट बुक हो गई हैं, आपको जल्द ही निकलना होगा क्योंकि आपकी फ्लाइट चार बजे की हैं और अभी दो बजे हैं। तब–तक आप अपना सामान पैक कर लें और हम जाकर रिसर्च सेन्टर में मिसक्लेयर को देखते हैं। तभी डॉ. आर्या उनसे कहते हैं कि हां डॉक्टर आप जाइए, पर हां कोशिश करना कि मिसक्लेयर जल्द से जल्द हमारे आने से पहले सही हो जाये? उसके बाद वो अपने रूम में जाकर अपना सामान पैक करने लगते हैं। कुछ देर बाद जब तीन बज जाते हैं तो डॉ. आर्या के पास डॉ. मित्रा आते हैं और उनसे चलने के लिए कहते हैं। उसके बाद डॉ. आर्या डॉ. मित्रा के साथ गाड़ी में बैठते हैं और फिर उनका ड्राइवर गाड़ी चलाने लगता हैं। देखते ही देखते कुछ देर में वो दोनों एयरपोर्ट पहुंच जाते हैं, वहां पर डॉ. मित्रा, डॉ. आर्या के साथ अन्दर तक उन्हें छोड़ने जाते हैं। डॉ. आर्या के प्लेन में जाने के बाद

डॉ. मित्रा वापस रिसर्च सेन्टर चले जाते हैं और डॉ. प्लेन में अपनी जगह पर बैठकर स्पेस से जुड़ी एक किताब पढ़ रहे होते हैं, तभी उनके मन में ब्रह्माण्ड की व हमारी पृथ्वी की सुरक्षा का खयाल आता हैं जिसके बारे में वो काफी देर तक सोचते रहते हैं और कुछ देर में उन्हें नींद आने लगती हैं जिससे कि वो सो जाते हैं।

अगले दिन वो इण्डिया पहुंच जाते हैं और वहां पर उन्हें लेने के लिए उनकी पत्नी मिसेस आर्या आती हैं, जिन्हें देखकर वो बहुत ही खुश होते हैं और उनके साथ गाड़ी में बैठकर अपने घर आ जाते हैं। शाम के पांच बजे दोनों ही बगीचें मे बैठकर नाश्ता कर रहे होते हैं और इसी बीच उनके घर पर एक बड़ी−सी कार आती हैं। जिसमें से दो महिला और एक पुरुष निकलते हैं, जिन्हें देखकर डॉ. आर्या बहुत ही खुश होते हैं क्योंकि उस गाड़ी में उनके सबसे अच्छे दोस्त डॉ. मल्होत्रा और उनकी पत्नी और उनके छोटे भाई बलराज मल्होत्रा के साथ उनकी पत्नी भी होती हैं। डॉ. आर्या सभी का स्वागत खुलेमन से करते हैं और मिसेज आर्या सभी को चाय परोसती है। उसके बाद वो सभी यश और करन दोनों के बारे में बाते करने लगते हैं। बात करते−करते डॉ. आर्या, बलराज मल्होत्रा से पूछते हैं कि उनकी बेटी जिया क्या कर रही हैं और वो कहां हैं? तो बलराज मल्होत्रा उनसे कहते हैं कि 'वो इस समय वो दिल्ली के मेडिकल कालेज से डॉक्टरी कर रही हैं, इस साल उसका फाइनल हैं।'

उस बीच वहां मेज पर रखे फोन पर फोन आता हैं, जिसे डॉ. आर्या रिसीव करते हैं तो वो फोन अमेरिका से यश और करन का होता हैं, जिनसे वहां पर बैठे सभी लोग उनसे बात करने लगते हैं, पर जब उनका फोन रखने का समय आता है तो यश की मां मिसेस मल्होत्रा उससे पूछती हैं कि वो लोग कब−तक आ रहे हैं तो यश उनसे कहता हैं कि 'मां हम दोनों एक हफ्ते बाद आयेंगे'। उसके बाद वो उनसे कहता हैं कि 'मां आप फोन अंकल को दीजिए'। तो यश की मां फोन डॉ. आर्या को दे देती हैं। डॉ. आर्या फोन पर यश से बात करते हैं तो यश उनसे कहता है कि अंकल हम दोनों कल आ रहे हैं, पर आप ये बात वहां किसी से मत कहिएगा। ये सबके लिए सरप्राइज होगा। आप कल हमें लेने एयरपोर्ट आ जाइयेगा।'' उसके बाद वो फोन रख देता हैं और डॉ. आर्या

भी फोन रख देते हैं, पर वो किसी से भी ये नहीं बताते हैं कि यश और करन दोनों कल आ रहे हैं।

दूसरी तरफ अमेरिका में यश और करन दोनों ही अपने वापस इण्डिया आने की तैयारी कर एयरपोर्ट आते हैं, जहां पर उनकी फ्लाइट एक घंटे बाद की होती हैं। कुछ देर बाद जब प्लेन के अन्दर सभी यात्रियों के प्लेन में जाने का समय होता हैं तो वो दोनों भी प्लेन के अन्दर जाते हैं और कुछ देर बाद उनका प्लेन यात्रा के लिए उड़ जाता हैं। अगले दिन सुबह डॉ. आर्या समय से एयरपोर्ट पहुंचकर यश और करन की फ्लाइट के आने का इन्तजार करते हैं। कुछ देर बाद जब उनकी फ्लाइट आ जाती हैं तो डॉ. उनसे मिलने के लिए और बेताब हो जाते हैं, पर उसी बीच यश और करन दोनों ही वहां पर आकर उनके पैर छूकर उनसे आशीर्वाद लेते हैं और वहां से वो सभी अपनी गाड़ी में बैठकर सीधे डॉ. मल्होत्रा यानी यश के घर जाते हैं, जहां पर यश की मां और यश के चाचा–चाची सभी बैठकर नाश्ता कर रहे होते हैं। वो सभी यश और करन दोनों को देखकर हैरान हो जाते हैं, पर यश की मां खुशी से दौड़े–दौड़े आकर यश के गले लग जाती हैं और उसके बाद वो करन के पास जाती हैं तो करन उनके पैर छूता है और उतने में ही यश के पास उसके चाचा बलराज आकर उसके गले लगते हैं और फिर करन के गले लगते हैं। उसके बाद वो सभी बगीचे मे जाकर बैठते है और नाश्ता करते हैं।

एक घण्टे के बाद डॉ. आर्या मिसेस मल्होत्रा से कहते हैं कि भाभी अब हमें चलना चाहिए। वैसे भी हमने करन की मां को उसके आने की खबर नहीं दी और बिना बताए इन दोनों को लेने के लिए निकल गये थे।' तो यश की मां उनसे कहती है कि 'चलिए हम सभी एक साथ चलते हैं, इसी बहाने यश भी अपनी आन्टी से मिल लेगा।'

वो लोग निकल ही रहे होते हैं, उसी बीच यश के चाचा की बेटी और यश की चचेरी बहन जिया दौड़ती हुई वहां पर आती हैं और यश को भइया कह कर पुकारती है। तो वहां पर मौजूद सभी लोग पीछे मुड़कर देखते हैं, तभी वो वहां आकर यश के गले लग जाती हैं और कहती हैं कि 'आप लोग मुझे भूल गये। आप लोग बहुत ही मतलबी हैं।' तो करन कहता है कि 'चुहिया को क्या पूछना?' उसकी ये बात सुनकर

वो गुस्सा होकर कहती हैं 'जाओं हम किसी से बात नहीं करेंगे।' तो यश उससे कहता है कि ''जिया हमें अच्छा चलो। हम लोग करन के घर चल रहे हैं।''

उतने में ही यश के चाचा गाड़ी लेकर वहां आते हैं और कहते हैं कि 'जल्दी चलो' उसके बाद वो सभी गाड़ी में बैठकर करन के घर पहुंच जाते हैं। वहां पहुंचकर वो सभी घर के अन्दर जाते हैं, जहां पर करन की मां बैठकर सब्जी काट रही होती हैं। उसी बीच करन पीछे से जाकर अपनी मां की आंखे हाथों से बन्द कर लेता है, तो उसकी मां घबरा जाती हैं और उसका हाथ हटाकर पीछे मुड़कर देखती हैं तो वो अपने पीछे करन को पाती हैं, जिसे देखकर वो बहुत ही खुश होती हैं और फिर करन जाकर उनके पैर छूता है, जिसे देखकर यश भी मिसेस आर्या के पैर छूता है और उसके बाद वो सभी बाहर जाकर बगीचे में बैठ जाते हैं। पर यश और करन दोनों की ही मां जाकर किचन में सभी के लिए नाश्ता बनाती हैं और बाकी सभी लोग बाहर बगीचे में बैठकर बातें करते हैं। जिनमें से यश के चाचा बलराज मल्होत्रा यश और करन दोनों की ही पढ़ाई के बारे में पूछते हैं, साथ ही ये भी पूछते हैं कि अब आगे उनका क्या करने का इरादा हैं तो करन उनसे कहता है कि 'अंकल अब हम दोनों ही पापा के साथ साउथ–अफ्रीका जाकर एलियन्स पर रिसर्च करेंगे।' उसकी इस बात से यश भी सहमत होता हैं। जिससे सब बहुत ही खुश होते हैं कि अब हमारे आगे का काम ये दोनों संभालेंगे। वैसे भी एलियन रिसर्च का सबसे बड़ा काम हमारे रिसर्च सेन्टर को ही दिया गया हैं, जहां पर ये दोनों अपनी रिसर्च को अच्छी तरह अन्जाम दे सकते हैं और वैसे भी हम अब तक इन दोनों के आने का इन्तजार कर रहे थे।

इसी बीच यश और करन की मां आती हैं, जिनके साथ उनके दो नौकर नाश्ता लेकर आते हैं और रखकर चले जाते हैं। उसके बाद मिसेस आर्या सभी को चाय और पकौड़ियां देती हैं, जिसे खाने के बाद वो सबके लिए गाजर का हलवा निकालने के लिए कटोरी पर से प्लेट को हटाती हैं। तभी करन उस पूरी कटोरी को हाथ में ले लेता है और कहता है कि ये सारा हलवा हम खायेगें। इतने में ही यश उससे वो कटोरी लेकर वहां से उठ जाता है और कहता है कि ये हलवा मेरा है,

ले सकते हो तो ले लो और उसके बाद करन उसके पीछे हलवे की कटोरी छीनने के लिए जाता है। जिसे लेकर उन दोनों में खूब मस्ती होती है पर उसी बीच जिया उन दोनों के पास जाकर वो कटोरी छीनकर दौड़ती हुई सबके पास आकर टेबल पर रख दती है और कहती है कि ये हलवा सबका है। अगर आप दोनों ने अब शैतानी की तो किसी को भी हलवा नहीं मिलेगा।

उनकी ये हरकतें देखकर मिसेस आर्या कहती हैं कि 'बड़े दिनों के बाद घर में इतनी खुशी देखी है।' उसी बीच उनकी ये बातें सुनकर यश की मां की आंखों में आंसू आ जाते हैं। जिसे देखकर यश के चाचा बलराज मल्होत्रा कहते हैं कि 'चलो अगर तुम लोग अब नहीं बैठे तो किसी को भी हलवा नहीं मिलेगा।' वो तीनों अपनी–अपनी जगह आकर बैठ जाते हैं और अपना हलवा लेकर खाना शुरू कर देते हैं। इसी बीच डॉ. आर्या के मोबाइल पर डायमण्ड हार्बर से डॉ. खन्ना का फोन आता हैं। डॉ. खन्ना डॉ. आर्या से कहते हैं– "सर आप जल्द से जल्द यहां आ जाइये। हम सभी को काम करते हुए परेशानी हो रही क्योंकि हमें एक के बाद एक ऐसी अजीब चीजें मिल रही हैं जिन्हें आज से पहले कभी भी धरती पर नहीं देखा गया है।"

उनकी ये बात सुनकर डॉ. आर्या उनसे कहते हैं– "ठीक है, हम कल तक वहां आ रहे हैं।" उसके बाद उनका फोन नेटवर्क के कारण कट जाता हैं। जिससे डॉ. आर्या उनका नम्बर मिलाने की कोशिश करते हैं, पर वो नम्बर नहीं मिलता है। जिसे देखकर यश के चाचा बलराज उनसे कहते हैं कि "भाईसाहब डायमण्ड हार्बर में आई परेशानी के कारण वहां पर कोई भी नेटवर्क ठीक से काम नहीं कर रहा है। वैसे वहां पर ब्रह्माण्ड से आकर गिरे ग्रह के टुकड़े ने बहुत बड़ी तबाही मचाई है।"

करन उनकी बातें सुनकर हैरान हो जाता है और कहता है, ब्रह्माण्ड से आकर गिरा ग्रह का टुकड़ा पर कैसे?" तभी जिया उससे कहती है कि अचानक ही दिन में छोटे–छोटे पत्थरों की बारिश होने लगी और कुछ देर बाद एक बड़े पत्थर का टुकड़ा डायमण्ड हार्बर में आ गिरा। जिसके गिरने से वहां भारी तबाही मच गई है।" उसकी बात पूरी होने के बाद डॉ. आर्या यश और करन से कहते हैं कि "तुम दोनों को भी हमारे साथ डायमण्ड हार्बर चलना होगा। हम वहां की तीन टिकट बुक करा

लेते हैं।'' तभी जिया भी उन सभी के साथ चलने के लिए कहती है। तो डॉ. आर्या उससे कहते हैं कि ''ठीक है हम चार टिकट बुक करा लेते हैं।''

उसके बाद वो एयरपोर्ट फोन करने लगते हैं तो यश के चाचा बलराज उनसे कहते हैं कि, ''भाईसाहब वहां की सारी उड़ानें रद्द कर दी गई हैं, इसलिए आप सभी को वहां पर अपने खुद के साधन से जाना होगा।

डॉ. आर्या एक बड़ी परेशानी में पड़ जाते हैं, लेकिन तभी उनके दिमाग में एक तरकीब सूझती है। जिससे वो बंग्लौर के रिसर्च सेन्टर में फोन करते हैं जहां उनका फोन डॉ. चोपडा उठाते हैं जिनसे डॉ. आर्या डायमण्ड हार्बर पहुंचने के लिए एक हेलीकॉप्टर की मांग करते हैं। डॉ. चोपड़ा कहते हैं कि, ''सर इस समय हमारा एक हेलीकॉप्टर दिल्ली में ही है और वो कल बंग्लौर आयेगा जिसके साथ आप लोग भी कल आ जाइये। हम उसके पायलट से फोन कर कह देंगे कि आप सभी कल सुबह दस बजे तक वहां पहुंच जायेंगे और आप सभी को वो यहां आने से पहले डायमण्ड हार्बर में डॉ. खन्ना के पास छोड़ दें।'' उसके बाद वो फोन रख देते हैं और अगले दिन डायमण्ड हार्बर जाने के लिए सभी अपनी तैयारी कर हेलीकॉप्टर से अपनी यात्रा शुरू करते हैं।

3

डायमण्ड हार्बर में हुआ
तबाही से सामना

वे चारों जब डायमण्ड हार्बर के शुरुआती हिस्से में होते हैं, तो उन्हें वहां जंगल और समुद्र के आस–पास के इलाकों में डायमण्ड हार्बर में हुई तबाही दिखाई देती है, जिसे देखकर वे सभी घबरा जाते हैं। कुछ देर में जब वो चारों वहां डॉ. खन्ना के पास पहुंच जाते हैं तो डॉ. आर्या डॉ. खन्ना का तीनों से परिचय करवाते हुए कहते हैं कि ''बच्चों, ये आज से 22 साल पहले हमारे और डॉ. मल्होत्रा के साथ साउथ–अफ्रीका में रिसर्च करते थे, पर बाद में ये भारत आकर बंग्लौर शहर में अपनी रिसर्च को अन्जाम दे रहे हैं।'' तभी डॉ. खन्ना अपने एक असिस्टेंट को बुलाकर, उसे डॉ. जिया को डॉ. प्रिया का टैंट दिखाने के लिए कहते हैं, जबकि यश और करन के लिए एक नया टैंट बनाने के लिए कहते हैं। उसके बाद वो उससे डॉ. आर्या का सामान अपने टेंट में रखने के लिए कहते हैं। उनका असिसटेंट उन तीनों को अपने साथ लेकर जाता है और डॉ. आर्या और डॉ. खन्ना दोनों ही उस जगह पर जाते हैं जहां पर ब्रह्माण्ड में हुए ग्रह विस्फोट का एक बड़ा टुकड़ा गिरा होता है। उस जगह पहुंचने पर डॉ. आर्या को बहुत ही हैरानी होती है क्योंकि जिस जगह वो पत्थर गिरा होता है, वहां पर एक बहुत गहरा गड्ढ़ा हुआ होता हैं, जिसमें वो पत्थर धंसा होता हैं और साथ ही उस पत्थर का रंग नीले रंग में बदल चुका होता हैं।

जिससे उन लोगों को उस पत्थर के पास रहने से गर्मी का अनुभव होता हैं।

जिससे चकित होकर डॉ. आर्या, डॉ. खन्ना से ये पूछते हैं कि "पत्थर का रंग नीले रंग का होने के बाद इसमें से गर्मी का अनुभव क्यों हो रहा है? और ऐसा होने का उन्हें कोई कारण मिला क्या?" तो डॉ. खन्ना उनसे कहते हैं कि सर अभी तक तो नहीं मिला, पर हम पूरी कोशिश कर रहे हैं। उनकी ये बात सुनते ही डॉ. आर्या उनसे कहते हैं कि "वो एक बाल्टी पानी मंगाऐ।" वह अपने एक असिस्टेंट को बुलाकर उससे पानी लाने के लिए कहते हैं और कुछ देर बाद उनके पास पानी आ जाता है, जिसे डॉ. आर्या उस गड्ढ़े में पत्थर पर पानी डालकर देखते हैं तो वो पानी वैसे–का–वैसे ही उसमें पड़ा रहता है। जिससे हैरान होकर डॉ. आर्या उसके पास जाकर देखते हैं कि ये पत्थर गर्म है या नहीं। तभी उन्हें एक बात का पता चलता है कि वह पत्थर गर्म नहीं है, बस इसमें से हम सभी को गर्मी का अनुभव हो रहा है। यह बात डॉ. आर्या, डॉ. खन्ना को बताकर, उनकी एक सबसे बड़ी गलतफहमी को दूर कर देते हैं। कुछ देर बाद शाम होने पर वो दोनों ही वहां से चले जाते हैं और अंधेरा होने से पहले ही रोशनी के लिए आग जलाने लगते हैं। कुछ देर बाद जब अंधेरा हो जाता है तो वैज्ञानिकों की पूरी टीम वहां पर आती है और सभी एक साथ बैठकर अपना खाना खाने लगते हैं। तभी डॉ. खन्ना, डॉ. प्रिया को यश, करन और जिया तीनों को ही एक साथ रहने के लिए कहते हैं।

इसी तरह उनके बीच काफी देर तक एलियन्स को लेकर बातें चलती रही, पर उसी बीच उन्हें आसमान में एक चमकीली बड़ी–सी रोशनी चमकती हुई दिखाई देती हैं, जिसे वो सभी को दिखाने लगते हैं। देखते–ही–देखते वो रोशनी इतनी तेज हो जाती है कि वहां बैठे सभी लोगों में से किसी को भी कुछ ठीक से दिखाई नहीं देता हैं और कुछ ही देर में वो रोशनी वहां से गायब हो जाती हैं। जिसे देखकर डॉ. आर्या को लगता है कि वो शायद एलियन्स थे। लेकिन वह किसी से कुछ भी नहीं कहते हैं।

लगभग एक घण्टे के बाद वो सभी के साथ उस गड्ढे के पास जाते हैं, जहां पर उन्हें उस गड्ढे में गिरे पत्थर पर एक चमकीली रोशनी

दिखाई देती है जिसे देखकर डॉ. आर्या उस गड्ढ़े में जाने की सोचते हैं। पर डॉ. खन्ना उन्हें मना करते हैं, लेकिन फिर भी वो अपना टार्च जलाकर उसके अन्दर उतरने के लिए रस्सी वाली सीढ़ी मंगवाते हैं। उसके आने पर वो उसे वहां जमीन पर पड़े एक पत्थर से बांधकर नीचे उतरने लगते हैं, तभी यश उनसे कहता है कि अंकल हम भी आपके साथ नीचे चलेंगे। उसकी ये बात सुनकर करन भी नीचे चलने के लिए कहता हैं। पर डॉ. आर्या उन दोनों को मना करते हैं, लेकिन उन दोनों में से कोई भी उनकी बात न मानकर उनके साथ नीचे चलने के लिए तैयार होते हैं।

नीचे उतरने पर उन तीनों को ही वहां का ताप बिल्कुल ही साधारण लगता हैं। जिससे वो तीनों ही संतुष्ट होकर चमकीली रोशनी की ओर बढ़ते हैं। उसके पास पहुंचकर डॉ. आर्या को कुछ अजीब–सा महसूस होता है कि मानो उनके पास ही कोई खड़ा हो। लेकिन वो अपने अगल–बगल किसी को न पाकर कुछ नहीं कहते हैं। उसके बाद बैठकर उस रोशनी की ओर देखते हैं, जिसे देखकर उन तीनों को इस बात का पता चलता है कि वो रोशनी वहां पर हुए एक छोटे से गड्ढ़े में से आ रही है, जिसमें एक छोटा–सा पत्थर पड़ा होता है।

डॉ. आर्या उसे उठाकर देखते हैं तो वो उन्हें एक साधारण–सा पत्थर लगता है और हाथ में लेने से उसकी रोशनी बन्द हो जाती है, जिससे यश और करन दोनों ही अपने टार्च की लाइट जला लेते हैं। उसके बाद वो सभी वहां से वापस चले जाते हैं। ऊपर पहुंचने के बाद डॉ. आर्या सभी को वो पत्थर दिखाते हैं, जिससे रोशनी आ रही थी। इतने में ही वो पत्थर नीचे जमीन पर गिर जाता है और कुछ देर बाद वो पत्थर ऊपर की ओर ऐसे जाता है कि मानों वो एक लोहा हो, जिसे कोई चुम्बक अपनी ओर खींच रही हो।

उसी बीच वहां खड़े सभी लोगों को आसमान में एक तेज चमकती हुई रोशनी दिखाई देती है, जो कि उस पत्थर की होती है। कुछ देर बाद वहां पर उस पत्थर की ओर एक रोशनी आती हुई दिखाई देती है, (जो की उन्हें कुछ देर पहले भी दिख चुकी होती है) उस पत्थर को अपने साथ लेकर गायब हो जाती है जिसे देखकर वहां पर मौजूद सभी लोग घबरा जाते हैं और ऊपर आसमान में घटित हो रही हर प्रकार की घटना को गौर से

देखने लगते हैं। उसी बीच डॉ. आर्या को लगता है कि जरूर ही इस घटना के पीछे एलियन्स का हाथ है। फिर भी वो किसी से इस बात का जिक्र न कर वहां से सभी के साथ वापस चले जाते हैं।

अगले दिन जब वो सभी वापस उस स्थान पर आते हैं। तो उन सभी को एक ऐसी हैरान कर देने वाली घटना का सामना करना पड़ता है, जिससे सभी परेशान हो जाते हैं क्योंकि उस स्थान पर पड़ा वह पत्थर जो की दूसरे ग्रह से आ गिरा था, वो वहां से गायब हो गया था और उस जगह की मिट्टी नीचे की ओर धंसी हुई थी और उसमें कुछ अजीब किस्म के निशान बने हुए थे। जो कि एक दिन पहले वहां पर पड़े पत्थर के थे।

वो पत्थर भले ही वहां से गायब हो गया हो, पर फिर भी हमारे वैज्ञानिक चार दिन और वहां पर रुककर अपनी पूरी कोशिश उस पत्थर का पता लगाने के लिए करते हैं, पर उन्हें कोई भी सुराग नहीं मिलता है।

जिससे परेशान होकर डॉ. आर्या, यश, करन और जिया के साथ वापस अपने शहर दिल्ली में अपने घर के लिए रवाना हो जाते हैं।

4

मस्तियों के दिन

दिल्ली अपने घर पहुंचकर डॉ. आर्या, उनकी पत्नी, करन, यश, यश की माताजी, यश के चाचा–चाची और उसकी बहन जिया सभी एक साथ बैठकर बातें कर रहे होते हैं। इसी बीच करन की माताजी वहां बैठे सभी लोगों से करन और जिया की शादी की बात करती हैं, जिससे शर्माकर जिया वहां से चली जाती है और करन के साथ बैठे वहां के सभी लोग इस बात से बहुत ही खुश होते हैं। पर डॉ. आर्या सभी के सामने अपनी ये बात रखते हैं कि "हमारा और डॉ. मल्होत्रा का ये फैसला था कि यश, करन दोनों की ही शादी एक ही दिन हो। आप लोगों ने करन के लिए तो दुल्हन पसन्द कर रखी है, लेकिन यश के लिए नहीं। इसलिए हम चाहते हैं कि आप लोगों को हम यश कि दुल्हन पसन्द करने के लिए एक साल का समय देते हैं और तब तक इन दोनों को एक काबिल वैज्ञानिक बना देंगे। वैसे भी अभी तो इन दोनों ने अपनी पढ़ाई ही पूरी की है। कुछ बनना तो बाकी है।" उनकी इस बात से यश के चाचा बलराज मल्होत्रा और वहां बैठे सभी लोग पूरी तरह सहमत होते हैं और यश के लिए दुल्हन देखने तक किसी को भी कोई ऐतराज नहीं होता है। खासकर करन को, उसे अपने पिता की बात सुनकर बहुत ही खुशी होती हैं कि उसके पिता के अन्दर कोई भेदभाव नहीं है। वे आज भी अपने सबसे अच्छे दोस्त के परिवार के बारे में इतना सोचते हैं।

कुछ देर बाद यश और करन वहां से जाकर जिया के पास पहुंचते हैं। वहां पर यश उन दोनों को ही खूब परेशान करता हैं, जिससे तंग

आकर करन, यश को दौड़ाने लगता है और उन दोनों में खूब मस्ती होती है। जिसे देखकर जिया को बहुत ही ज्यादा खुशी होती है कि उसके भाई और करन दोनों के बीच में आज भी कितनी गहरी दोस्ती है और वो दोनों ही एक-दूसरे की खुशी के लिए क्या नहीं कर सकते हैं?

तभी यश और करन दोनों ही वहां आकर जिया के पास बैठकर उससे बातें करते हैं। कुछ देर बाद करन और जिया दोनों छत पर चले जाते हैं। वहां वह खूब बातें करते हैं। दूसरी तरफ यश अपने कमरे में जाकर अपने सबसे पुराने दोस्त वरुण को फोन कर उससे बात करने लगता है।

कुछ देर बाद करन, डॉ. आर्या और मिसेस आर्या अपने घर चले जाते हैं पर जाने से पहले यश, करन और जिया के साथ अगले दिन घूमने का विचार बनाकर उसे अगले दिन सुबह दस बजे तैयार रहने के लिए कहता है।

अगले दिन सुबह नौ बजे यश अपने घर पर चाचा-चाची, अपनी मां और अपनी बहन के साथ बैठकर नाश्ता कर रहा होता है। उसी समय यश का दोस्त वरुण अपनी पत्नी अर्पिता के साथ वहां आता है और यश से गले मिलने के बाद वहां पर सबके साथ बैठकर नाश्ता करता है। नाश्ता करने के बाद यश अपनी गाड़ी निकालकर जिया, वरुण और अर्पिता तीनों के ही साथ करन के घर जाकर उसे अपने साथ ले लेता है। उसके बाद वो पांचों मिलकर एक लम्बी यात्रा पर बात करते हुए निकलते हैं। वो लोग बस कुछ ही दूर पहुंचते हैं, तभी उन्हें रास्ते में एक जगह ट्रैफिक जाम नजर आता है, जिसके आगे वो जा नहीं सकते हैं। जिससे परेशान होकर वो सभी गाड़ी से बाहर निकलते हैं। बाहर निकलकर देखने पर उन्हें पता चलता है कि वहां पर एक एक्सीडेंट हो गया है। जिससे एक आदमी बहुत ही ज्यादा जख्मी है, पर उसे कोई भी छूने को तैयार नहीं है। सब ही वहां पर पुलिस ओर ऐम्बुलेन्स के आने का इन्तजार कर रहे होते हैं। पर उस घायल आदमी की हालत धीरे-धीरे ज्यादा गंभीर हो रही होती है, जिसे देखकर यश उस आदमी के पास जाता है और उसे अपनी गाड़ी में बैठाकर, अपने सभी दोस्तों के साथ पास के एक अस्पताल में पहुंचता है। जहां डॉक्टर से वो उस आदमी का इलाज करने के लिए कहता हैं। डॉ. उसका इलाज करने के

लिए आई0 सी0 यू0 रूम में लेकर जाते हैं। कुछ देर बाद डॉक्टर उसके पास आते हैं और उससे कहते हैं कि इनका जल्द ही ऑपरेशन करना पड़ेगा। इसलिए आप जाकर सारे अर्जेन्ट पेपर्स साइन कर दीजिए और हम ऑपरेशन की तैयारी करते हैं। डॉक्टर की बात सुनकर यश तुरन्त ही जाकर सारे अर्जेन्ट पेपर्स साइन कर, ऑपरेशन की फीस जमा करा देता है। उसके बाद डॉ. उसका ऑपरेशन करने के लिए चले जाते हैं।

तीन घण्टे के बाद जब ऑपरेशन पूरा हो जाता है तो डॉक्टर यश के पास आकर उससे कहते हैं कि ऑपरेशन पूरा हो चुका है। मरीज को होश आने के बाद आप सभी उनसे मिल सकते हैं। कुछ देर बाद जब मरीज को होश आता है तो यश और उसके सभी दोस्त उससे मिलने जाते हैं। जहां पर यश उससे उसका नाम और उसके घर का पता पूछता है, तो वो उसे अपना नाम के0 सी0 बद्रा बताकर अपने घर का फोन नम्बर देता है। जिससे यश उनके घर वालों को फोन कर अस्पताल बुला लेता हैं। तभी डॉक्टर वहां आकर उनका चेकअप करते हैं।

कुछ देर बाद के0 सी0 बद्रा के परिवार वाले वहां आकर यश का शुक्रिया अदा करते हैं और मि0 बद्रा से मिलते हैं।

उसके बाद यश अपने सभी साथियों के साथ वहां से चला जाता है। पर जाने से पहले वो उनसे अगले दिन आकर मिलने के लिए कहता है। वो सभी वहां से निकलने के बाद वरुण के घर जाते हैं, जहां पर वरुण यश को कपड़े बदलने के लिए देता है और फिर वो सभी एक साथ बैठकर बातें करने लगते हैं।

धीरे–धीरे शाम के छः बज जाते हैं, जिससे यश, करन और जिया के साथ करन के घर आकर उसे छोड़ने के बाद जिया के साथ अपने घर चला जाता है।

अगले दिन सुबह–सुबह यश किसी से बिना कुछ कहे अस्पताल आ जाता है, जहां पर वो के0 सी0 बद्रा से मिलकर उनकी तबीयत के बारे में पूछता है और लगभग एक घण्टे तक रुककर उनसे बात करता है। उसके बाद वो वहां से सीधे करन के घर जाता है, जहां पर डॉ. आर्या उसे बीते हुए दिन के हादसे के बारे में पूछते हैं। तो यश उन्हें के0 सी0 बद्रा के बारे में बताता है। जिससे डॉ. आर्या थोड़ा घबरा जाते हैं और यश, करन के साथ के0 सी0 बद्रा को देखने के लिए चले जाते हैं।

वहां पहुंचते ही डॉ. आर्या, के0 सी0 बद्रा को देखते ही रो पड़ते हैं, तभी करन उनसे उनके रोने का कारण पूछता है। पर डॉ. आर्या उसके सवाल का जवाब न देकर के0 सी0 बद्रा के पास जाते हैं, वो उन्हें देखते ही खुश हो जाते हैं और दोनों ही गले मिलते हैं। उसके बाद डॉ. आर्या यश के पास आकर उससे कहते हैं कि "बेटा ये हमारे और तुम्हारे पापा के बचपन के दोस्त हैं।"

यश को वहां देखकर के0 सी0 बद्रा हैरान हो जाते हैं और डॉ. आर्या से पूछते हैं, "क्या ये डॉ. मल्होत्रा का बेटा है?" तभी वो खड़े होकर यश और करन के पास आकर कहते हैं कि "ये दोनों तो बहुत ही अच्छे बच्चे हैं, इन्होंने बिना पुलिस की परवाह किए ही मेरी जान बचायी है, मैं इनसे मिलकर बहुत ही खुश हूं।"

उसी समय मिसेस बद्रा अपने बड़े बेटे और बहू के साथ वहां आती हैं और यश, करन से अपने पति की जान बचाने के लिए शुक्रिया अदा करती हैं। तभी डॉ. आर्या उनसे नमस्ते कर उन्हें अपने और बद्रा जी के बारे में बताते हैं। इतने में वहां पर डॉक्टर आकर सभी को ये बताते हैं कि इन्हें दो दिन बाद छुट्टी दे दी जायेगी। जिससे सभी बहुत खुश होते हैं। उसके बाद डॉ. आर्या, यश, करन के साथ वहां से चले जाते हैं। वहां से निकलने के बाद डॉ. आर्या उन दोनों के साथ यश के घर पहुंचते हैं। वहां पर वो सभी लोगों से अपने, बद्रा और डॉ मल्होत्रा के बारे में बताते हैं। बात करते–करते शाम हो जाती है। फिर डॉ. आर्या करन के साथ अपने घर चले जाते हैं। जहां पर रात होने के बाद वो अपनी छत पर टहलते हुए साउथ–अफ्रीका में डॉ. भटनागर से वहां के बारे में बात करते हुए कहते हैं कि "ठीक है हम जल्दी आने की कोशिश करते हैं।"

दो दिन बाद मि0 बद्रा अस्पताल से छुट्टी पाते ही अपने घर के लिए निकलते हैं, वो रास्ते में होते हैं, तभी डॉ. आर्या का फोन आता है। डॉ. आर्या फोन पर उनकी तबीयत के बारे में पूछते हैं और उनसे दो दिन बाद, उनके घर आकर मिलने के लिए कहते हैं।

दो दिन बाद डॉ. आर्या सुबह–सुबह अपने और यश के पूरे परिवार के साथ मि0 बद्रा के घर पहुंचते हैं, जहां पर मि0 बद्रा, उनकी पत्नी और उनकी बहू तीनों एक साथ बाहर बगीचे में बैठे होते हैं। डॉ. आर्या अपने साथ के सभी लोगों का मि0 बद्रा व उनके पूरे परिवार से

परिचय कराते हैं। उसके बाद सभी के साथ बैठकर बात करते हैं, उसी बीच डॉ. आर्या मि0 बद्रा से उनके बेटे के बारे में पूछते हैं, तो वो उन्हें बताते हैं कि आज उनकी बेटी पायल लंदन से अपनी पढ़ाई पूरी कर वापस आ रही है। उसे लेने उनका बेटा एयरपोर्ट गया हैं। इसी बीच उनके बेटे की कार वहां आती है, जिसमें से उनकी बेटी पायल निकलती है और मम्मी–पापा कहकर तेजी से चिल्लाती हैं। जिसे देखते ही वो बहुत खुश होते हैं और उसके पास जाकर उससे गले मिलते हैं। उसके बाद पायल अपनी मम्मी और भाभी के पास आकर उनसे गले मिलती है और फिर वहां बैठे सभी मेहमानों से नमस्ते करती है। उसके बाद वो अपने पापा से पूछती है कि ''आपका एक्सीडेंट हुआ और आपने हमें बताना भी ठीक नहीं समझा।'' तो मि0 बद्रा उसे पूरी बात बताते हैं। उसके बाद सभी एक साथ बैठकर बात करने लगते हैं। इसी बीच मि0 बद्रा डॉ. आर्या से यश और करन के काम के बारे में पूछते हैं तो डॉ. आर्या उन्हें बताते हैं कि ये दोनों कुछ दिन पहले ही अमेरिका से अपनी पढ़ाई पूरी कर वापस आये हैं। अब आगे ये हमारे साथ साउथ–अफ्रीका एक काबिल वैज्ञानिक बनने के लिए जा रहे हैं।

उनके बारे में सुनकर मि0 बद्रा बहुत ही खुश होते हैं और उन दोनों की शादी के बारे में पूछते हैं। तो डॉ. आर्या उन्हें बताते हैं कि ''करन की दुल्हन तो मिल गयी है पर यश की दुल्हन की हमें तलाश है।'' तभी मि0 बद्रा उनसे कहते हैं कि ''डॉ. आर्या आप बुरा मत मानिये। हम आप और डॉ. मल्होत्रा तीनों ही बहुत अच्छे दोस्त रहे हैं। हां, हालांकि आज डॉ. मल्होत्रा इस दुनिया में नहीं हैं, पर हम अपनी वर्षों पुरानी दोस्ती को रिश्तेदारी में बदलना चाहते हैं मतलब हम यश और पायल की शादी के बारे में बात कर रहें हैं।'' उनकी ये बात सुनते ही डॉ. आर्या, यश की मां और वहां बैठे सभी लोग इस बात से बहुत ही खुश होते हैं। तभी पायल वहां से ये कहकर चली जाती हैं कि हम अपना सामान रखने जा रहें हैं। जिससे उसे देखकर सभी हंसने लगते हैं। पर यश के पास उसी समय उसके दोस्त वरुण का फोन आ जाता है, जिससे वो वहां से कुछ दूरी पर जाकर उससे बात करने लगता हैं। बात खत्म करने के बाद वो जब वापस सबके पास आता है तो उसे वहां पर करन और जिया नहीं दिखाई देते हैं, जिससे वो डॉ. आर्या से पूछता है कि ''अंकल करन और

जिया कहां गये?'' तो मि0 बद्रा उससे कहते हैं कि ''बेटे वो दोनों घर के अन्दर पायल के साथ गये हैं। तुम भी अन्दर चले जाओ।''

यश घर के अन्दर जाता है। वो घर अन्दर से भी बहुत ही सुन्दर होता है। यश, करन और जिया को आवाज देता है तभी उसे घर का एक नौकर ऊपर नाश्ता ले जाते हुए दिखता है जिससे यश पूछता है कि ''उसका दोस्त करन और उसकी बहन जिया कहां हैं?'' तो वो उससे बताता है कि वो दोनों ही पायल दीदी के साथ उनके कमरे में हैं, जहां वो जा रहा है।'' यश उसके साथ पायल के कमरे में जाता है और सभी के साथ बैठकर बातें करने लगता है। कुछ देर बाद पायल की भाभी वहां आकर यश, करन और जिया को अपने साथ चलने के लिए कहती हैं। पर जाने से पहले जिया पायल को भाभी कहते हुए कहती हैं कि ''क्यों ना कल हम सभी पिकनिक स्पॉट चलते हैं।'' उसकी इस बात से पायल को भी खुशी होती हैं। उसके बाद डॉ. आर्या और यश का पूरा परिवार मि0 बद्रा के घर से चला जाता है। उनके जाने के बाद मि0 बद्रा अपनी बेटी पायल को बुलाकर उससे खूब बात करते हैं और बात ही बात में वो उससे यश के बारे में पूछते हैं कि यश उसे कैसा लगा?'' पायल शर्माती हुई वहां से चली जाती है। उसकी शर्माहट देखकर मि0 बद्रा को लगता हैं की उसे यश पसन्द है।

अगले दिन करन अपनी गाड़ी लेकर यश के घर आकर यश और जिया को अपने साथ लेकर सीधे पायल के घर जाता है और वहां से वो पायल को लेकर पिकनिक स्पॉट के लिए निकल जाते हैं, वहां पर वो सभी मिलकर खूब मस्ती करते हैं, घूमते–फिरते हैं और उसी दिन ही उन चारों में इतनी अच्छी दोस्ती हो जाती है कि मानो वो सभी एक–दूसरे को बहुत पहले से जानते हों, खासकर यश ओर पायल में। वो दोनों एक साथ रहकर एक–दूसरे को इतनी अच्छी तरह समझने की पूरी कोशिश करते हैं और अपना पर्सनल नम्बर एक–दूसरे से ले लेते हैं।

शाम होने के बाद वो सभी अपने–अपने घर पहुंच जाते हैं। यश के घर पहुंचने के बाद डॉ. आर्या का उसके पास फोन आता है तो डॉ. आर्या उससे कहते हैं कि ''यश हमें चार दिन बाद साउथ–अफ्रीका चलना हैं। तब तक तुम अपनी छुट्टियां पूरी तरह मौज करो।'' उसके बाद वो यश से अपनी माताजी को फोन देने के लिए कहते हैं। डॉ. आर्या उन्हें भी

इस बारे में बता देते हैं कि बहुत जल्द ही वो यश और करन के साथ साउथ—अफ्रीका जा रहे हैं।

खाना खाने के बाद यश पायल को फोन कर उसे बताता है कि ''चार दिन बाद वो साउथ—अफ्रीका जा रहा है।'' उसकी इस बात से पायल थोड़ी दुखी होती है, पर फिर वो उससे कहती है कि ''जब तक वो यहां पर है तब तक वो उससे रोज मिलेगी।'' यश इस बात से बहुत ही खुश होता है। इसके बाद वो दोनों ही देर रात तक बात करते रहते हैं। दूसरी तरफ करन और जिया भी फोन पर बात करते हैं।

ये चारों ही उस रात देर तक बात करते रहते हैं।

अगले दिन सुबह के समय मि0 बद्रा अपने पूरे परिवार के साथ यश के घर आते हैं और अंधेरा होने तक उनका पूरा परिवार वहां रुका रहता है। वो सभी एक साथ अपना डिनर खत्म करते हैं। उसके बाद मि0 बद्रा और उनका पूरा परिवार अपने घर के लिए निकल जाते हैं। पर उतने समय में वो सभी यश और पायल की शादी को लेकर काफी बात करते हैं। जबकि यश, पायल और जिया तीनों ही अलग बैठकर खूब मस्ती करते हैं।

इस तरह मस्ती में उनके चार दिन, चार घण्टे की तरह बीत जाते हैं। उन दिनों सभी को बहुत ही अच्छा लगता है, पर जब यश, करन और डॉ. आर्या के जाने का समय नजदीक आ जाता है तो वो सभी दुखी हो जाते हैं।

उस दिन उन सभी के निकलने में चार घण्टे बचे होते हैं, तभी डॉ. आर्या करन के मामा को, फोन कर उनके परिवार के साथ अपने घर बुला लेते हैं। उनके परिवार में वो और उनकी पत्नी होती हैं, जिन्हें वो वही करन की माताजी के साथ रहने के लिए कहते हैं। उनका बिजनेस भी दिल्ली में होने के कारण वो वही रुक जाते हैं।

दूसरी तरफ यश के घर पर उसके परिवार के सभी लोग और पायल के परिवार के सभी लोग यश को छोड़ने जाने के लिए तैयार होते हैं। उनकी फ्लाइट के लिए एक घण्टे ही बचा होता है, तो डॉ. आर्या अपने पूरे परिवार के साथ यश के घर आ जाते हैं और वहां से सभी के साथ एयरपोर्ट के लिए निकल जाते हैं। एयरपोर्ट पहुंचने पर यश और करन सभी बड़ों का आशीर्वाद लेकर वहां से अपनी साउथ—अफ्रीका यात्रा के लिए निकल लेते हैं। उन तीनों के जाने के बाद सब उदास हो जाते हैं, क्योंकि उनकी मस्तियों के सभी दिन बीत चुके होते हैं।

5

खतरों की दुनिया

अगले दिन जब वो तीनों साउथ अफ्रीका पहुंच जाते हैं, तो डॉ. भटनागर, डॉ. मित्रा, डॉ. लेजली और उनकी पूरी टीम वहां पर उन सभी का स्वागत करती हैं।

डॉ. आर्या यश और करन का सभी से परिचय करवाते हैं और उसके बाद वो उन सभी लोगों के साथ रिसर्च सेन्टर आ जाते हैं। रिसर्च सेन्टर पहुंचने पर यश और करन को वहां कि हर एक चीज नई लगती हैं। इसलिए डॉ. आर्या अपने एक असिसटेंट को बुलाकर उन दोनों का कमरा दिखाने के लिए कहते हैं और डॉ. आर्या अपने आदमियों के साथ अपने लैब में जाकर मिस्क्लेयर को देखते हैं। मिस्क्लेयर को देखकर वह बहुत ही ज्यादा खुश होते हैं और अपने सभी वैज्ञानिकों से उस पर काम करने के लिए आदेश देते हैं।

उसके बाद डॉ. आर्या वहां से अपने कमरे में चले जाते हैं। शाम होने पर डॉ. आर्या यश और करन के साथ बाहर घूमने के लिए जाते हैं और उसी बीच वो उन दोनों को ही यश के पिता डॉ. मल्होत्रा के बारे में बताते हैं। कुछ देर बाद जब वो तीनों ही वापस आ जाते हैं तो डॉ. आर्या अपना और उन दोनों का सामान गाड़ी में रखवाकर अपने वहां के घर में पहुंच जाते हैं। उनका वो घर बहुत ही बड़ा होता हैं। वहां डॉ. आर्या जब उन दोनों के साथ डिनर करने के लिए बैठते हैं तो वो उन्हें बताते हैं कि ये घर डॉ. रुद्रमणि का हैं। उन्होंने अपनी मौत के समय ये घर उन्हें और डॉ. मल्होत्रा को दे दिया था, क्योंकि उनके परिवार में वो अकेले ही थे। इसलिए तब से वो घर उन दोनों का हैं।

अगले दिन सुबह 8 बजे डॉ. आर्या यश और करन के साथ रिसर्च सेन्टर पहुंचते हैं, जहां वो उन दोनों को अपने पर्सनल रिसर्च रूम में

लेकर जाते हैं, जहां पर अक्सर डॉ. आर्या और डॉ. मल्होत्रा अपनी नई रिसर्चस को अन्जाम दिया करते थे।

वहां पर ले जाकर वो उन्हें डॉ. मल्होत्रा के साथ हुई सबसे बड़ी रिसर्च को दिखाते हैं जिसे डॉ. मल्होत्रा ने मिस्क्लेयर का नाम दिया था जिसके द्वारा उन लोगों ने धरती पर एलियन्स से जुड़ी हुई कोई भी घटना पूरी दुनिया के किसी भी शहर में होने से दस घंटे पहले ही पता लगाकर उस शहर को एलियन्स से होने वाली तबाही से बचाया जा सकता है। उसे डॉ. आर्या हमेशा ही खोलकर रखते हैं, जिससे कि एलियन्स कभी–भी धरती पर आने वाले हो तो वो उसका दस घण्टे पहले ही पता लगा सकते हैं। मिस्क्लेयर के नेटवर्क से जुड़ी हुई घड़ी वहां पर हर एक छोटे–बड़े वैज्ञानिक के पास हैं, उसके साथ ही एक छोटा–सा अलार्म लैब के हॉल में हैं, जिससे की पूरे रिर्सच सेन्टर में खूब तेजी से तरह–तरह की आवाजें आने लगती हैं। तभी डॉ. आर्या यश और करन दोनों को ही पास की कुर्सियों पर बैठाते हैं और खुद भी वो मिस्क्लेयर के पास बैठते हैं और उसकी खासियत के बारे में बताते हैं।

कुछ समय बाद जब वो लोग जाने लगते हैं तो उन्हें एलियन्स के एक बार फिर धरती पर आने के संकेत मिलते हैं और वो भी लगभग सात घण्टे बाद। जिससे डॉ. आर्या घबरा जाते हैं और वो भाग (जगह) देखते हैं, जिस जगह एलियन्स आने वाले होते हैं। जिससे उन्हें पता चलता हैं कि एलियन्स हमारी पृथ्वी पर साउथ–अफ्रीका के उसी जंगल में आने वाले हैं, जहां पर वो आज से पूरे 22 साल पहले आये थे ओर उसी जगह डॉ. मल्होत्रा की मौत वहां पर हो गयी थी।

ये देखने के बाद डॉ. आर्या लैब में अपना मैसेज भेजकर डॉ. मित्रा, डॉ. भटनागर और डॉ. लेजली को अपने पास बुलवाते हैं और तुरन्त ही एक पर्सनल मीटिंग रखते हैं, जिसमें रिसर्च सेन्टर के सभी बड़े वैज्ञानिक और उनके साथ यश, करन भी मौजूद होते हैं, जिसमें डॉ. आर्या उन सभी को ये बताते हैं कि एलियन्स ने आज पूरे 22 साल बाद हमारी धरती पर आने की ठानी हैं और जाहिर सी बात है कि इस बार भी उनका इरादा धरती का क्रिस्टल हैं, जिसका पता डॉ. मल्होत्रा की मौत के बाद हमें भी नहीं पता हैं और जिसका पता लगाने के लिए हमने अपनी पूरी मेहनत को एक कर दिया। लेकिन फिर भी आज तक हम इस बात का पता नहीं लगा सके कि वो क्रिस्टल हैं कहां ? उसी समय करन, डॉ. आर्या से पूछता है कि पापा एलियन्स को आज पूरे 22 साल बाद

अपने उस क्रिस्टल की याद कैसे आई। वो इन 22 सालों के बीच में भी धरती पर आकर अपना क्रिस्टल लेने की कोशिश कर सकते थे, लेकिन उन्होंने ऐसा क्यों नहीं किया?'' उसी बीच यश उनसे कहता हैं कि ''अंकल ये सब तो ठीक हैं, पर वो क्रिस्टल हैं कहां जिसके पीछे एलियन्स हमारे इस छोटे से प्लेनेट को भी तबाह करने के पीछे पड़ गये हैं?'' तो डॉ. आर्या उन सभी से कहते हैं कि ''इस बात का पता तो हमने लगाने की बहुत कोशिश की, पर आज तक नहीं लगा पाये हैं। पर डॉ. मल्होत्रा को इस बात का पहले से ही पता था और उन्होंने इसका जिक्र अपनी डायरी में किया था। पर उनकी डायरी उनकी मौत के दिन ही एलियन्स के हमलों में उनके यान में फंसकर आधी हो गई। उसके द्वारा हमें क्रिस्टल के राज का पता चल सकेगा लेकिन वो एलियन्स के साथ उनके यान में चली गई हैं। इसलिए उसके बारे में हम कुछ भी नहीं कह सकते हैं, पर इतना कह सकते हैं कि एलियन्स को उसके बारे में ज्यादा कुछ भी नहीं पता होगा। इसका कारण हैं हमारी और उनकी अलग–अलग भाषा। पर अब हमें अपनी तैयारी पूरी कर एलियन्स से निपटना होगा।''

इसी बीच डॉ. भटनागर, डॉ. आर्या से एक ऐसी रिसर्च के बारे में कहते हैं, जिसके द्वारा एलियन्स पर काबू पाना बहुत ही आसान हो जाये।

उनकी बात सुनते ही डॉ. आर्या उनसे कहते हैं कि ''अब उन सभी के पास ज्यादा समय नहीं हैं।'' तो डॉ. भटनागर उन्हें अपनी एक नई रिसर्च (कैमिकल) के बारे में बताते हैं, ''जो उन्होनें डॉ. आर्या के इण्डिया जाने के बाद शुरू की थी और वो लगभग बनकर तैयार ही हो चुकी हैं, लेकिन अभी उसमें कुछ कमी है, जिसे वो कुछ देर में लगभग सात घण्टों में पूरा करना चाहते हैं।'' डॉ. आर्या उन्हें अपनी उस रिसर्च पर काम करने के लिए पूरी इजाजत दे देते हैं। पर वो उनसे कहते हैं कि डॉक्टर, हमें इस काम में यश और करन दोनों ही हमारी मद्द करें।

तो डॉ. आर्या यश और करन को उनका पूरा साथ देने के लिए कहते हैं। फिर वो डॉ. भटनागर से उनकी वो नई रिसर्च देखने के लिए कहते हैं। मीटिंग खत्म करने से पहले डॉ. आर्या सभी वैज्ञानिकों से कहते हैं कि ''आप सभी भी अपने–अपने कामों पर लग जाइयें।''

उसके बाद डॉ. आर्या, यश और करन के साथ डॉ. भटनागर के लैब में जाते हैं। वहां पर कुछ वैज्ञानिक मिलकर उनके बनाए कैमिकल पर अपना काम कर रहे होते हैं। डॉ. भटनागर अपने उस कैमिकल को डॉ.

आर्या, यश और करन को दिखाकर उसके बारे में बताते हैं। जिसे देखकर डॉ. आर्या उनकी इस खोज से बहुत ही खुश होते हैं और उन्हें जल्द ही इस कैमिकल को पूरा करने के लिए कहते हैं और जाते समय यश और करन को उनकी मदद के लिए छोड़ देते हैं।

डॉ. आर्या के वहां से जाने के बाद डॉ. भटनागर उन दोनों को अपने साथ लगा लेते हैं और खुद उस कैमिकल में कुछ अनोखे कैमिकल्स और अपने रिसर्च सेन्टर में रखे एलियन के खून को मिलाकर गर्म करने को उन दोनों को दे देते हैं। कुछ देर बाद जब उस कैमिकल में से पीले रंग का धुंआ निकलने लगता है तो यश डॉ. भटनागर को बुलाकर दिखाता हैं। जिससे वो उसे तुरन्त ही उठाकर एक सुरक्षित स्थान पर रखते हैं। उस कैमिकल का रंग हरा होता है, पर बाद में उसका रंग बदलकर नीला हो जाता हैं। जिससे डॉ. भटनागर को पता चल जाता हैं कि वो कैमिकल तैयार हो चुका हैं। उसके बाद वो प्रयोग के लिए अपने असिसटेंट से एक लाश सबसे ऊपर की मंजिल पर प्रयोग रूम में लाने के लिए कहते हैं और वो उस कैमिकल को यश और करन के साथ लेकर प्रयोग रूम में जाने लगते हैं। लेकिन उससे पहले वो उन दोनों के साथ जाकर डॉ. आर्या को भी ले लेते हैं।

प्रयोग रूम में पहुंचने पर डॉ. भटनागर के कहने के मुताबिक एक लाश पहले ही वहां मौजूद होती हैं। जिस पर वो अपना प्रयोग करने के लिए तैयार होते हैं। डॉ. भटनागर उस रूम को पूरी सुरक्षा के साथ बन्द कर, बगल के कण्ट्रोल रूम में सभी के साथ जाकर उस लाश को कैमरे द्वारा देखते हैं। उसके बाद उस लाश के पास डॉ. भटनागर जाते हैं और उस पर अपने बनाए हुए उस कैमिकल को इंजेक्शन द्वारा उस लाश को लगाते हैं और फिर वो वापस कण्ट्रोल रूम में आकर सभी के साथ प्रयोग रूम में रखी लाश को ध्यान से देखते हैं। लगभग 10 मिनट तक उस लाश से उन्हें कोई भी संकेत नहीं मिलता है, पर उसके बाद उस लाश में इतनी पावरफुल शक्तियां आ जाती हैं कि वो तुरन्त ही अपने स्थान से उठकर कुछ दूर तक चलता हैं और चिल्लाते हुए उसके शरीर का रंग बदलकर हरा हो जाता हैं। उसके बाद वो वहां मौजूद हर प्रकार की वस्तु को, अपनी अंगुलियों के द्वारा करंट निकालकर तबाह करना शुरु कर देता हैं।

दूसरी तरफ कंट्रोल रूम में बैठे डॉ. आर्या, डॉ. भटनागर, यश और करन उसे देख रहे होते हैं। डॉ. भटनागर वही पर बैठकर उस लाश को

प्रयोग रूम में, छत पर लगी एक ऐसी मशीन, जो केवल अपनी नीली रोशनी को नीचे उस चलती–फिरती लाश पर डालती हैं। उसके द्वारा कंट्रोल करने की कोशिश करते हैं। पर वो उनके कंट्रोल से पूरी तरह बाहर होती हैं। पर कुछ देर बाद वो उनके कंट्रोल में आने लगती हैं। जिससे उन्हें पता चलता है कि उस लाश में से 1000 मेगावाट का करंट निकल रहा हैं। जो कि सबके लिए खतरनाक है। लेकिन प्रयोग रूम इस प्रकार से बना होता है कि उसके अन्दर से किसी भी प्रकार का छोटा या बड़ा खतरा बाहर नहीं आ सकता हैं। जिससे वो सभी पूर्ण रूप से सुरक्षित होते हैं। पर डॉ. भटनागर उस लाश की सारी शक्तियों को अपनी छत पर लगी मशीन द्वारा एकत्र कर लेते हैं।

लगभग एक घण्टे के बाद उस लाश की सारी शक्तियां समाप्त होने लगती हैं, जिससे वो लाश वंही पर गिर जाती हैं।

उसे देखकर डॉ. आर्या को विश्वास हो जाता है कि इस बार एलियन्स हमारी पृथ्वी का कुछ भी नहीं बिगाड़ सकते हैं। उसके बाद वो डॉ. भटनागर से उस कैमिकल का नाम पूछते हैं। तो वो उसका नाम यश और करन से रखने के लिए कहते हैं। जिससे करन उस कैमिकल का नाम 'हाईपर–फाइड़' रखता हैं।

प्रयोग सफल होने से वो सभी बहुत ही खुश होते हैं और वहां से तुरन्त ही वो सभी मिस्क्लेयर के पास जाकर एलियन्स के हमले को समझने की कोशिश करते हैं।

इसी बीच उन सबको वहां पर एक ऐसा झटका लगता है, जिससे कि वो सब अलग–अलग जगहों पर गिर जाते हैं। उतने में ही उस पूरे शहर में धीरे–धीरे अन्धेरा छाने लगता हैं, जो वहां के सभी न्यूज चैनलों के लिए एक बड़ी खबर और पूरे शहर के लिए दिल दहला देने वाली घटना बन जाती हैं।

देखते–ही–देखते उस शहर में धुंआ आने लगता है। जिससे सभी घबरा जाते हैं, और रिसर्च सेन्टर में, वहां की हर एक चीज ऐसी चिंगारियां फेंकती हैं कि मानों वो आग की चिंगारियां हो। जिससे बचने के लिए हमारे सभी वैज्ञानिक बचने के लिए इधर–उधर भागने लगते हैं, लेकिन धीरे–धीरे रिसर्च सेन्टर में भी चारों ओर धुंआ फैल जाता हैं।

पूरा ही रिसर्च सेन्टर हरे धुएं और चिंगारियों का शिकार हो जाता हैं। लेकिन चाहकर भी वैज्ञानिक कुछ भी नहीं कर पाते हैं।

तभी डॉ. आर्या कुछ वैज्ञानिक, जो कि उनके साथ थे। उन्हें लेकर अपने पर्सनल लैब में जाते हैं, जहां पर कमरे की चारों दीवारों पर लगे कम्प्यूटर्स पर अचानक बिगड़े हालात का पता लगाने की कोशिश करते हैं। लेकिन उन्हें कुछ भी पता नहीं चलता हैं। कुछ देर बाद ही उनके सामने एलियन्स के धरती पर कुछ घंटे बाद आने का राज खुलता हैं। जिससे घबराकर वो एलियन्स के बारे में और भी पता लगाने की कोशिश करते हैं। तभी उन्हें एलियन्स के हमले का संकेत मिलता हैं और उसी बीच उनके पास डॉ. लेजली कुछ और वैज्ञानिकों को जोकि बाहर भटक रहे थे उन्हें लेकर आती हैं। जैसे ही वो सब वहां पर आते हैं, वैसे ही वो लोग गिर जाते हैं और तब चैन की सांस लेते हैं। उनकी यह सांस ज्यादा देर तक नहीं चलती हैं, क्योंकि तभी वहां, उस कमरे का दरवाजा टूट जाता हैं, जिसके कारण वो धुआं बहुत ही बुरी तरह एक बेहोश करने वाली जहरीली गैस में बदल जाता हैं।

जिससे घबराकर डॉ. आर्या उन सभी को उस कमरे की गैलरी से एक ऐसे रूम में लेकर जाते हैं, जो कि पूर्ण रूप से सुरक्षित होता हैं और न ही उसमें उन्हें कोई खतरा होता है।

कुछ देर बाद जब बेहोश लोगों को होश आता हैं तो वो सभी पहले वहां बिल्कुल भी धुंआ न पाकर हैरान हो जाते हैं और दूसरा ये कि जिस रूम में वो लोग उस समय थे, वो रूम बहुत ही बड़ा और अलग था। साथ ही वहां पर चारों ओर कांच लगे हुए थे, जिन पर डॉ. आर्या काम कर रहे थे। जिसे देखते ही करन, यश से कहता है कि ये क्या है? पर तभी डॉ. खन्ना उनसे कहते हैं कि "ये एक कम्प्यूटर रूम हैं, यहां पर पहले कभी हम, डॉ. मल्होत्रा और डॉ. आर्या तीनों मिलकर काम किया करते थे। इसे आज से पूरे 26 साल पहले हम तीनों ने मिलकर बनाया था।" पर उतने में ही डॉ. आर्या तेजी से चिल्लाकर कहते हैं कि "हमें जल्द ही कोई–न–कोई कदम उठाना पड़ेगा नहीं तो ये पूरी पृथ्वी एलियन्स के कब्जे में हो जायेगी और फिर वो इस पूरी पृथ्वी को तबाह कर देंगे।" तभी यश उनसे कहता है "अंकल आपको इन सब बातों का कैसे पता चला? और वैसे भी हमें जो संकेत मिले थे वो बस से 10 घण्टे बाद के थे। तो वो उससे कहते हैं की तुम ये कम्प्यूटर देख रहे हो, इस पर हमें एलियन्स से जुड़ी हर तरह की जानकारी का पता चलता हैं ओर ये कभी भी गलत नहीं हो सकती हैं। ये मिसक्लेयर से कई गुना पावरफुल हैं और शायद मिसक्लेयर इतने साल यूज ना हो पाने की

वजह से ठीक से काम नहीं कर रहा हैं। उसके बाद वो कुछ देर तक सभी को उस कम्प्यूटर पर उन एलियन्स से जुड़ी घटनाओं के बारे में समझाने लगते हैं। पर तभी अचानक ही उन सबको तेजी से झटका लगता है, जिससे कि वो सब वहीं पर गिर जाते हैं और सोचने लगते हैं कि अब एलियन्स ने अपना कौन सा नया हमला किया? पर उसी समय डॉ. आर्या कहते हैं की जिस बात का मुझे ड़र था, आखिर वही हुआ। एलियन्स ने इस पूरी पृथ्वी को हिला दिया हैं और अब कुछ ही देर में वो अपनी शक्तियों से तबाही मचायेंगे, पर उससे पहले ही हमें कोई–न–कोई कदम जरूर ही उठाना होगा। बस इतना ही कहकर वो सबको अपने साथ वहां के एक रूम में लेकर जाते हैं, जिसमें केवल उससे पहले डॉ. आर्या ही जाते थे।

वहां पर वो सभी को कुछ ड्रेसेज पहनने के लिए देते हैं और कुछ देर बाद जब वो लोग उस ड्रेस को पहन कर आते हैं तो डॉ. आर्या उन सभी को अपने पर्सनल रूम के अन्दर बने एक नये रूम में लेकर जाते हैं जिसका रास्ता एक दीवार से जुड़ा होता हैं। उसमें भी एक बहुत बड़ा रिसर्च रूम होता है, जिसे देखते ही वो सभी हैरान हो जाते हैं। पर उसी बीच डॉ. खन्ना उनसे पूछते हैं कि उन्होंने पहले कभी भी वो रूम किसी को नहीं दिखाया। तो वो उनसे कहते हैं कि ये मेरी इन 22 सालों की मेहनत है, जो कि आज से तीन साल पहले ही पूरी हुई है। इसे मैंने इसी समय के लिए बनाया था और फिर उसके बाद वो लोग मिलकर अपने काम को आगे बढ़ाते हैं।''

उसके बाद वो उन सभी को एक नयी मिसाइल दिखाकर कहते हैं कि ''इसे पूरे हुए अभी केवल दो हफ्ते ही हुए हैं। लेकिन इसका प्रयोग अभी तक हमने नहीं किया हैं और प्रयोग के लिए हमारे पास समय भी नहीं है, इसलिए इसे हमें आज ही प्रयोग करना होगा। फिर चाहे किसी की भी जान क्यों न चली जाये? पर पृथ्वीवासियों को बचाना है। इसलिए इस खतरे का सामना करने के लिए वो खुद ही जायेंगे।'' तभी करन उनसे कहता है कि वो और यश मिलकर इस मिसाइल से एलियन्स का सामना करेंगे। डॉ. आर्या उस समय तो उनकी बात नहीं मानते हैं पर कुछ देर बाद उन्हें उनकी बात माननी पड़ती हैं।

फिर वो यश और करन को उस मिसाइल के बारे में समझाते हैं और फिर डॉ. खन्ना, डॉ. मित्रा दोनों से ही रिसर्च सेन्टर में रहकर अन्तरिक्ष में होने वाले सभी प्रकार की छोटी–बड़ी घटनाओं की जानकारी यश

ड्रेगन एण्ड फायरहार्ड-क्रिस्टल का इतिहास

और करन को देने के लिए कहते हैं।

डॉ. आर्या के कहने के अनुसार यश और करन दोनों ही उस मिसाइल के अन्दर चले जाते हैं और फिर कुछ ही देर में उनका मिसाइल हमारे अन्तरिक्ष की ओर उड़ जाता हैं। उनके जाने के बाद डॉ. आर्या भी अपने कुछ लोगों को लेकर अपनी पहली मिसाइल के पास ले जाते हैं और उसमें सभी को अपनी कुर्सी पर बैठने के लिए कहते हैं उसके बाद वो अपना मिसाइल से अन्तरिक्ष की ओर ले जाते है, उसके बाद वो सभी को बताते हैं कि कुछ देर में वो सभी को दो–दो भागों में बांट देंगे, जिससे कि एलियन्स की फैलाई तबाही को रोकने में आसानी होगी।

अन्तरिक्ष में पहुंचने के बाद वो अपने पास लेजली को रोक लेते हैं और उसके बाद वो मिसाइल को 6 भागों में बांट देते हैं और वो लेजली के साथ मिलकर सभी मिसाइलों पर कंट्रोल करने लगते हैं। खासकर यश और करन के मिसाइल को क्योंकि सबसे बड़ा काम वो कर रहे थे। वो दोनों ही उस समय धरती से अन्तरिक्ष की ओर जा रहे होते हैं। उसी बीच उनके मिसाइल को झटका लगता हैं। जिससे उन्हें लगता है कि उनके सामने से हजारों किमी0/घण्टा की चाल से कोई गया हैं। वो ये बात डॉ. आर्या को बता ही रहे हाते हैं, तभी डॉ. आर्या के सामने से भी वो यान जाता हैं। जिससे कि वो उसके बारे में समझ जाते हैं और फिर उस यान को अपने मिसाइल के गुरूत्वकर्षण बल के द्वारा खींचने लगते हैं, पर उनका वो वार बेकार जाता हैं।

नीचे धरती पर बहुत तबाही फैल चुकी होती हैं और यश, करन का मिसाइल भी सारे गियर फेल होने के कारण जल्द ही काम करना बन्द कर देता हैं। उनके मिसाइल में खराबी की बात लेजली को पता चलती हैं तो वो इस बारे में डॉ. आर्या को बताती हैं। जिससे डॉ. आर्या तुरन्त ही अपना काम छोड़कर अपने कम्प्यूटर की उस स्क्रीन के पास आते हैं, जिस पर यश और करन दिख रहे होते हैं। उसी समय डॉ. आर्या की मिसाइल को एक झटका लगता हैं। जिससे डॉ. आर्या अपनी जगह से हट जाते हैं। जिससे कि उनका मिसाइल एलियन्स के मिसाइल से टकराते हुए धरती पर आ गिरता हैं।

डॉ. आर्या का मिसाइल जिस जगह गिरता हैं, वो एक जंगल होता हैं और वहां पर चारों ओर बहुत ही धुंआ फैला होता है। जिस कारण लेजली ओर डॉ. आर्या दोनों ही गिरकर बेहोश हो जाते हैं।

कुछ ही देर में वहां पर बहुत ही बड़ा खतरनाक धमाका होता है। जिससे डॉ. आर्या और लेजली दोनों ही अलग–अलग स्थानों पर जा गिरते हैं।

दूसरी तरफ शहर में तबाही धीरे–धीरे एक नया मोड़ लेने लगती हैं। वहां पर लोगों में उस दिन की घटना को लेकर भगदड़ मची जाती हैं। सभी लोग खुद को सुरक्षित करने की कोशिश करते हैं।

वहां की सरकार, वहां की सभी यातायात सुविधायें बन्द कर देती हैं। उस पूरे शहर में तबाही के तान्डव से वहां और पूरे विश्व के लोग परेशान होते हैं। दूसरे देश भी अपनी पूरी कोशिश केपटाउन सिटी को बचाने की कोशिश करते हैं। पर धीरे–धीरे वो तबाही शहर के आस–पास के इलाकों में फैलने लगती है, पर रुकने का नाम नहीं लेती हैं।

देखते ही देखते ऊपर आसमान में यश और करन का मिसाइल बेकाबू हो जाता हैं जिससे वह, वहां से गिरता हुआ, एक भयानक जंगल में आ गिरता हैं। जंगल में मिसाइल के गिरने से एक बहुत ही बड़ा धमाका होता हैं।

जिससे वो दोनों ही वहां से जाकर एक जंगल में जाकर गिरते हैं। जहां पर चारों ओर पानी–ही–पानी और अंधेरा होता हैं। लेकिन उन दोनों के ही बेहोश हो जाने के कारण उन्हें कुछ भी नहीं पता चलता हैं।

कुछ देर बाद यश को होश आता हैं तो वो अपने चारों ओर देखता हैं। लेकिन अंधेरा होने के कारण उसे कुछ भी ठीक से नहीं दिखता हैं। पर फिर भी वो अपने दोस्त करन को खोजने के लिए उसे आवाज देता हुआ कुछ दूरी तक आगे बढ़ता हैं।

तभी उसे कुछ दूरी से एक चमकीली रोशनी चमकती हुई दिखती हैं। जिससे वो उसकी ओर बढ़ता है। उसके पास पहुंचने पर वो बहुत ही हैरान हो जाता है और सोचता है कि कंही वो सपना तो नहीं देख रहा हैं। पर जब उसे पता चलता है कि वो सपना नहीं बल्कि हकीकत है। तो वो बहुत ही खुश होता है क्योंकि उसके सामने उसके पिता डॉ. मल्होत्रा की रूह (आत्मा) दिखाई देती हैं। जिसे वो हकीकत समझने लगता हैं। पर जब उसके पिता उसे बताते हैं कि अब वो जिन्दा नहीं हैं। वो तो आज से 22 साल पहले ही इस दुनिया से चले गये थे। उनकी बाते यश को चौंका देती हैं, जिससे उसकी आंखें आंसुओं से भर जाती हैं। जिसे देखकर डॉ. मल्होत्रा उससे कहते हैं कि ''बेटे, आज हम

तुम्हें बस ये बताने आये हैं कि हमारी इस पृथ्वी की रक्षा अब तुम ही कर सकते हो। इसके लिए तुम्हें अकेले ही नहीं रहना होगा, बल्कि तुम्हारा साथ एक ड्रेगन देगा।'' उनकी बात सुनकर यश हैरान हो जाता है, पर फिर वो उनसे पूछता हैं कि पापा क्या आज भी 21 वीं सदी में ड्रेगन्स हैं। तो डॉ. मल्होत्रा उससे कहते हैं की बेटे एलियन्स से हमारी पृथ्वी और हमारी पृथ्वी के क्रिस्टल को बचाने के लिए अभी–भी कुछ अच्छे ड्रेगन्स जिन्दा हैं और उनमें से एक ड्रेगन जो हमारी पृथ्वी का सबसे बड़ा रखवाला हैं। वह फायरहार्ड लेकिन वो अधूरा हैं।

तो यश उनसे फायरहार्ड और क्रिस्टल के बारे में पूछता है कि ''वो हैं कहां?''

उसकी बात सुनकर वो उससे कहते हैं कि बेटे इस बात का पता तो पूरी तरह हमें भी नहीं है, पर उसे पाने के लिए तुम्हें 'क्रियॉल' जंगल में जाना होगा। जिसका नाम हमने ही रखा था। वो भी इसलिए क्योंकि कुछ बुरे लोग उस जंगल द्वारा, हमारी धरती के क्रिस्टल को प्राप्त कर उसका गलत उपयोग करने की सोच रहे थे और आज भी सोच रहे हैं। उसकी खोज में दुनिया भर के लोग लगे हुए हैं। फिलहाल अभी तक वो क्रिस्टल किसी को भी नहीं मिला। पर अब तुम्हें उसे प्राप्त कर पृथ्वी पर से बुराई का नाश करना हैं।

तभी यश उनसे कहता है ''पापा ये सब तो ठीक है पर उस काम के लिए मै ही क्यों?'' उसके पिता उसकी बात सुनकर उसे ये सलाह देते हैं कि वो इस बारे में अभी मत सोचे। समय आने पर उसे हर एक बात का पता चल जायेगा। तो यश उनसे कहता हैं ''पापा हमें तो उस जंगल का रास्ता तक नहीं पता है तो हम क्रिस्टल को कैसे प्राप्त कर पायेंगे।'' तो उसके पिता उससे कहते हैं की ''तुम्हे सबसे पहले हमारे अतीत के बारे में जानना होगा। तभी तुम उस जंगल का रास्ता जान पाओगे। उसके बाद तुम्हे लम्बे, खतरनाक खतरों का सामना करना पड़ेगा, जोकि तुम्हारी उस क्रिस्टल को प्राप्त करने की परीक्षा होगी। जिसके साथ तुम धीरे–धीरे क्रिस्टल का पता लगा लोगे और उसके आगे तुम खुद ही एक नया रूप धारण कर लोगे।''

उनकी बातें सुनकर यश घबरा जाता हैं। पर उनके जाने से पहले वो उनसे शहर में फैली तबाही को रोकने का कारण पूछता है। तो वो उससे कहते हैं कि ''तुम उसकी चिन्ता मत करो, क्योंकि शहर अब से कुछ ही देर में पूरी तरह सुरक्षित हो जायेगा। तुम बस करन को लेकर

शहर पहुंच जाओ। अंधेरा होने के कारण तुम्हे कुछ ठीक से दिखाई नहीं देगा इसलिए तुम्हें शहर पहुंचने के लिए बस मोड़ को ध्यान में रखना हैं। इसके लिए तुम्हें हर कदम पर आगे की ओर पूरब और दक्षिण दिशा में मुड़ना होगा। वहीं से तुम्हारी मंजिल है।''

उसके बाद उसके पिता उसे दोनों मोड़ और दिशा दोनों ही ठीक से दिखाकर वहां से गायब हो जाते हैं।

फिर यश, करन को ढूंढ़ने के लिए अपने पिता की बातों को ध्यान में रखते हुए आगे की ओर पूरब और दक्षिण दिशा में बढ़ते हुए, मुड़ता है।

कुछ दूरी पर पहुंचते ही वो करन के शरीर से टकराकर नीचे गिर जाता हैं। उसे देखते ही वो बहुत ही खुश होता हैं और उसे होश में लाने के लिए वहां पर जंगल में बह रहे पानी को अपने हाथों से करन के मुंह पर डालता है और उसके होश में आने के बाद वो उसके साथ आगे की ओर बढ़ता है।

उनके आगे बढ़ते ही डॉ. मल्होत्रा की आत्मा वापस उसी स्थान पर प्रकट होती है, जहां वो यश से मिले थे। पर इस बार वो यश को जाते हुए देखते हैं और तभी अपनी आंखें बन्द कर किसी को अपने पास बुलाते हैं। तभी उनके पास एक ड्रेगन उनके पीछे से दौड़ता हुआ आता है और आकर उनके सामने खड़ा हो जाता है। डॉ. मल्होत्रा उससे कहते हैं कि शहर में धरती वासियों को तुम्हारी जरुरत है। तुम्हें जाना होगा। उनकी बातें सुनकर वो ड्रेगन तेज रफ्तार में दौड़ते हुए यश और करन के पास जाता हैं जिससे वो दोनों ही ड़र जाते हैं पर उसी समय यश को अपने पिता की बात ध्यान में आती है। जिससे वो उसकी ओर बढ़ता है, तभी वो ड्रेगन उन दोनों को अपनी जादुई शक्तियों के द्वारा अपनी पीठ पर बैठाकर अपनी तेज रफ्तार में शहर की ओर भागता है।

शहर पहुंचकर उन सभी को हैरानी होती है। जिसकी वजह ऊपर आसमान में एलियन्स के लगभग 10 से 15 यान उड़ते हुए अपनी जादुई शक्तियों के द्वारा पृथ्वीवासियों पर हमला करते हैं। पर ड्रेगन वहां पर पहुंचते ही यश और करन दोनों को ही लेकर ऊपर आसमान में उड़ते हुए एलियन्स पर अपने मुंह से आग का हमला करता है। जिससे कुछ एलियन्स के यान जलते हुए वापस अपने ग्रह की ओर जाते हुए गायब होने लगते हैं। पर कुछ देर बाद एलियन्स के चार यान और बचते हैं जोकि अपने यान को ड्रेगन के हमलों से काफी हद तक बचाते हैं। पर

उसी बीच दो एलियन्स के यान ड्रेगन के हमले का शिकार हो जाते हें और वो भी वहां से गायब हो जाते हैं। लेकिन दो यान फिर भी बचते हैं। वो एलियन्स खुद को पूरी तरह से बचाते हैं ओर कुछ देर में वो अपनी शक्तियों को एक कर ड्रेगन से मुकाबला करते हैं पर जब वो हारने लगते हैं तो वो शहर के आस–पास की बिल्डिंगों को अपने यान द्वारा शक्तियां निकालकर तबाह करने लगते हैं। जिसे देखकर ड्रेगन उनसे सामना करता है। पर उनका एक हमला ड्रेगन को प्रभावित कर देता है जिससे वो ड्रेगन यश ओर करन के साथ नीचे गिरने लगता है लेकिन फिर वो यश और करन दोनों को ही एक सुरक्षित स्थान पर छोड़ आता है और फिर सामना करता है। लेकिन सामना करते–करते एलियन्स नीचे धरती पर चार–पांच ड्रेगन्स प्रकट कर देते हैं जोकि नीचे शहर के लोगों को प्रभावित करते हैं। पर ड्रेगन ऊपर आसमान में एलियन्स से लड़ता हैं और कुछ देर में वो उन्हें भी अपनी आग के द्वारा मार देता है।

उसके बाद वो नीचे धरती पर आकर एलियन्स के बनाए ड्रेगनों से सामना करता हैं। उनसे लड़ते–लड़ते, आस–पास की कुछ बिल्ड़िगें और कुछ लोग भी खत्म हो जाते हैं। लड़ते–लड़ते वो सभी यश और करन के पास पहुंच जाते हैं। जिससे उन्हें जान का खतरा होता है। पर ड्रेगन उन्हें बचाने के लिए ऊपर बीच आसमान में ले जाकर छोड़ देता हैं और वापस नीचे आकर उन्हें भी अपनी आग की शक्तियों द्वारा मार डालता है और उसके बाद यश और करन को वापस अपनी जगह छोड़कर वहां से उड़ता हुआ चला जाता है उसके जाते ही पूरे शहर की लाइट वापस आ जाती है। जिससे उन्हें आस–पास के सभी स्थान दिखाई देने लगते हैं। जिसे देखकर वो सभी कहने लगते हैं की ये पूरी दुनिया कुछ देर पहले एक खतरे की दुनिया में तब्दील हो गई थी।

6

यादों में

अगले दिन तक पूरे शहर की हालत काफी हद तक सुधर जाती है पर वहां हुए हादसे में लगभग 20–30 लोग मारे और 40–50 लोग जख्मी भी होते हैं।

जिसके कारण दुनिया भर के लोग एलियन्स के द्वारा फैलाई इस तबाही से काफी हद तक डरे हुए रहते हैं। उन सभी को यह सोचकर डर लगता है कि एलियन्स का क्या भरोसा? वे तो किसी भी देश पर कभी भी हमला कर सकते हैं। क्या पता, वे अगले ही दिन किसी भी दूसरे देश पर हमला बोल दें।

साउथ अफ्रीका में हुई तबाही के कारण दूसरे देश के वैज्ञानिक भी फोन कर अपना अफसोस जताते हैं।

साउथ अफ्रीका के रिसर्च सेंटर में दो जूनियर वैज्ञानिक की मौत हो जाती है और चार जूनियर वैज्ञानिक एलियन्स के हमलों में घायल होकर अस्पताल में भर्ती होते हैं। जबकि हमारे दो खास वैज्ञानिक डॉ. आर्या और डॉ. लेजली दोनों का ही कुछ भी पता नहीं हैं। जिससे रिसर्च सेंटर के सभी लोग बहुत ही परेशान होते हैं। खासकर यश और करन।

वहां पर सभी लोगों को लगता है कि वो दोनों वैज्ञानिक शायद जिन्दा हैं। साउथ अफ्रीका में घटित हुई सभी प्रकार की घटनाएं, सम्पूर्ण विश्व में दिखाई जा रहीं थीं। जिसे इण्डिया में बैठी मिसेस आर्या, करन की मां टीवी पर देखकर घबरा जाती हैं और साउथ अफ्रीका में करन के पास फोन कर पूछती हैं कि "उसके पिता कहां हैं?" करन की मां

से बात करते हुए रो पड़ता है। यश उससे फोन ले लेता है और कहता है कि आंटी, अंकल पूरी तरह सही हैं। उन्हें कुछ भी नहीं हुआ है। हां वे इस समय हमारे साथ नहीं हैं क्योंकि वो एक बड़े जंगल में फंस गये हैं, जल्द ही आ जायेंगे और आते ही हम आपसे उनकी बात करायेंगे।''

''उन्हें यश की बात पर भरोसा हो जाता है और फोन रख देती हैं। करन रोते हुए यश के गले लग जाता है, यश उसे समझाता है, करन अंकल को कुछ भी नहीं हुआ है, वे सही हैं और वैसे भी हमारे काफी लोग उन्हें ढूंढ़ने में लगे हैं।

यश की बात सुनकर करन को थोड़ी राहत मिलती है और अपने कमरे में जाकर सो जाता है। परन्तु यश वहीं डॉ. भटनागर और डॉ. मित्रा के पास रुककर रिसर्च रूम में मिस्क्लेयर को पहले से भी ज्यादा पावरफुल बनाने की कोशिश में लगा रहता है।

शाम को पुलिस फोर्स के और रिसर्च सेंटर के आदमी वापस आते हैं और उन तीनों से बताते हैं कि ''उन्हें कहीं भी डॉ. आर्या और डॉ. लेजली नहीं मिले। फिर भी हम उनकी तलाश कर रहे हैं।''

इसी बीच करन वहां पर आकर उनकी सारी बातें सुन लेता है यश उसे समझाता है कि उसे भरोसा रखना चाहिए।

यश भी डॉ. आर्या के न मिलने की खबर सुनकर परेशान हो जाता हैं और अपने कमरे में जाकर उनके बारे में सोचते हुए रोता है। तभी करन वहां आकर उसे रोता हुआ देख लेता है और वह उसे भी दिलासा दिलाता है।

एक और रिसर्च सेंटर के कुछ आदमी और उस शहर की पुलिस फोर्स डॉ. आर्या और डॉ. लेजली की खोज में लगी होती हैं तो दूसरी ओर डॉ. भटनागर, डॉ. मित्रा, यश और करन चारों मिलकर रिसर्च सेन्टर के काम को संभाल रहे होते हैं।

धीरे–धीरे एलियन के द्वारा हुए हादसे को पूरा एक महीना बीत जाता है। फिर भी वे सभी लोग उस हादसे में खोये डॉ. आर्या और डॉ. लेजली की यादों में तन्हा रहते हैं।

कुछ दिनों में पूरे शहर की हालत काफी हद तक सुधर चुकी होती है और सभी लोगों को विश्वास हो चुका होता है कि अब वे दोनों इस दुनिया में नहीं हैं। इस बात का विश्वास करना सभी के

लिए बहुत ही कठिन था। खासकर सबसे ज्यादा करन की मां, मिसेस आर्या के लिए।

वो इस सदमे को बर्दाश्त नहीं कर पाई और 'कोमा' में चली गयीं।

उन्हें देखने के लिए यश और करन दोनों ही वापस इण्डिया आये और लगभग एक हफ्ते तक रुके भी। लेकिन उनकी हालत में कोई भी सुधार न पाकर वे आज वापस साउथ अफ्रीका चल दिये।

आखिरकार अब उन दोनों को ही रिसर्च सेंटर की जिम्मेदारी संभालनी थी।

दोनों साउथ अफ्रीका पहुंचकर अपनी जिम्मेदारी को बखूबी निभाते हैं और आज वो दोनों ही डॉ. मित्रा और डॉ. भटनागर के साथ मिलकर अपनी एक नई कोशिश कर रहे हैं। उनकी यह पहली बड़ी कोशिश है। वे सभी मिलकर एक ऐसा सेटेलाइट बना रहे हैं, जिसके द्वारा वे एलियन्स से जुड़ी हर प्रकार की जानकारी और अब तक धरती पर हुए उनके हमले को देखते हुए आगे आने वाले सभी खतरों को टाल सकने की कोशिश में लगे हुए हैं।

इसके अतिरिक्त उनकी खोज के अंतर्गत एलियन्स की शक्ति का अनुमान लगाना एलियन्स के हमले को पूरी तरह से रोकना भी शामिल है।

इसलिए इस बार वे सभी रात–रात जगकर अपनी कोशिश को जल्द से जल्द पूरा करना चाह रहे हैं। एक दिन उनका वह समय आ ही जाता हैं, जब वे अपना बनाया सेटेलाइट अन्तरिक्ष में छोड़ने के लिए तैयार हैं।

यश, करन, डॉ. भटनागर और डॉ. मित्रा सभी मिलकर सेटेलाइट के पास, उसे चेक करने में लगे होते हैं। चेकिंग पूरी होने के बाद वे सभी मिलकर अपने कम्प्यूटर रूम में जाकर सेटेलाइट को ऑपरेट करते हैं। जहां पर वे अपने कम्प्यूटर की स्क्रीन पर अपने बनाये सेटेलाइट को देखते हैं और उसका समय पूरा होने के बाद उसे अन्तरिक्ष के लिए छोड़ देते हैं।

कुछ समय बाद उसके अन्तरिक्ष में पहुंचते ही, अपनी पहली बड़ी कोशिश की कामयाबी के लिए सभी एक–दूसरे के गले लगकर शुभकामनाएं देते हैं और अपने कम्प्यूटर द्वारा सेटेलाइट को पृथ्वी के चारों ओर चक्कर लगाने की गति में छोड़ देते हैं।

उसे ऑपरेट करने की जिम्मेदारी यश, करन, डॉ. भटनागर और डॉ. मित्रा के अलावा रिसर्च सेन्टर के छः और लोगों की है। उसे ऑपरेट करने के लिए एक नया और बहुत ही बड़ा कम्प्यूटर रूम भी बनाते हैं। जिस रूम में केवल वही लोग जा सकते हैं, जिन्हें उस रूम में जाने की आज्ञा होती है।

एक दिन जब सभी मिलकर रिसर्च रूम में सेटेलाइट ऑपरेट कर रहे होते हैं। तभी डॉ. मित्रा के पास अमेरिका से वहां के चीफ डॉ. जेम्स का फोन आता है। डॉ. मित्रा फोन पर उनसे अपनी नई असिसटेंट डॉ. एलिन के बारे में बताते हैं कि वह इण्डिया में कुछ दिन तक एलियन्स पर रिसर्च कर रही थी, लेकिन अब महीनें भर से अमेरिका में अपनी रिसर्च कर रही हैं। वे उन्हें उनकी काबिलियत के कारण साउथ अफ्रीका के रिसर्च सेन्टर में भेजना चाहते हैं।

डॉ. एलिन के बारे में सुनकर यश और करन डॉ. भटनागर से पूछते और उनसे डॉ. एलिन को साउथ अफ्रीका अपने रिसर्च सेंटर में बुलाने के लिए कहते हैं।

दो दिन बाद, डॉ. एलिन वहां पर आकर सभी से मिलती है, उसे हिन्दी बोलता देखकर सभी को बड़ी हैरानी होती है, वे बताती है कि वे इण्डिया में काफी दिनों तक रही है, जिससे उनकी हिन्दी अच्छी हो गई है। डॉ. एलिन से मिलकर सभी बहुत खुश होते हैं और डॉ. भटनागर उसे यश व करन के साथ काम करने के लिए कहते हैं। उसके बाद वे अपने असिसटेंट को भेजकर उसका घर दिखाने के लिए कहते हैं।

अगले दिन जब यश, करन और डॉ. एलिन मिलकर एक साथ रिसर्च रूम में डॉ. भटनागर के बनाये हुए कैमिकल हाईपर–फाइड़ को और भी ज्यादा शक्तिशाली बनाने के बारे में सोच रहे होते हैं। तो डॉ. भटनागर वहां आकर उन तीनों से ही 'हाईपर–फाइड़' पर काम करने के लिए कहते हैं।

एक दिन यश, करन और डॉ. एलिन रात के लगभग 8 बजे रिसर्च सेंटर के बगीचे में बैठकर डॉ. आर्या और उनके बाकी साथियों के बारे में बात कर रहे थे, तभी उनके सामने से एक गोल आकार की रोशनी धीरे–धीरे आना शुरू होती है, जो कुछ ही देर में इतनी तेज हो जाती है कि उन तीनों को ही कुछ भी दिखाई नहीं देता है और कुछ ही देर में वह रोशनी वहां से दूर, पास के एक जंगल में चली जाती है, जहां

पर बहुत अंधेरा होता है। वे तीनों मिलकर उसका पीछा करते हैं। उस रोशनी के पास पहुंचकर तीनों एक पेड़ के पीछे छिप जाते हैं और वहां से उस रोशनी को देखते हैं, कुछ देर तक उन्हें वह रोशनी चमकती हुई दिखाई देती है और कुछ देर बाद अपने ही स्थान पर गायब हो जाती है। यह देखकर वे लोग हैरान रह जाते हैं। उन्हें अपनी आंखों पर विश्वास नहीं होता है, फिर वे भी उस जगह जाते हैं, जहां पर वह रोशनी आकर गायब हुई थी। वहां पहुंचने पर उन्हें उस जगह जमीन पर केवल एक बड़ा–सा पत्थर मिलता है। जिसे वे हिलाकर और उसकी जगह से हटाकर भी देखते हैं। तो उन्हें उसके नीचे एक पेड़ लगा हुआ मिलता है, पेड़ बहुत ही छोटा होता है और उसकी पत्तियों पर पानी की कुछ बूंदें पड़ी होती हैं जोकि चमक रही होती हैं। उसका रंग भी बड़ा अजीब–सा होता है, देखने पर वह कोई असाधारण पेड़ लगता है। डॉ. एलिन उसे रिसर्च के लिए उखाड़ लेती है और अपने हाथ में पकड़कर रिसर्च सेंटर आने लगती है, उनके साथ यश और करन भी आ जाते हैं। रास्ते में आपस में बाते करते हुए वे कहते हैं कि अगले दिन सुबह वे जरूर ही वहां पर आयेंगे। उनके वहां से चलते ही वे रोशनी उनके पीछे से ऊपर आसमान की ओर चली जाती है जिसे वे लोग देख लेते हैं और वापस मुड़कर उस पत्थर के पास जाते हैं, लेकिन उस जगह केवल उस पत्थर के अलावा कुछ भी नहीं दिखाई देता है। ये बात उन तीनों को ही ड़रा देती है, और वे जल्द ही उस जंगल से बाहर निकल जाते हैं, यह घटना उनके लिए एक दिल दहला देने वाली घटना बन जाती है।

रिसर्च सेंटर में पहुंचकर डॉ. एलिन उस पेड़ को कैमिकल रूम में ले जाकर पानी में यह सोचकर रखती है कि शायद वह पेड़ अगले दिन भी वैसा का वैसा ही रहेगा।

डॉ. एलिन कैमिकल रूम से वापस यश और करन के पास आती है और दोनों को अपने घर पर ले जाती है, जहां पर वे उन दोनों के लिए कॉफी बनाती है। कॉफी तैयार कर उन दोनों के पास आती है और जंगल में हुई घटना को लेकर बातें करने लगती हैं। उसी बीच करन की नजर अचानक एलिन के पैर पर पड़ती है। जिसे देखकर वह हैरान रह जाता है, क्योंकि एलिन के पैर पर पेड़ की छाल लगी होती है। जिसका रंग कभी गाढ़े, तो कभी हल्के भूरे रंग में बदलता रहता है।

वह एलिन के पैर को उसे और यश को दिखाता है। जिसे देखकर वह दोनों ही घबरा जाते हैं। इतने में यश उसके पास आकर उसके पैर पर लगी पेड़ की छाल को छुड़ाने की कोशिश करता है। लेकिन छाल छूटती नहीं है, यश एलिन से उस छाल पर पानी डालने के लिए कहता है। वे अपने बाथरूम में जाकर अपने पैर पर पानी डालकर छुड़ाने की कोशिश करती है। पर फिर भी वह नहीं छूटता। वे वापस यश और करन के पास आने लगती हैं, तभी करन को उनके पैर पर लगी पेड़ की छाल का एक छोटा–सा टुकड़ा टूटकर नीचे गिरते हुए दिखता है। जिससे वह उन्हें अपनी जगह पर रुकने के लिए कहता है और वह उनके पास जाकर उनके पैर पर लगी पेड़ की छाल को छुड़ाने की कोशिश करता है। पर तभी यश उसे एलिन के पैर छूने से मना कर देता है। जिससे करन रुक जाता है और उससे पूछता है कि क्या हुआ? यश उससे कहता है कि अगर हम एलिन के पैर पर लगी पेड़ की छाल को छूते हैं तो शायद हमारे साथ–साथ उसकी जान को भी खतरा हो सकता है।

मुझे लगता है कि एलिन ने जंगल में लगे उस पेड़ को उखाड़ दिया था, जो पत्थर के नीचे दबा हुआ था। शायद तभी उनके पैर में ऐसा हुआ है।

यश एलिन के पास आकर उसे खुद पर भरोसा रखने के लिए कहता है। इसी बीच उसकी नजर एलिन की कमर पर पड़ती है। तो उसे वहां पर भी पेड़ की छाल लगी दिखाई देती है। जिससे वह घबरा जाता है और उन दोनों को भी दिखाता है। सबसे ज्यादा एलिन घबरा जाती है और घबराहट के कारण डरी–डरी सी रहती है।

यश अपने हाथों से उसकी कमर पर लगी पेड़ की छाल को खींचकर देखता है। छाल तो आसानी से निकल जाती है, पर उस जगह से नीले रंग का एक पदार्थ निकलने लगता है, जिसे देखकर उन तीनों के होश उड़ जाते हैं। यश उस छाल को वापस अपनी जगह लगा देता है।

जाते समय यश एलिन से अपने पैर और कमर को छूने के लिए मना कर देता है।

उनके जाने के बाद एलिन अपने रूम में जाकर अपनी कमर पर लगी पेड़ की छाल को अपनी कमर से अलग करने की कोशिश करती हैं। छाल अपनी जगह से अलग तो हो जाती है, पर उस जगह से तेजी से

धुंआ बाहर आने लगता है, जिससे परेशान हो उस छाल को वापस उसी जगह पर लगा देती है। छाल को वापस लगाकर थोड़ी राहत मिलती है, पर फिर भी उनके अन्दर डर बना रहता है। इसके बाद वह सोने के लिए चली जाती हैं, पर उस रात उसे बिल्कुल भी नींद नहीं आती है।

अगले दिन सुबह जब एलिन उठती हैं तो उसके शरीर में लगी पेड़ की छाल काफी ज्यादा जगह तक फैल चुकी होती है, यह देख वह काफी ज्यादा घबरा जाती है। रिसर्च सेंटर पहुंचते ही वह यश और करन से मिलकर उन्हें अपने शरीर में लगी पेड़ की छाल को दिखाती है, जो की बढ़ चुकी होती है। जिसे देखकर वे दोनों और भी ज्यादा घबरा जाते हैं और फिर यश, करन से डॉ. भटनागर और डॉ. मित्रा को बुलाने के लिए कहता है।

उनके आते ही वे दोनों बीती रात को घटित घटना और एलिन के शरीर पर लगी पेड़ की छाल के बारे में बताते हैं।

एलिन के पैर, कमर और हाथों पर लगी पेड़ की छाल को देखकर सभी एक बड़ी मुसीबत में पड़ा महसूस करते हैं। फिर सभी रिसर्च सेन्टर के गेस्ट रूम जाकर बैठते हैं और वहां पर एलिन के शरीर में लगी पेड़ की छाल के बारे में सोचते हैं कि उसे कैसे ठीक किया जाये?

उसी बीच यश उनके पास नाश्ता लेकर आता है। सभी एक साथ मिलकर नाश्ता करते हुए एलिन को पहले जैसा करने के बारे में सोचते हैं।

डॉ. मित्रा कहते हैं कि ये जहां से शुरू हुआ है, वहीं पर खत्म भी होगा। इसलिए सभी कैमिकल रूम में जाकर उस पेड़ को देखते हैं, जो यश, करन और एलिन को जंगल में पत्थर के नीचे दबा मिला था।

उस पेड़ को देखकर डॉ. भटनागर और मित्रा दोनों ही घबरा जाते हैं, क्योंकि वे समझ जाते हैं कि वह पेड़ कोई साधारण पौधा नहीं है। अतः यश, करन और एलिन तीनों को ही अपने साथ लेकर जंगल में वापस जाते हैं और वहां पहुंचकर उन तीनों के साथ उस पत्थर के पास जाते हैं, जिसके नीचे से उन्हें पेड़ मिला था। उस पत्थर को देखकर डॉ. मित्रा, डॉ. भटनागर से कहते हैं कि हमारा शक बिल्कुल सही निकला। उनकी बातें सुनकर यश उनसे उसके बारे में पूछता है। डॉ. भटनागर उसे बताते हैं कि कल यहां पर तुमने जो आसमान से आती रोशनी देखी थी, वह एक ड्रेगन की आत्मा है, जो मरने के बाद उस रोशनी में तबदील

हो गयी थी। वह अच्छाई की दुनिया का ड्रेगन है, जिससे धरतीवासियों को कोई भी खतरा नहीं है। उनकी बातें डॉ. मित्रा के अलावा किसी को भी समझ में नहीं आती हैं। यश उनसे कहता हैं "अंकल आप हमें साफ–साफ बताइये।" डॉ. भटनागर कहते हैं की हमें पहले एलिन को पहले जैसा करने के लिए जड़ी–बूटी लानी होगी, वरना वह एक पेड़ में तबदील हो जायेगी। यश एक बार फिर उनसे उस पेड़ के बारे में पूछता है। लेकिन डॉ. मित्रा पेड़ के बारे में बाद में बताने के लिए कहते हैं।

तभी करन कहता कि अंकल एलिन ठीक कैसे होगी? "इसके लिए हमें रात के होने और उस ड्रेगन की आत्मा के वापस आने का इन्तजार करना होगा। तभी एलिन ठीक हो सकती है।" अंकल बोले।

रात होने पर सभी वापस उस जंगल में आते हैं। तब–तक एलिन के आधे से ज्यादा शरीर पर पेड़ की छाल आ चुकी होती हैं या यह कहें कि उसका आधे से ज्यादा शरीर एक पेड़ में तबदील हो चुका होता है और कहीं–कहीं पर तो पत्तियां भी आने लगती हैं।

धीरे–धीरे आधी रात बीत जाती है। एलिन एक जगह नीचे की ओर झुककर खड़ी होती है, तभी उसे अचानक ही झटका–सा लगता है और उसका पैर जमीन में किसी पेड़ की जड़ की तरह घुसने लगता हैं, साथ ही उसके गले के नीचे का पूरा शरीर एक पेड़ में तबदील हो चुका होता है। उसके शरीर में पत्तियों की संख्या भी धीरे–धीरे बढ़ती जाती है एलिन और वहां मौजूद सभी लोग बहुत ही ड़र जाते हैं। कुछ समय बाद एलिन के गले के ऊपरी भाग से ऐसी आवाज आती है कि मानो कोई पेड़ को हाथ से तोड़ रहा हो और उस पर भी धीरे–धीरे पेड़ की छाल चढ़ने लगती है। एलिन को बहुत ही तकलीफ और दर्द होता है। जिसे देखकर सभी को लगता है कि अब वह एलिन को भी खो देंगे।

उसी बीच कुछ दूरी पर रखा वह पत्थर, जिसके नीचे से एलिन ने पेड़ को उखाड़ा था चमकने लगता है और उसमें से उन्हें रोने की आवाज सुनाई देती है। जिसे वे लोग काफी देर तक सुनते हैं। उस आवाज के बन्द होते ही उस ड्रेगन की आत्मा, एक चमकती हुई रोशनी गोल आकृति के रूप में दिखाई देती है और उन सभी से कहती है "आपका स्वागत हैं डॉक्टर्स, आप सभी यहां क्यों आये हैं, हमें पता है। अगर आपकी सहयोगी ने यहां रखे पत्थर के नीचे से पेड़ को न उखाड़ा होता तो, आज

वह एक पेड़ में न बदल गयी होती।'' डॉ. भटनागर उससे कहते हैं, ''उसके लिए उसे माफ कर दीजिए। आप तो जानते ही हैं कि हम सब खुद ही एलियन्स को खत्म करने की सोच रहे हैं।'' ड्रेगन की आत्मा उनसे कहती हैं ''आप सभी की कोशिश एक न एक दिन जरूर ही रंग लायेगी, किन्तु सबसे पहले हमें धरती के क्रिस्टल को खोजना होगा। तभी हमारी पृथ्वी बच पायेगी। वैसे अगर आपको अपनी साथी को पहले जैसा करना है तो उसके लिए उस पौधे को जिसे, उसने उखाड़ा था। उसे वापस लाकर लगाना होगा और ये काम आपकी साथी ही करेगी।''

तब तक एलिन का पूरा शरीर एक पेड़ के रूप मे तबदील हो चुका होता है। वह चलने की हालत में भी नहीं थी उसे देखकर यश ड्रेगन की आत्मा से कहता है ''आप तो सब कुछ देख रहे हैं। एलिन बिल्कुल भी चल नहीं सकती। वह रिसर्च सेन्टर में रखे पेड़ को कैसे ला पायेगी?'' ड्रेगन उसकी बातें सुनकर उसके हाथ और पैर को सही कर, कहता है ''जितना मेरे बस में था। उतना मैंने किया, पर आगे तुम्हें करना है।''

यश और करन दौड़ते हुए खुद रिसर्च सेंटर में जाते हैं और कुछ ही देर में वह पौधा लाकर एलिन को दे देते हैं। जिससे एलिन उस पौधे को वापस अपनी जगह लगाकर अपने पहले के रूप में वापस आ जाती है। और सभी वहां से जाने लगते हैं, तभी वहां मौजूद ड्रेगन की आत्मा उनसे कहती है की अगर आप सभी धरती को बचाना चाहते हैं तो आपको वह क्रिस्टल खोजना ही होगा। उसकी बातें सुनकर डॉ. भटनागर उससे कहते हैं कि उसके बारे में तो हमने भी बहुत सुना है पर वह क्रिस्टल तो एलियन्स का है। ड्रेगन कहता है ''नहीं वह हमारी पृथ्वी का है। जिस पर केवल फायरहार्ड का हक है। उसके द्वारा वह हमारी पृथ्वी पर हो रहे हर तरह के जुल्मों का नाश कर सकता है।'' उसकी बातें सुनकर सभी हैरान हो जाते हैं। करन कहता है कि ये फायरहार्ड कौन हैं? ड्रेगन उससे कहता है कि अगर तुम लोग इस गुत्थी को सुलझाना चाहते हो तो तुम्हें इसके लिए पहले डॉ. आर्या और डॉ. मल्होत्रा के अतीत में जाना होगा।''

उसकी बातें सभी को परेशानी में डाल देती हैं कि क्रिस्टल और फायरहार्ड का सम्बन्ध उनसे क्यों हैं? जबकि वे दोनों तो अब इस दुनिया में भी नहीं हैं। ड्रेगन के गायब होते ही वे उसकी कही बातों को समझने की कोशिश करने लगे लेकिन उन्हें कुछ भी समझ में आता है।

8

अन्जान बातें

रिसर्च सेंटर पहुंचकर यश, करन, एलिन, डॉ. भटनागर, डॉ. मित्रा सभी एक साथ वहां के गेस्ट रूम में बैठकर ड्रेगन की बातों पर गौर से विचार करते हैं, लेकिन किसी को कुछ भी नहीं समझ में आता है। परेशान होकर डॉ. भटनागर, डॉ. आर्या के कमरे में जाकर डॉ. मल्होत्रा की लिखी हुई किताब खोजते हैं। उसके मिलने पर वे उन के पास आते हैं और सभी से अगले दिन मिलने के लिए कहकर सभी को वहां से उनके घर भेज देते हैं और खुद भी अपने घर आ जाते हैं। वहां वे रात के 2 बजे से सुबह के 9 बजे तक डॉ. मल्होत्रा की लिखी हुई किताब पढ़ते रहते हैं। उस बीच उनके पास कुछ फोन भी आते हैं, पर वे उन्हें रिसीव न कर बन्द ही कर देते हैं।

पूरी किताब पढ़ने के बाद वे 11 बजे रिसर्च सेंटर पहुंचते हैं और अपने पास डॉ. मित्रा, यश, करन और एलिन को बुलाकर कहते हैं कि "हमें पूरी बात समझ में आ गयी है। क्रिस्टल और फायरहार्ड दोनों का ही मतलब कुछ हद तक समझ में आ गया है, पर किताब आधी होने के कारण पूरी बात नहीं समझ में आ सकी। उनकी बातें सुनकर यश उनसे अपने पिता की लिखी हुई किताब के बारे में पूछता है।

डॉ. आर्या बताते हैं "डॉ. मल्होत्रा को पहले से ही पता चल चुका था कि इस धरती को तबाह करने की कोशिश एलियन्स जरूर करेंगे। इसलिए उन्होंने अपनी किताब के आखिरी कुछ पन्नों में फायरहार्ड का जिक्र किया है, पर उसका मतलब पूरी तरह समझ में नहीं आ रहा है।"

उनकी बातें सभी को हैरान करने वाली होती हैं। वे उन सभी को 'क्रियॉल' जंगल की बातें बताते हैं। जिसे सुनकर यश उनसे पूछता है कि डॉक्टर यह 'क्रियॉल' जंगल हैं कहाँ? वे बोले "इस बारे में तो सिर्फ डॉ. आर्या ही जानते हैं। परन्तु आज वे इस दुनिया में नहीं हैं, इसलिए शायद अब हम कुछ भी नहीं कर सकते हैं। तभी डॉ. भटनागर उनसे कहते हैं "क्रियॉल' जंगल के बारे में हमें डॉ. आर्या ने बताया था, कि उसका रास्ता हमारे रिसर्च सेंटर के पास वाले जंगल से होकर गुजरता है। उस जंगल का रास्ता किसी भी साधारण व्यक्ति को नहीं मिलता है। यह केवल उस व्यक्ति को ही मिलता है, जिसका उस जंगल और ड्रेगन की दुनिया से कोई–न–कोई सम्बन्ध जरूर हो और हमें लगता है कि डॉ. मल्होत्रा का भी उनसे कुछ–न–कुछ सम्बन्ध जरूर होगा।" उनकी बातें सुनकर यश को लगता है कि उसका भी सम्बन्ध ड्रेगन और उस जंगल से जरूर है, पर है तो है क्या?

यह उन सभी के लिए एक बड़ी बात है, लेकिन सबसे ज्यादा यश के लिए। वह दो–तीन दिन तक लगातार उस बारे में सोचता रहता है।

एक दिन शाम के समय सभी वैज्ञानिक रिसर्च सेंटर में अपना काम कर रहे थे। उनके साथ हमारे दो सबसे खास वैज्ञानिक यश और करन भी थे। ऐसा लग रहा था कि मौसम पूरा साफ रहेगा पर कुछ देर बाद मौसम अपना ऐसा रुख बदलता है कि आसमान में तेजी से बिजली कड़कने लगती है, कुछ देर बाद हल्की–हल्की बारिश भी होने लगती है।

रात के दस बज जाते हैं और हमारे वैज्ञानिकों के घर जाने का समय भी हो चुका होता है। कुछ वैज्ञानिक जिनका काम खत्म हो चुका होता है, अपने घर के लिए निकल चुके होते हैं।

यश और करन भी अपने घर के लिए निकल जाते हैं। बीच रास्ते में पहुंचते ही उन दोनों का मन बारिश में भीगने को करता है, वे दोनों अपनी गाड़ी से उतरकर बारिश में भीगने लगते हैं। बारिश तेज हो जाती है। कुछ समय बाद दोनों ही अपनी गाड़ी में बैठकर घर चले आते हैं।

घर पहुंचकर अपना डिनर करने के बाद वे दोनों ही अपने–अपने कमरे में सोने के लिए जाते हैं।

करन टीवी देखने लगता है, पर यश को बारिश पसन्द होने के कारण वे अपने कमरे के खिड़की दरवाजे खोलकर बैठा रहता है और

अपने पिता डॉ. मल्होत्रा की आत्मा के बारे में कही बातों पर गौर करता हैं।

रात के दो बज रहे होते हैं। करन अपने कमरे में सो रहा होता है और यश अपने कमरे के बाहर बैठा होता है। तभी आसमान में बिजली इतनी तेज कड़कती है, जिसे देखकर यश घबरा जाता है और उसी बीच उसके घर की लाईट भी चली जाती है। वह अपने कानों व आंखों को बन्द कर एक जगह बैठ जाता है। बिजली का कड़कना बन्द होने के बाद जब वह अपनी आंखे खोलता है तो उसके कमरे की लाईट आ चुकी होती है। वह अपने कमरे के खिड़की–दरवाजे खुले ही छोड़कर अपने बिस्तर पर आकर सो जाता है।

दूसरी तरफ आसमान में बिजली के कड़कने के साथ–साथ बारिश भी मूसलाधार बारिश का रूप ले लेती है।

अगले दिन सुबह जब साउथ अफ्रीका में केपटाउन शहर और उसके आस–पास के शहर के वासियों की आंखे खुलती हैं तो इस प्रकार मूसलाधार बारिश होते देख घबराहट हो जाती है। लोगों का ऑफिस जाना, बच्चों का स्कूल जाना और सबसे बड़ी बात हमारे वैज्ञानिकों का रिसर्च सेंटर जाना रुक जाता है।

बारिश के कारण इन शहरों के लोगों की हालत और भी ज्यादा बुरी हो जाती है, जब शाम होने पर भी बारिश रुकने का नाम नहीं लेती है।

दूसरी तरफ रिसर्च सेंटर में मौजूद वैज्ञानिक मूसलाधार बारिश के होने का कारण पता लगा रहे होते हैं, लेकिन उन्हें कुछ भी नहीं पता चलता है, न ही बारिश के रुकने का पता चलता है। धीरे–धीरे रात हो जाती है। रात के समय यश अपने बिस्तर पर सो रहा होता है, उसे एक सपना दिखता है, जिसमें कुछ अच्छे ड्रेगन्स और कुछ बुरे ड्रेगन्स आपस में लड़ रहे होते हैं और उसके पिता एक ड्रेगन की पीठ पर बैठे होते हैं। उसी बीच उनके पास एक धमाका होता हैं। जिसमें से ऊपर की ओर एक गोल चिंगारी जाती है, और बहुत से लोगों के रोने की आवाज सुनाई देती है।

तभी उसकी आंख खुल जाती है और अपने आस–पास देखता है तो खुद को घर में पाकर उसे खुशी होती है। वह पसीने से भीग चुका होता है, वह अपनी खिड़की दरवाजे खोलकर देखता है, तो उसे

आसमान में बारिश के साथ-साथ कुछ चमकती रोशनियां भी दिखाई देती हैं, जो कि एक दिशा में भाग रही होती हैं। जिनका पीछा एक उड़ता हुआ ड्रेगन कर रहा होता है।

देखकर यश घबरा जाता है और तुरन्त ही करन को आवाज देता है, पर उसे सुनाई नहीं देता। वह करन के कमरे में जाकर आसमान में हो रही घटनाओं को दिखाने की कोशिश करता है। लेकिन तब उसे बारिश में अलावा कुछ भी ठीक से दिखाई नहीं देता है।

करन को यश घबराया हुआ लगता है, इसलिए वह उसे अपने कमरे में ही सोने के लिए कहता है। लेकिन उसके जाते ही करन को एक चमकती हुई रोशनी दिखाई देती हैं। जो कुछ ही दूरी पर एक जंगल में जाकर गिर जाती है। जिसे देखकर करन को भी यश की बातों पर विश्वास हो जाता है।

अगले दिन सुबह उठते ही दोनों ही बाहर का मौसम देखते हैं तो उन्हें बारिश कुछ हल्की हुई लगती है और वे दोनों ही तैयार होकर ऑफिस पहुंच जाते हैं।

ऑफिस में डॉ. भटनागर उन दोनों को अपने साथ अपने कमरे में ले जाकर उनसे बीती रात जंगल में हुए हादसे के बारे में बताते हैं, कि धरती पर, अमेरिका के रिसर्च सेंटर नासा में बनाया गया सबसे बड़ा सेटेलाईट, जो कि अन्तरिक्ष में मौजूद था। किसी कारणवश उसका कंट्रोल खो देने से, वह वहां के जंगल में आ गिरा है। जिससे जंगल के आस-पास के इलाके जल चुके हैं लेकिन लगातार बारिश के कारण ही पूरा जंगल जलने से बच गया।

उनकी बातें सुनकर करन उन्हें बीती रात के हादसे के बारे में बताता है। जिसे सुनकर वे उन्हें जंगल चलने के लिए कहते हैं।

बारिश फिर भी हल्की-हल्की होती रहती हैं। सभी जंगल में पहुंचते हैं। वहां पर उनके दस वैज्ञानिकों की पूरी टीम मौजूद होती है, जो जले हुए जंगल में सुराग की तलाश कर रही होती है।

जबकि डॉ. भटनागर, डॉ. मित्रा, यश, करन और एलिन मिलकर उस स्थान पर जाते हैं, जहां अन्तरिक्ष से सेटेलाईट गिरा होता है।

आसमान से गिरा सेटेलाईट जमीन के अन्दर धंस गया था और उसके टुकड़े-टुकड़े हो गये थे, उसका जलना तो बन्द हो गया था, लेकिन वो गर्म था।

जिसे देखकर सभी हैरान थे, फिर भी उस पर अपनी रिसर्च द्वारा पता लगाने की कोशिश कर रहे थे। अचानक सेटेलाईट के खराब होने का कारण क्या हो सकता है?

वे बारिश के मौसम के बारे में पता करने की पूरी कोशिश करते हैं, पर शाम हो जाती है और उन्हें किसी भी बात का कोई पता नहीं चलता है। परेशान होकर यश, डॉ. मित्रा से अमेरिका के नासा रिसर्च सेंटर के चीफ डॉ. जेम्स से मीटिंग करने के लिए कहता है।

रिसर्च सेंटर पहुंचकर डॉ. मित्रा अमेरिका में डॉ. जेम्स से बात कर उनसे मिलने के लिए साउथ अफ्रीका आने के लिए कहते हैं।

उसी बीच उनके पास एक वैज्ञानिक आता है और बताता है कि बारिश प्राकृतिक कारणों द्वारा नहीं बल्कि उसका कारण कुछ और ही है। उसकी बातें सभी को एक बड़ी समस्या में ड़ाल देती हैं। जिससे वे सभी उस कारण का पता लगाने के लिए अपने बनाये नये कम्प्यूटर रूम में आते हैं, जहां पर उन्हें पता चलता हैं कि एलियन्स ने उनके ग्रह को तबाह करने का नया तरीका सोचा है।

रात ज्यादा होने के कारण सभी अपने–अपने घर के लिए निकल जाते हैं। घर पहुंचकर यश और करन आपस में बात करते हैं कि एलियन्स आखिर हमारे इस छोटे से ग्रह से चाहते क्या हैं? क्यों वे दिन–प्रतिदिन हम पर हमले किये जा रहे हैं?

कुछ देर बाद वे दोनों अपने–अपने कमरे में सोने चले जाते हैं। यश अपने कमरे में पहुंचकर सोने की कोशिश तो बहुत करता हैं, पर उसे बिल्कुल भी नींद नहीं आती है। उसके दिमाग में बस यही बात गूंजती रहती है कि एलियन्स कहीं हमारी पृथ्वी को तबाह न कर दें। जिसे लेकर वह बहुत परेशान भी होता है। फिर वह अपना गेट खोलकर बाहर निकलता है तो देखना है कि बारिश रुक चुकी होती है। वह बहुत खुश होता हैं और कुछ देर तक घूमता रहता है। कुछ ही देर में उसे नींद आने लगती है और अपने कमरे में आकर सो जाता है। नींद आते ही वह बहुत ही गहरी नींद में चला जाता है, और उसे ड्रेगन्स की दुनिया दिखाई देती है। जहां पर उसे हजार से भी ज्यादा ड्रेगन अपने चारों ओर देखने को मिलते हैं। उस दुनिया को देखकर यश को ऐसा लगता है कि मानो वह करोड़ों–अरबों

साल पहले की दुनिया में हो। जिसका उससे कोई–न–कोई सम्बन्ध जरुर हैं।

ये सपना उसके दिमाग में बार–बार घूमता रहता है। कुछ ही देर में उसे एक ड्रेगन जंगल के ऊपर आसमान में खुशी से उड़ता हुआ दिखाई देता है। जिसे देखकर यश को ऐसा लगता है की वह ड्रेगन कोई और नहीं बल्कि वह खुद है।

यह देखकर उसे घबराहट होती हैं और उसकी आँख खुल जाती है। वह नीचे पानी पीने के लिए चला जाता है। वहां से आते समय यश के सामने एक गोल चमकती हुई रोशनी आती है, जो उससे कहती है "बेटे यश तुम्हें इस पृथ्वी को बचाने के लिए जल्द–से–जल्द कुछ–न–कुछ करना ही होगा। नहीं तो यह पृथ्वी तबाह हो जायेगी।" उसके बाद वह रोशनी वहां से गायब हो जाती है। यश अपने कमरे में आ जाता है और घबराया हुआ लगता है। उसे उस रात नींद भी नहीं आती है और अपने कमरे से बाहर बगीचे में जाकर बैठ जाता हैं। रात भर उसके दिमाग में यह बात गूंजती रहती है की उसके सपने में ड्रेगन्स क्यों आते हैं? कुछ देर में उसे नींद आ जाती है और वह सो जाता है।

सुबह होते ही करन बाहर उसके पास आकर उसे जगाता है और उससे पूछता है कि वह बाहर क्या कर रहा था? वह उसे अपने सपने और रात में हुए हादसे के बारे में बताता है। जिसे करन एक डरावना सपना बताता है और उसे अन्दर चलने के लिए कहता है।

सुबह दोनों तैयार होने के बाद रिसर्च सेंटर आ जाते हैं, जहां पर डॉ. मित्रा और डॉ. भटनागर नासा के चीफ डॉ. जेम्स से बात कर रहे होते हैं। यश और करन के आने पर वे डॉ. एलिन को साथ लेकर उस स्थान पर जाते हैं, जहां पर नासा का बनाया सेटेलाईट अन्तरिक्ष से आ गिरा था।

वहां पहुंचने पर डॉ. जेम्स पहले तो सेटेलाईट को ठीक से देखते हैं और चलते समय डॉ. भटनागर से उस सेटेलाईट को चेक के लिए रिसर्च सेंटर ले चलने के लिए कहते हैं।

कुछ ही देर में वे सभी रिसर्च सेंटर सेटेलाईट के साथ रिसर्च सेंटर पहुंच जाते हैं। वहां पर वे सभी देर रात तक सेटलाईट में हुई खराबी की तलाश करते हैं लेकिन फिर भी उन्हें कोई सुराग नहीं मिलता है।

जिससे उन्हें पता चलता है कि उसके धरती पर आ गिरने का कारण कुछ और है, जो उन्हें पता नहीं है।

अगले दिन सुबह यश और करन दोनों ही अपने घर पर नाश्ता कर रहे होते हैं। उसी बीच उनके पास डॉ. मित्रा आकर उन्हें बीती रात, एलियन्स के बारे में मिली खबर के अनुसार बताते हैं कि एलियन्स का यान धरती पर उतरने वाला है। जिससे उन सभी को आज रात उस जंगल में जाकर एलियन्स को जिन्दा पकड़ना होगा।

उसके बाद वे तीनों ही रिसर्च सेंटर पहुंच जाते हैं, जहां पर वे लोग रिसर्च रूम में जाकर अपनी रात की तैयारी करना शुरू करते हैं। उसी बीच डॉ. भटनागर वहां आकर उन्हें कैमिकल रूम में ले जाते हैं और अपने बनाये कुछ कैमिकल्स (जो की इन्जेक्शन की तरह होते हैं) उन्हें दिखाकर कहते हैं कि इनके द्वारा हमें एलियन्स को अपना शिकार बनाना हैं।

जिसे देखकर करन उनसे उसके बारे में पूछते है। वे उससे उन इन्जेक्शन के बारे में वहां से वापस आकर बताने के लिए कहते हैं और डॉ. भटनागर उन दोनों को छोड़कर अपने आदमियों के साथ लैब में काम करने के लिए चले जाते हैं। यश, करन दोनों वहीं पर रुककर डॉ. मित्रा के साथ एक इन्जेक्शन लेकर काँच के दो टुकड़ों पर उसकी दो–दो बूंदे ड़ालते हैं, तो उन्हें पता चलता है कि ये 'हाईपर–फाइड' हैं।

कुछ ही देर में उसका रंग हरे से लाल हो जाता है। जिसे देखकर सभी लोग हैरान रह जाते हैं और उस पर पानी डालकर धो देते हैं।

डॉ. भटनागर अपने एक आदमी को भेजकर यश, करन और डॉ. मित्रा को बुलाते हैं और उन सभी को रात के बारे में समझाते हैं कि रात में एलियन्स के आने पर उन सभी को क्या करना है?

कुछ ही देर में उन्हें मिस्क्लेयर और रिसर्च सेंटर में मौजूद सभी कम्प्यूटर्स से संकेत मिलते हैं कि एलियन्स धरती पर नहीं आने वाले हैं। जिसे देखकर सभी को हैरानी होती है कि एलियन्स आखिरकार धरती पर क्यों नहीं आ रहे हैं? इस सोच में वे सभी पड़े रहते हैं लेकिन उन्हें कुछ भी पता नहीं चलता है। रात होने पर यश और करन अपने घर पहुंचकर बात करते हैं कि धरती पर आखिर ये हो क्या रहा है? आखिर एलियन्स की हमारी पृथ्वी से क्या दुश्मनी है?

अपना डिनर कर दोनों ही अपने–अपने कमरे में सोने के लिए चले जाते हैं।

रात के दो बजे यश अपने कमरे में गहरी नींद ले रहा होता है, तभी आसमान से एक गोल चमकती हुई रोशनी आकर उसके दिमाग में घुस जाती है। जिससे उसे एक भयानक और बहुत ही डरावना सपना दिखने लगता है। जिसमें बहुत से ड्रेगन एक बड़े से पहाड़ी इलाके में लड़ रहे होते हैं। वहां पर आस–पास कोई भी मनुष्य नहीं होता है, केवल ड्रेगन्स ही होते हैं, जो आपस में एक–दूसरे को मार रहे होते हैं।

तभी यश को सपने में दूसरी तरफ अपने पिता डॉ. मल्होत्रा और उनके सबसे अच्छे दोस्त, करन के पिता डॉ. आर्या एक जंगल में जाते हुए दिखाई देते हैं। उनके साथ एक ड्रेगन भी होता है, जिसे यश ने पहले भी हकीकत में देखा था। वे दोनों ही उस ड्रेगन की पीठ पर बैठकर एक गुफा की दीवारों में गायब हो जाते हैं।

वहीं पर यश की आँख खुल जाती है और घबराया हुआ–सा रहता हैं। अगले दिन वह करन के साथ रिसर्च सेंटर आकर डॉ. भटनागर और डॉ. मित्रा से अपने पिता और डॉ. आर्या के अतीत के बारे में पूछता है।

उसकी बातों से सभी हैरान रह जाते हैं। डॉ. भटनागर उससे कहते हैं कि यश बेटा तुम्हें उनके अतीत के बारे में जानकर आखिर अभी क्या करना है? और वैसे भी उनके अतीत के बारे में केवल डॉ. आर्या ही जानते हैं, जो कि अब इस दुनिया में नहीं हैं।

उनकी बातें यश को और ज्यादा मुसीबत में डाल देती हैं। यश उन्हें अपने उन सपनों के बारे में बताता है, जो वह कुछ दिनों से देख रहा था। उसके सपनों के बारे में सुनकर सभी घबरा जाते हैं और लम्बी सोच में पड़ जाते हैं कि यश को आखिर ऐसे सपने क्यों आते हैं? वे सभी सपने उसके लिए अन्जान थे। उनसे सभी अन्जान ही होते।

तभी डॉ. मित्रा कहते हैं " डॉ. आर्या ने बहुत पहले हमसे अपने अतीत के कुछ हिस्से का जिक्र किया था। जिसमें सबसे पहले वे रिसर्च सेन्टर के पास के जंगल से होते हुए गये थे और वहां पर डॉ. मल्होत्रा ने उन्हें एक ड्रेगन से मिलवाया था। उसके बाद उन्होंने मिलकर पूरे सफर में खतरों का सामना किया था।"

आगे के बारे में उन्हें कुछ भी नहीं पता होता है। जिससे वे कहते हैं कि हम इस बारे में जानने की कोशिश जरूर करेंगे।

इस समय वे सभी अपने काम के लिए रिसर्च रूम में जाते हैं और वहां पर अपना काम करने लगते हैं।

8

अतीत का सामना

रात के 11 बज रहे होते हैं, यश और करन दोनों ही अपनी कार से घर आने के लिए निकलते हैं। वे लगभग 4 कि0 मी0 की दूरी पार कर चुके होते हैं और उनका घर वहां से 3 कि0 मी0 की दूरी पर होता है। इस समय वे दोनों ही एक ऐसे रास्ते से गुजरते हैं, जहां पर एक तरफ पहाड़ और दूसरी तरफ जंगल होता है। वहीं पर उनके सामने से एक तेज रोशनी आकर उनकी कार से टकराकर जाती है, जिससे उनकी कार जंगल में जा गिरती हैं। उनका भयानक एक्सीडेंट हो जाता है और दोनों ही कार से दूर जा गिरते हैं।

यश उत्तर दिशा में होता हैं, जबकि करन दक्षिण दिशा में। यश पर वे चमकती हुई रोशनी (जो उनकी कार से टकराई थी) आती हैं और एक ड्रेगन के रूप में बदलकर यश को होश में लाती है। उसके शरीर पर काफी घाव होते हैं, जिन्हें वे ड्रेगन अपनी आंखों द्वारा शक्ति निकालकर ठीक कर देता है। यश ठीक होते ही सबसे पहले अपने दोस्त करन के बारे में पूछता है। ड्रेगन कहता है कि उसकी चिन्ता तुम मत करो फायरहार्ड। उस ड्रेगन के मुंह से फायरहार्ड सुनकर यश को हैरानी होती है और वह उससे पूछता है कि तुमने मुझे फायरहार्ड के नाम से क्यों बुलाया? मेरा नाम तो यश है। वह कहता है '' तुम फायरहार्ड हो, जो इस दुनिया को तबाह होने से बचा सकता है। लेकिन इससे पहले तुम्हें अपने पिता के अतीत को जानना होगा, जो तुम नहीं जानते हो। इसलिए मैं तुम्हें उनके अतीत में ले जाने आया हूं।''

उसके बाद वह ड्रेगन यश को अपने साथ एक रोशनी में बदलकर वहां से दूर एक सबसे अलग जगह पर ले जाता है, जहां पर एक ओर बहुत ऊंचा पहाड़, जिस पर पेड़ लगे हुए थे, तो दूसरी ओर एक बहती नदी, ऊपर खुला आसमान और वहां आस–पास कोई भी नहीं था। उसी समय यश के पिता, डॉ. मल्होत्रा की आत्मा वहां पर आती है और यश को अपने अतीत में हुई घटना के बारे में बताना वहां से शुरू करती है। जब डॉ. मल्होत्रा और डॉ. आर्या दोनों ही अपनी शादी के बाद अपनी पत्नियों को छोड़कर अमेरिका के न्यूयार्क शहर में बने नासा रिसर्च सेंटर में काम करने के लिए आये थे। एक महीने बाद उन दोनों ने मिलकर एक ऐसा कम्प्यूटर बनाया था। जिसके द्वारा वे किसी भी ग्रह पर जीवन खोज सकते थे, लेकिन उन्होंने उस समय इस तरह का कोई भी ग्रह नहीं खोजा, जिस पर जीवन सम्भव हो। कुछ दिनों बाद जब उन दोनों ने अपने उस कम्प्यूटर में कुछ नये प्रोग्राम्स डाले तो, अगले दिन से ही उन्होनें दूसरे ग्रहों पर जीवन की खोज करनी शुरू कर दी। इसी तरह वे अपनी रिसर्च करते रहे और कुछ महीनों बाद उन्होंने सच में एक ऐसा ग्रह खोज निकाला, जिस पर जीवन तो संभव था, लेकिन उस पर पानी और रोशनी बिल्कुल भी नहीं थी। उन्होंने उस ग्रह पर पानी और रोशनी खोजने की बहुत कोशिशें कीं, पर उन्हें वहां पानी बिल्कुल भी नहीं मिला, लेकिन उन्हें उस ग्रह पर रहने वाले लोग मिले, जिन्हें हम एलियन्स कहते हैं।

हमारे दोनों वैज्ञानिकों ने मिलकर एलियन्स से अपना सम्पर्क बनाने की बहुत कोशिशें कीं, लेकिन उन लोगों से सम्पर्क कर पाना उनके लिए बहुत ही मुश्किल था।

एक दिन वे दोनों मिलकर उनसे अपना सम्पर्क कर ही रहे थे, तभी उनके पास नासा के चीफ डॉ. अल्मोड़ा आकर उनके बनाये कम्प्यूटर को देखने लगते हैं और उनसे पूछते हैं कि वे क्या कर रहे हैं? डॉ. मल्होत्रा उन्हें बताते हैं कि अब तक वे ऐसे ग्रहों की खोज कर रहे थे, जिस पर जीवन सम्भव हो और आज उनकी यह खोज पूरी हो चुकी है।'' यह सुनते ही डॉ. अल्मोड़ा उनकी बातों पर बिल्कुल भी यकीन नहीं करते हैं। लेकिन जब डॉ. मल्होत्रा उन्हें एलियन्स के ग्रह और उससे मिल रहे संकेतों को दिखाते हैं, तो उन्हें भी यकीन हो जाता है कि दूसरे ग्रहों पर भी जीवन सम्भव है, और उन पर लोग भी रहते हैं। जिन्हें हम एलियन्स के नाम से जानते हैं।

डॉ. अल्मोड़ा थोड़ी परेशानी में रहते हैं और एलियन्स के ग्रह पर जाकर रिसर्च करने की सोचते हैं। वे यह बात डॉ. मल्होत्रा और डॉ. आर्या के सामने रखते हैं। लेकिन वे उन्हें अभी ऐसा करने से मना करते हैं, लेकिन डॉ. अल्मोड़ा अपनी जिद्द पर पूरी तरह से अड़ जाते हैं। जिस कारण डॉ. मल्होत्रा उनसे उनका साथ देने के लिए मना कर देते हैं, उनके साथ डॉ. आर्या भी उनका साथ देने से मना कर देते हैं और डॉ. अल्मोड़ा गुस्साकर उन दोनों को तुरन्त ही अपने रूम में लेकर जाते हैं, वहां पर वे उन दोनों को रिसर्च सेन्टर से एक हफ्ते के अन्दर जाने के लिए कहते हैं और वे खुद एलियन्स पर रिसर्च करने की सोचते हैं।

वे दोनों वहां से तुरन्त अपने घर वापस इण्डिया आने की तैयारी करने लगते हैं और अगले ही दिन अमेरिका से वापस इण्डिया अपने घर आ जाते हैं, जहां पर उन लोगों के मम्मी–पापा रहते थे। वहां पहुंचने के बाद वे लोग अपने रिसर्च सेंटर से निकाले जाने की बात अपने परिवार के सभी लोगों को बताते हैं।

उनकी बातें सुनकर डॉ. मल्होत्रा के पिता उन दोनों को अगले दिन ही साउथ अफ्रीका ले जाने के लिए कहते हैं, क्योंकि वहां पर उनके एक सबसे अच्छे दोस्त डॉ. रुद्रमणि रहते थे, जो कि दुनिया के सबसे बड़े वैज्ञानिकों में से एक थे।

उन्होंने अपनी पूरी जिन्दगी में शादी नहीं की, क्योंकि वे दुनिया के सबसे बड़े वैज्ञानिक बनना चाहते थे और उन्होंने अपना यह सपना पूरी तरह से साकार भी किया।

कुछ दिनों बाद उन्होंने एलियन्स पर अपनी रिसर्च करने की सोची, जो कि आज तक कर रहे हैं। उस समय रिसर्च सेंटर में एलियन्स से सम्पर्क करने की कोशिश में लगे थे, उसी बीच उनके पास डॉ. मल्होत्रा के पिता का फोन आया, कि वो अगले दिन वे साउथ अफ्रीका आ रहे हैं। अपने दोस्त और बच्चों के साथ।

अगले दिन जब वे लोग साउथ अफ्रीका आने वाले थे, तो डॉ. रुद्रमणि उस दिन अपना सारा काम–काज छोड़कर उन लोगों को लेने के लिए एयरपोर्ट पहुंचे और वहां से उन सभी को लेकर सीधे अपने बंगले पर पहुंच गये।

अगले दिन डॉ. मल्होत्रा के पिता ने डॉ. रुद्रमणि को डॉ. मल्होत्रा और डॉ. आर्या के बारे में पूरी बात बताई। उनकी बातें सुनकर डॉ. रुद्रमणि बोले ''ठीक है। अब से ये दोनों हमारे साथ ही काम करेंगे, और उससे पहले आप लोग अपने पूरे परिवार के साथ साउथ अफ्रीका में आ जाइये।'' डॉ. मल्होत्रा के पिता उनसे कहते हैं कि वे अपनी बहुओं को लाकर यहां छोड़ देते हैं। इण्डिया में ही रहेंगे। उनकी बात डॉ. रुद्रमणि की समझ में नहीं आयी। फिर भी उन्होंने उन्हें मनाने की बहुत कोशिश की। वे मान तो जाते हैं, लेकिन सिर्फ दो हफ्तों तक रुकने के लिए।

उसी शाम डॉ. मल्होत्रा और डॉ. आर्या दोनों के ही पिता इण्डिया वापस आ गये।

दूसरी तरफ साउथ अफ्रीका में डॉ. मल्होत्रा और डॉ. आर्या, डॉ. रुद्रमणि के साथ रिसर्च रूम में उन्हें एलियन्स के बारे में प्राप्त की गई सभी जानकारियों के बारे में बताते हैं। उनकी बातें सुनकर डॉ. रुद्रमणि उन दोनों से ही वे कम्प्यूटर बनाने के लिए कहते हैं, जो उन्होंने अमेरिका में अपनी रिसर्च के दौरान बनाया था। वे दोनों अगले दिन से ही उस कम्प्यूटर को बनाने के लिए लग जाते हैं। डॉ. रुद्रमणि उनके काम में उन दोनों का पूरा सहयोग करते हैं।

उन्हीं दिनों डॉ. रुद्रमणि अपनी एक नयी खोज पर काम कर रहे होते हैं, जो कि धरती पर हो रहे विनाश जैसे भूकम्प, ज्वालामुखी, भूस्खलन आदि जानलेवा आपदाओं को खत्म करने के प्रयास में हैं।

कुछ दिनों बाद डॉ. मल्होत्रा और डॉ. आर्या के पिता साउथ अफ्रीका अपने पूरे परिवार के साथ आ जाते हैं और उन सभी के साथ मिलकर डॉ. रुद्रमणि के घर में रहते हैं। एक दिन वे सभी मिलकर रात का डिनर कर रहे होते हैं, जिसे देखकर डॉ. रुद्रमणि बहुत ही खुश होते हैं, क्योंकि अब वे अकेले नहीं बल्कि उनके साथ उनके सबसे अच्छे दोस्त का पूरा परिवार एक साथ मिलकर रहता है। वे सभी वहां डिनर करके अपनी बातें करते हुए पूरी रात बिताते हैं।

अगले दिन डॉ. रुद्रमणि, डॉ. मल्होत्रा और डॉ. आर्या के साथ बैठकर काम कर रहे होते हैं तभी उन्हें पता चलता है कि आइसलैण्ड में एक ज्वालामुखी फटा हुआ है, जो कि काफी दिनों से जल रहा है। जिसके बारे में सुनते ही वो डॉ. मल्होत्रा और डॉ. आर्या से आइसलैण्ड चलकर

उस ज्वालामुखी में बार–बार विस्फोट होने का पता लगाने के लिए कहते हैं। वे दोनों ही उनसे मना नहीं कर पाते और अपना काम छोड़कर वे सभी अगले दिन वहां हेलीकॉप्टर द्वारा आकर ऊंचाई से उस ज्वालामुखी को देखते हैं। उन्हें उसके अन्दर काफी लावा दिखता है और वे ज्वालामुखी भी पूरी तरह से लाल था, जिसमें से आग की लपटें बाहर निकल रही थीं। हमारे वैज्ञानिकों का हेलीकॉप्टर बहुत ही ज्यादा ऊंचाई पर था, जिससे उन्हें कुछ भी नहीं हुआ। उसे देखने के बाद अपना हेलीकॉप्टर ज्वालामुखी से काफी दूरी पर एक सामान्य ताप वाले स्थान पर उतारते हैं, जहां पर चारों ओर पहाड़–ही–पहाड़ थे। हालांकि हमारे वैज्ञानिकों को वहां भी ज्वालामुखी फूटने की सम्भावना थी। फिर भी वे मानव जीवन की रक्षा के लिए हर प्रकार के खतरों से लड़ने के लिए तैयार थे।

तीनों मिलकर उस ज्वालामुखी पर दिन भर अपनी रिसर्च करते हैं और उसमें हो रहे हर प्रकार के परिवर्तन का पता लगाने में लगे रहते हैं। उन्होंने वहां पर अपना टेण्ट भी लगा रखा था और बाहर अपने दो लेपटॉप खोल रखे थे, जिन पर वे ज्वालामुखी में हो रहे सभी प्रकार के परिवर्तनों को देख सकते थे।

रात होने पर वे सभी कुछ ऊंचाई पर चढ़कर ज्वालामुखी को देखते हैं, जिससे उन्हें उसमें से तेज धुंआ, आग की लपटें, आग के अंगारे, गर्म लावा और चट्टानों के छोटे–छोटे टुकड़े निकलते दिखाई देते हैं। ये सब देखते ही उन्हें लगता है कि अब शायद ज्वालामुखी जल्दी शान्त नहीं होगा। जिसे देखकर डॉ. रुद्रमणि, डॉ. आर्या के साथ कम्प्यूटर पर उसे देखते हैं, जबकि डॉ. मल्होत्रा दूरबीन की सहायता से उसमें हो रहे परिवर्तन को देखते हैं और दूरबीन में लगे कैमरे के द्वारा ज्वालामुखी को डॉ. आर्या और डॉ. रुद्रमणि के कम्प्यूटर पर देते हैं। रात के दो बजे वे सभी अपना काम पूरा कर टेण्ट के अन्दर सोने के लिए चले जाते हैं।

दूसरी तरफ ज्वालामुखी में आग की लपटें तेज हो जाती हैं और सुबह के छः बजे उसमें एक भयानक विस्फोट होता है, जिससे उन तीनों की ही ऑखें खुल जाती हैं और वे खड़े होकर देखते हैं, पर तभी ज्वालामुखी के विस्फोट से निकले आग के कुछ अंगारे उनकी तरफ आते

हैं। जिससे बचने के लिए वे लोग वहां से भागते हैं और बच जाते हैं। लेकिन वे अंगारा वहां पर आकर उनके टेण्ट में जा गिरता है, जिससे उनका टेण्ट जल जाता है और उसमें रखा उनका काफी सामान भी जल जाता है। उन्हें इसका दुख नहीं था। वे तो बस चाहते थे कि ज्वालामुखी जल्द ही शान्त हो जाये, लेकिन उसे शान्त होता न देखकर इस बात का अनुमान लगाने लगते हैं कि वह कब तक शान्त होगा और इसका उन्हें दो घण्टे में पता चल जाता है कि ज्वालामुखी आने वाले दो दिनों में शान्त हो सकता है।

इसके बाद वे सभी अपने हेलीकॉप्टर से वापस साउथ अफ्रीका केपटाउन शहर अपने रिसर्च सेंटर आ जाते हैं और वहां पर डॉ. रुद्रमणि मीडिया से बताते हैं कि आइसलैण्ड के ज्वालामुखी के जल्द ही आने वाले दो दिनों में शान्त होने की सम्भावना है। डॉ. आर्या और डॉ. मल्होत्रा मिलकर वापस अपना वही कम्प्यूटर बनाते हैं। जिससे कि वे एलियन्स के ग्रह का पता लगाने और उनसे जुड़ी हर प्रकार की जानकारियों का पता लगा सकें।

एक हफ्ते बाद अमेरिका में डॉ. अल्मोड़ा, डॉ. आर्या और डॉ. मल्होत्रा के बनाये कम्प्यूटर से एलियन्स के ग्रह का पता लगाकर उनके ग्रह पर जाने का फैसला करते हैं। इसलिए वहां के और भी जाने–माने वैज्ञानिकों से उस ग्रह पर जाने की सलाह लेते हैं लेकिन उसी बीच वहां पर दुनिया के सबसे बड़े जाने–माने वैज्ञानिकों में से एक डॉ. रूद्रमणि आकर उन्हें समझाते हैं कि अभी तक उन लोगों को एलियन्स के बारे में पूरी तरह से नहीं पता चला है और तब तक उन लोगों का उस ग्रह पर जाना खतरे से खाली नहीं है। उनकी यह बात सुनकर डॉ. अल्मोड़ा को बहुत गुस्सा आता है। वे उन्हें वहां से जाने के लिए कहते हैं ओर डॉ. रुद्रमणि उनकी बातें सुनकर वहां से चले जाते हैं। उनके जाने के बाद डॉ. अल्मोड़ा अपने सभी वैज्ञानिकों से कहते हैं "अगर उन्हें एलियन्स के ग्रह पर जाना है तो वे उनके साथ कोई एक चल सकता है लेकिन अगर उन लोगों को उनके साथ नहीं जाना है तो वे मत जायें लेकिन वे जरूर जायेंगे।" उनकी बात सुनकर सभी वैज्ञानिक उनके साथ जाने से मना करते हुए कहते हैं कि एलियन्स के ग्रह पर बिना जानकारी के जाकर उन्हें मरना नहीं है और वे सभी वहां से चले जाते

हैं। डॉ. अल्मोड़ा उन्हें रोकने की काफी कोशिश करते हैं, पर उस समय उनमें से उनके पास कोई भी नहीं रुकता है।

कुछ देर बाद उनके पास डॉ. थॉमसन आते हैं और उनसे उनके साथ एलियन्स के ग्रह पर चलने के लिए कहते हैं, परन्तु वे उनके साथ चलने के लिए पब्लिसिटी और कीमत मांगते हैं। डॉ. अल्मोड़ा भी उन्हें उनकी मुंह मांगी कीमत देने के लिए तैयार हो जाते हैं और तुरन्त ही वे उन्हें दस करोड़ रूपये दे देते हैं और वहां से लैब में जाकर एलियन्स के ग्रह पर जाने की तैयारी करते हैं।

सबसे पहले उनके ग्रह पर जाने के लिए डॉ. अल्मोड़ा अपना बनाया हुआ मिसाइल निकालते हैं। जिससे कि वे लोग एलियन्स के ग्रह पर जाने वाले थे। उसके बाद वे डॉ. मलहोत्रा और आर्या का बनाया हुआ कम्प्यूटर लेते हैं। फिर ऑक्सीजन, इसी तरह धीरे–धीरे वे लोग अपने सभी सामान लेकर अपने मिसाइल में रख देते हैं। उस दिन वे लोग ज्यादा ही थक जाते हैं। और अगले दिन रात में जाने के बारे में सोचते हैं।

साउथ अफ्रीका में डॉ. रूद्रमणि अपने लैब में आते हैं, जहां पर डॉ. आर्या और डॉ. मल्होत्रा अपनी रिसर्च को अन्जाम दे रहे थे। वहां पर वे एक किनारे बैठ जाते हैं और देखने में काफी उदास लगते हैं। तभी डॉ. मल्होत्रा की नजर उन पर पड़ती है, जिससे वे उनके पास जाकर उनसे पूछते हैं कि वे वापस कब आयेंगे? डॉ. रूद्रमणि उस समय उनसे कुछ भी नहीं कहते इसलिए डॉ. मल्होत्रा उनसे पूछते हैं कि वे उदास क्यों हैं? उनकी बातें सुनकर डॉ. रूद्रमणि उनसे कहते हैं कि अब धरती का विनाश होने से शायद कोई भी नहीं रोक सकता है। उनकी बातें उनको हैरान कर देती हैं, और वे उनसे इसका कारण पूछते हैं। डॉ. रुद्रमणि बताते हैं कि उनका और डॉ. आर्या का बनाया हुआ कम्प्यूटर, जो कि डॉ. अल्मोड़ा के पास अमेरिका में है, उससे डॉ. अल्मोड़ा एलियन्स के ग्रह पर जा रहे हैं।'' उनकी यह बात सुनकर डॉ. मल्होत्रा को याद आता है कि उनकी रिसर्च के अनुसार एलियन्स के ग्रह पर पानी नहीं है और दूसरा ये कि उनके ग्रह तक पहुंचना बहुत मुश्किल हैं। शायद उनकी मौत भी हो सकती है। इसके अतिरिक्त डॉ. एलियन्स के ग्रह के बाहर इलेक्ट्रीसिटी है जिससे कोई भी धरती वासी उनके ग्रह तक नहीं पहुंच सकता है और अगर

किसी ने कोशिश भी की तो एलियन्स के ग्रह पर पहुंचने से पहले ही इलेक्ट्रीसिटी के कारण ही मारा जायेगा। डॉ. मल्होत्रा की बात सुनकर डॉ. रूद्रमणि हैरान हो जाते हैं और कहते हैं कि "उन्हें डॉ. अल्मोड़ा को एलियन्स के ग्रह पर जाने से रोकना ही होगा।" तभी वहां पर डॉ. आर्या आते हैं और पूरी बात सुनने के बाद डॉ. रुद्रमणि से पूछते हैं कि "डॉ. अल्मोड़ा से उनका क्या रिश्ता है?"

डॉ. रुद्रमणि उन दोनों से ही बताते हैं कि पहले वे दोनों अमेरिका में एक साथ रहते थे और दोनों ने ही अपनी पूरी पढ़ाई एक साथ की थी। बचपन से ही उन दोनों का सपना बहुत बड़ा वैज्ञानिक बनना था, लेकिन उन दोनों में ही काफी फर्क था, वह यह था कि डॉ. रूद्रमणि को अपनी जिन्दगी में आगे बढ़ने की तमन्ना थी और वे अपने मन की बात का डॉ. अल्मोड़ा के सामने जाहिर करते थे तो डॉ. अल्मोड़ा उनकी बात को मजाक बना के टाल देते थे कि डॉ. रूद्रमणि फेंक रहे हैं, वे कर कुछ भी नहीं पायेंगे।

कुछ समय बाद ग्रेजुऐशन की पढ़ाई पूरी करने के बाद दोनों ने ही शहर के अलग–अलग कॉलेजस में प्रवेश लिया और वहां से दोनों ने ही अपनी वैज्ञानिक बनने की पढ़ाई पूरी की और कुछ सालों बाद डॉ. रूद्रमणि ने अपना कहा हुआ सच या सपना, पूरी तरह से हकीकत में बदल दिया। लेकिन डॉ. अल्मोड़ा, डॉ. रुद्रमणि से बड़े वैज्ञानिक नहीं बन पाये।

कुछ समय बाद डॉ. अल्मोड़ा भी डॉ. रुद्रमणि के साथ काम करने लगे। जिससे उनके अन्दर चिढ़ की भावना आने लगी। डॉ. रुद्रमणि कुछ न सोचकर केवल अपनी रिसर्च पर समय देते थे और यही कारण था कि उन्होंने कुछ ही समय में भूकम्प पर प्रतिबन्ध लगाने और ज्वालामुखी के विषय में शोध से दुनिया भर में प्रचलित हुए। डॉ. रुद्रमणि की कामयाबी को देखकर डॉ. अल्मोड़ा को उनसे नफ़रत होने लगी और वे डॉ. रुद्रमणि के जूनियर बन गये। पर फिर भी डॉ. रूद्रमणि अपनी दोस्ती के बीच में कभी भी सीनियर या जूनियर कोई का फर्क नहीं समझते थे। डॉ. अल्मोड़ा यह सोचते थे कि डॉ. रुद्रमणि उनसे सीनियर होने के नाते खुद पर घमण्ड करते हैं परन्तु ऐसा कुछ भी नहीं था।

एक दिन डॉ. अल्मोड़ा लैब में अपनी नयी रिसर्च पर काम कर रहे थे, वह भी डॉ. रूद्रमणि से बड़ा वैज्ञानिक बनने के लिए। उनकी रिसर्च एक ऐसा कैमिकल बनाना था, जिससे कि वे किसी भी मुर्दे को वापस जिन्दा कर सकें और उनकी इसी कोशिश के दौरान उन्होंने अपने कैमिकल में कुछ ऐसे कैमिकल मिला दिये, जिससे कि वहां पर पूरे रिसर्च सेन्टर में धुंआ–सा हो गया, सिर्फ डॉ. अल्मोड़ा के लैब को छोड़कर। उस धुंए से बाहर के सभी लोगों की मौत होने लगी। लेकिन उन्हें इस बारे में कुछ भी पता नहीं था और उस समय डॉ. रुद्रमणि भी रिसर्च सेंटर में नहीं थे क्योंकि वो अपने चीफ के साथ बाहर गये हुए थे। कुछ देर बाद जब वे लोग रिसर्च सेंटर वापस आये तो उन लोगों ने वहां के सभी लोगों को मरा हुआ पाया। जिसे देखकर वे लोग काफी ज्यादा सोच में पड़ गये। तभी डॉ. रुद्रमणि को डॉ. अल्मोडा के बारे में याद आया और वे वहां से भागे–भागे उनके लैब में गये, वहां पर वे बेहोश पड़े थे।

डॉ. रुद्रमणि ने उन्हें उठाया और रिसर्च सेंटर में हुई तबाही का कारण पूछा। उन्होनें उन्हें अपना बनाया हुआ कैमिकल दिखाया, जिसे देखकर उन्हें बहुत ही गुस्सा आया और वहां के चीफ ने तुरन्त ही उन्हें रिसर्च सेंटर से निकालकर पुलिस के हवाले कर दिया।

कुछ समय बाद डॉ. रूद्रमणि ने साउथ अफ्रीका आकर अपना रिसर्च सेंटर बनाया और तब से वे साउथ अफ्रीका में ही रह गये। सालों बाद उन्हें पता चला कि डॉ. अल्मोड़ा जेल से रिहा हो गये हैं और उन्होंने भी अमेरिका में अपना एक छोटा–सा रिसर्च सेंटर बनाया है। यह सुनकर डॉ. रुद्रमणि खुशी से उनसे मिलने आते हैं, पर डॉ. अल्मोड़ा उनसे नहीं मिलते हैं।

जिससे वे वापस साउथ अफ्रीका आ गये और फिर दोबारा कभी भी उन्हें अमेरिका जाने का समय नहीं मिला।

डॉ. रुद्रमणि पूरी बात बताकर चुप हो जाते हैं। उनकी बातें सुनकर डॉ. मल्होत्रा और डॉ. आर्या की आंखों में आंसू आ गये और उन्होंने उनसे डॉ. अल्मोड़ा की चिन्ता उनके साथ अमेरिका चलने के लिए कहा। उनकी बातें सुनकर डॉ. रुद्रमणि को खुशी होती है और वे उन दोनों के साथ घर आ जाते हैं।

दूसरी तरफ अमेरिका में डॉ. अल्मोड़ा डॉ. थॉमसन के साथ मिलकर रिसर्च सेंटर में बैठे एलियन्स के ग्रह के बारे में जानकारी प्राप्त कर रहे थे। उन्हें उस पर कुछ अजीब–अजीब आवाजें भी सुनाई देती हैं। लेकिन वे उनकी समझ में बिल्कुल भी नहीं आता है, और वे दोनों वहां से बाहर अपनी मिसाइल के पास जाते हैं, जहां पर दस लोगों की एक टीम मिसाइल की जाँच कर रही थी। वहां पर वे उन सभी से अगले दिन के बारे में बताते हैं कि उनके जाने के बाद कुछ लोग उन्हें एलियन्स के ग्रह के बारे में बतायेंगे, जबकि कुछ लोग उनके मिसाइल को ऑपरेट करेंगे।

अगले दिन अमेरिका में डॉ. अल्मोड़ा अपनी तैयारी पूरी कर, डॉ. थॉमसन के साथ, दोनों ही एलियन्स के ग्रह पर जाने की तैयारी पूरी कर अपनी मिसाइल द्वारा एलियन्स के ग्रह पर जाने की उड़ान के लिए तैयार रहते हैं और कुछ ही देर में उनकी मिसाइल पृथ्वी से उड़ जाती है। उसके अन्दर वे दोनों ही अपनी–अपनी जगह पर बैठकर अपने कम्प्यूटर द्वारा मिसाइल को कंट्रोल करते हैं। उनका मिसाइल दो घण्टों के बाद अन्तरिक्ष में होता है। जहां पर उन्हें अपने सामने से एक पत्थर का टुकड़ा अपनी तरफ आता दिखाई देता है। जिसकी रफ्तार बहुत ही तेज थी। फिर भी दोनों मिलकर अपने मिसाइल को सम्भालते हैं और उस पत्थर को अपने मिसाइल से टकराने से पहले ही अपने मिसाइल को मोड़ लेते हैं, जिससे उस समय तो वे बच जाते हैं पर उनके मिसाइल की रफ्तार बहुत ही तेज होने के कारण उनका मिसाइल सीध ा एलियन्स के ग्रह की दिशा में जाता है। जिस तरफ जाने से वे बहुत ही खुश थे। कुछ ही देर में उनका मिसाइल एलियन्स के ग्रह के बहुत ही पास पहुंच जाता है। एलियन्स के ग्रह से उनकी दूरी लगभग एक हजार कि0 मी0 थी। जहां से साफ–साफ एलियन्स का ग्रह दिखाई दे रहा था। तभी उससे कुछ आगे और पहुंच जाने के बाद उन्हें अपने कम्प्यूटर पर देखकर पता चलता है कि एलियन्स के ग्रह में पूरी तरफ से इलेक्ट्रिकसिटी है। यह देख लोग पूरी तरह से घबरा जाते हैं और अपने मिसाइल को रोकने की बहुत कोशिश करते हैं लेकिन उनके मिसाइल का कोई भी यंत्र उस समय काम नहीं करता है, फिर भी वे अपने मिसाइल को रोकने की कोशिश करते रहते हैं।

उसी समय साउथ अफ्रीका के केपटाउन शहर के रिसर्च सेन्टर में डॉ. रुद्रमणि, डॉ. आर्या और मल्होत्रा के साथ लैब में आते हैं और वहां से डॉ. मल्होत्रा अमेरिका जाने से पहले अमेरिका में डॉ. अल्मोड़ा के लैब में फोन करते हैं, जिससे उन्हें पता चलता है कि डॉ. अल्मोड़ा, डॉ. थॉमसन के साथ एलियन्स के ग्रह पर जाने के लिए पहले ही निकल चुके हैं। यह सुनकर वे लोग बहुत ही दुखी होते हैं परन्तु उसी समय डॉ. मल्होत्रा तुरन्त ही अपने लैब में जाकर अपना बनाया कम्प्यूटर खोलकर देखते हैं और उसे जल्द ही तैयार करने की कोशिश करते हैं। एक घण्टे बाद जब उनका कम्प्यूटर बनकर तैयार हो जाता है तो वे वहां पर डॉ. आर्या और डॉ. रुद्रमणि को बुलाकर उसकी स्क्रीन पर डॉ. अल्मोड़ा और डॉ. थॉमसन के कम्प्यूटर पर सेटेलाईट द्वारा सम्पर्क करने की कोशिश करते हैं और कुछ ही देर में उनका सम्पर्क डॉ. अल्मोड़ा के पास मौजूद कम्प्यूटर से लग जाता है, जिससे वे उनके मिसाइल के अन्दर बैठे डॉ. अल्मोड़ा और डॉ. थॉमसन से बात करते हैं। हालांकि उन्हें उसके अन्दर का दृश्य ठीक से नहीं दिख रहा था, फिर भी वे उन दोनों से बात कर रहे थे। उसी बीच अचानक ही उनका उनसे सम्पर्क टूट जाता है और फिर खुद-ब-खुद उनका नेटवर्क अन्तरिक्ष में बिल्कुल साफ-साफ डॉ. अल्मोड़ा और डॉ. थॉमसन से लग जाता है। जिससे रिसर्च सेन्टर में बैठे डॉ. मल्होत्रा, डॉ. आर्या और डॉ. रुद्रमणि अन्तरिक्ष में डॉ. अल्मोड़ा और डॉ. थॉमसन से बात करते हैं। उन्हें अब मिसाइल के अन्दर पूरी तरह से साफ-साफ दिख रहा था। अन्तरिक्ष में मिसाइल के अन्दर डॉ. अल्मोड़ा और डॉ. थॉमसन दोनों ही घबराए हुए लग रहे थे। क्योंकि वे लोग अब अपनी मौत के बहुत ही करीब थे लेकिन कुछ देर बाद उनका मिसाइल जब एलियन्स के ग्रह से टकराने के करीब होता है तो डॉ. अल्मोड़ा रिसर्च सेन्टर में बैठे डॉ. मल्होत्रा से बचाने के लिए कहते हैं। डॉ. मल्होत्रा उनसे अपना मिसाइल कंट्रोल करने के लिए कहते हैं। जिससे डॉ. अल्मोड़ा अपने मिसाइल को बचाने की काफी कोशिश करते हैं लेकिन उनका मिसाइल जैसे-जैसे एलियन्स के ग्रह के करीब आता है, वैसे-वैसे काम करना बन्द कर देता है। जिसे देखकर डॉ. मल्होत्रा उनसे कहते हैं कि एलियन्स के ग्रह के बाहर चारों तरफ से इलेक्ट्रीसिटी और मैग्नेटिक पावर या चुम्बकीय शक्ति है और यही

कारण है की अब उनका मिसाइल 'आउट ऑफ कंट्रोल' हो चुका है। उनकी बातें सुनकर रिसर्च सेन्टर में डॉ. रुद्रमणि भी डॉ. मल्होत्रा से डॉ. अल्मोड़ा को बचाने के लिए कहते हैं। अब डॉ. मल्होत्रा के हाथों में कुछ भी नहीं होता है, जिससे वे उनके मिसाइल को बचा सकें।

उनका मिसाइल एलियन्स के ग्रह से टकराने वाला था। उससे पहले वे डॉ. मल्होत्रा और डॉ. आर्या से अपने किये के लिए माफी मांगते हैं और डॉ. रुद्रमणि से अपने पहले कभी किये बर्ताव के लिए माफी मांगते हैं और उतने में ही उनका मिसाइल एलियन्स के ग्रह से टकरा जाता है और उसमें विस्फोट हो जाता है। जिससे अन्तरिक्ष में एलियन्स का ग्रह अपने स्थान से हटकर 'किसी गेंद की भांति वहां से काफी दूर चला जाता है। मिसाइल विस्फोट के कारण अन्तरिक्ष में आग के अंगारे चारों ओर नजर आते हैं, साथ ही उस मिसाइल के गर्म टुकड़े चारो ओर फैल जाते हैं, जिनमें से उसके कुछ टुकड़े हमारी पृथ्वी पर भी आ गिरते हैं।

रिसर्च सेंटर में डॉ. रुद्रमणि, डॉ. अल्मोड़ा की मौत अपनी आंखों से देखकर बेहोश हो जाते हैं। डॉ. मल्होत्रा और डॉ. आर्या उन्हें होश में लाने की काफी कोशिश करते हैं, पर वे होश में नहीं आते हैं, वे दोनों मिलकर उन्हें वहां से अस्पताल लेकर गये, पर वहां उन्हें पता चला कि डॉ. रुद्रमणि अब इस दुनिया में नहीं रहे। मतलब वे मर चुके हैं।

एक महीने बाद डॉ. मल्होत्रा और डॉ. आर्या पहली बार चीफ वैज्ञानिक की हैसियत से रिसर्च सेन्टर में कदम रखते हैं, जिससे वहां के सभी छोटे–बड़े वैज्ञानिक उन्हें फूल देकर उनका स्वागत करते हैं।

अन्दर आने के बाद डॉ. मल्होत्रा और डॉ. आर्या दोनों ही डॉ. रुद्रमणि की फोटो पर फूलों से बना एक हार चढ़ाते हैं और उनकी तस्वीर से कहते हैं कि उन्होंने, जो सोचकर इस रिसर्च सेन्टर की जिम्मेदारी उन्हें दी है। वो उन पर खरे उतरेंगे।

उसके बाद रिसर्च सेन्टर के सभी लोग अपने–अपने काम पर लग जाते हैं। जबकि डॉ. मल्होत्रा और डॉ. आर्या दोनों ही मिलकर लैब में अपने–अपने काम को सम्भालने के लिए कदम रखकर डॉ. रुद्रमणि के रूम में जाते हैं, जहां पर वे अपनी नयी रिसर्चस को अन्जाम दिया करते थे। वहां पहुंचकर वो लोग डॉ. रुद्रमणि के किये हुए कई अनोखे प्रयोगों को देखते हैं, जिनकी वजह से वे दुनिया के सबसे बड़े वैज्ञानिक बने थे।

उनके वे सभी एक्सपेरिमेंटस को देखने के बाद डॉ. मल्होत्रा ये सोचते हैं कि डॉ. रुद्रमणि ने अपनी रिसर्च हर प्रकार के छोटे व बड़े यंत्रों पर की थी और इस प्रकार के यंत्रों द्वारा ही उन्होंने इस धरती पर रहने वाले कुछ जीवों में बहुत–सी शक्तियां खोजकर इस धरती पर रहने वाले सभी लोगों की जानें कई बार बचाई थीं।

उसी बीच डॉ. आर्या वहां पर आकर उनसे पूछते हैं कि उन्हें क्या हुआ? वे सोच में क्यों पड़े हैं? डॉ. मल्होत्रा उन्हें सारी बात बताते हैं जिसे सुनकर डॉ. आर्या भी काफी ज्यादा सोच में पड़ जाते हैं।

कुछ समय बाद वे दोनों ही रिसर्च रूम में एलियन्स से अपना सम्पर्क बनाने की कोशिश करते हैं परन्तु उनका सम्पर्क एलियन्स से व उनके ग्रह पर नहीं हो पाता है। हमारे वैज्ञानिक अपनी कोशिश लगभग दो दिनों तक लगातार करते रहते हैं, जिससे उनका सम्पर्क तो एलियन्स से हो जाता है पर एलियन्स बार–बार उनसे अपना सम्पर्क तोड़ देते हैं।

अगले दिन से वे दोनों ही मिलकर अपनी एक नयी रिसर्च के बारे में सोचते हैं, कि इस बार वे दोनों मिलकर एक ऐसा सेटेलाईट बनाएंगे हैं जिससे उनका एलियन्स के ग्रह और उसके अलावा अन्य ऐसे ग्रहों पर रह रहे लोगों से सम्पर्क बनाने के साथ–साथ धरती पर आ रहे व आने वाले भूकम्प, बाढ़ जैसी आपदाओं की खोजें करना था। उनकी इस कोशिश को पूरा करने में लगभग एक महीना लगने वाला था। जिसकी परवाह न कर वे लोग अपनी रिसर्च करने में लगे रहते हैं।

डॉ. भटनागर, डॉ. मल्होत्रा और डॉ. आर्या के कहने पर एक ऐसा मिसाइल बनाते हैं जिसे एलियन के ग्रह के बाहर तक भेजकर उसकी स्थिति व उसकी शक्ति का पता लगाना था।

एक महीने बाद डॉ. मल्होत्रा और डॉ. आर्या का सेटेलाईट जब बनकर तैयार हो जाता है तो वे अपनी पूरी टीम के साथ मिलकर उसे अन्तरिक्ष में छोड़ने के लिए तैयार थे लेकिन उसी बीच उनका वह सेटलाईट अन्तरिक्ष की ओर ऊपर की दिशा में जाने के बजाय नीचे जमीन में चला जाता है और जमीन में घुसते ही विस्फोट कर देता है। हालांकि वहां पर आग ज्यादा दूर तक नहीं फैलती है, पर वहां की मिट्टी चारों ओर फैल जाती है और उनका पहला प्रयोग असफल हो जाता है, पर हमारे वैज्ञानिक हार को जीत मानकर आगे बढ़ते हुए अगले

दिन फिर से अपनी उसी कोशिश को दोहराने में लग जाते हैं। जिससे उन्हें अपनी की गई गलती का पता चलता है और उस दिन से ही वे वापस अपने मिसाइल को तैयार करने में लग जाते हैं।

डॉ. भटनागर का मिसाइल भी तैयार हो चुका था और अन्तरिक्ष में जाने के लिए तैयार था। इस बार डॉ. मल्होत्रा डॉ. भटनागर के बनाये हुए मिसाइल को उनके साथ मिलकर एक हफ्ते तक पूरी तरह से जांचते हैं और जांच पूरी होते ही वे अगले ही दिन अपने मिसाइल को अन्तरिक्ष यात्रा के लिए छोड़ने के लिए तैयार होते हैं और अगले दिन, रिसर्च सेन्टर के सभी लोग एक साथ अपने मिसाइल को छोड़ने के लिए तैयार होकर उसे अन्तरिक्ष में छोड़ देते हैं, कुछ वैज्ञानिक और उनके साथ डॉ. मल्होत्रा और डॉ. आर्या मिलकर मिसाइल को ऑपरेट करते हैं। उसका मिसाइल अन्तरिक्ष में कदम रखते ही एलियन्स के ग्रह के नजदीक जाने के कारण सीधे एलियन्स के ग्रह से टकरा जाता है क्योंकि उनके ग्रह में मैग्नेटिक पावर या विद्युत शक्ति थी, और मिसाइल के टकराते ही एलियन्स का ग्रह पूरी तरह से हिल गया परन्तु इस बार उसे ज्यादा कुछ परेशानियों का सामना नहीं करना पड़ा।

एक हफ्ते बाद रात के दो बजे एलियन्स का यान धरती पर आया और डॉ. मल्होत्रा ने उसे अपने बंगले की छत से देखा, वे दिखने में कुछ अजीब–सा था। उनका यान डॉ. मल्होत्रा को लगभग दस सेकेण्ड तक दिखाई दिया और दस सेकेण्ड बाद वे एक रूह की तरह वहां से गायब हो गया।

अगले दिन उन्होंने यह बात डॉ. आर्या को बताई तो उन्हें बिल्कुल भी यकीन नहीं हुआ। फिर भी वे उनसे कुछ भी नहीं कहते हैं और उनके साथ अपने रिसर्च रूम में जाकर अपने मिसाइल की जांच करते हैं क्योंकि सेटलाईट अब कुछ दिनों में पूरा होने ही वाला था। उसी बीच डॉ. मल्होत्रा अपने कमरे में आकर बैठते हैं और वहां पर सोचते हैं की अगर एलियन्स धरती पर आ सकते हैं तो वे हमसे कॉन्टेक्ट करने की कोशिश क्यों नहीं करते हैं, न ही हमारे सिग्नल का जवाब देते हैं। तभी उनके मन में ख्याल आता है कि जब एलियन धरती पर आ सकते हैं तो वे इस बार बातें करके देखें शायद वे बातें करें। उसके बाद वे वहां से अपने रिसर्च रूम में बनाये कम्प्यूटर पर एलियन्स से सम्पर्क करने

में लगे रहते हैं और अब वे ज्यादा–से–ज्यादा समय एलियन्स पर अपनी रिसर्च करने में लगे रहते हैं।

एक हफ्ते बाद डॉ. आर्या अपना सेटेलाईट का काम पूरा कर डॉ. मल्होत्रा के पास उनके रिसर्च रूम में जाते हैं, जहां पर डॉ. मल्होत्रा एलियन्स से अपना सम्पर्क बनाने की कोशिश करते हैं, वहां पर डॉ. आर्या उनसे अपने सेटेलाईट के बारे में बताते हैं कि उनका सेटेलाईट अब पूरी तरह से सही हो चुका है और उन्हें चलकर एक हफ्ते तक उसकी जांच करनी है। वे डॉ. आर्या के साथ जाकर अपने सेटेलाईट को देखते हैं।, उनका सेटेलाईट एक बड़े से हॉल में खड़ा था, वहां डॉ. मल्होत्रा और डॉ. आर्या दोनों ही डॉ. भटनागर के साथ मिलकर एक हफ्ते तक अपने सेटेलाईट को अंतरिक्ष में भेजने से पहले जांच करते हैं और एक हफ्ते बाद जब उनकी जांच पूरी हो जाती है तो वो अपने सेटेलाईट को भेजने की तैयारी करते हैं। उनका पूरा दिन तैयारी में लग जाता है इसलिए वे रात के दस बजे अपने सेटेलाईट को अन्तरिक्ष में छोड़ देते हैं। इस बार उनकी कोशिश पूरी तरह से सफल हो जाती है, उन्हें किसी भी प्रकार की समस्या से नहीं गुजरना पड़ता है और उनका सेटेलाईट अन्तरिक्ष में पहुंच जाता है, उनके सेटेलाईट का नाम 'पी0 सी0 एल0 एक्स0 रो 305' जबकि इसका कोड 'गुड मॉर्निंग प्लग' था।

अगले दिन डॉ. मल्होत्रा, डॉ. आर्या, डॉ. भटनागर और उनकी दस लोगों की पूरी टीम, जिसने मिलकर दिन और रात एक कर सेटेलाईट 'पी0 सी0 एल0 एक्स0 रो 305' को पूरा किया। वे सभी मिलकर अन्तरिक्ष में अपने सेटेलाईट 'पी0 सी0 एल0 एक्स0 रो 305' द्वारा पहले तो धरती से जुड़ी हर प्रकार की जानकारी पाने के लिए प्रोग्राम्स डालते हैं और उसके बाद वे सभी दूसरे ग्रहों पर जीवन की तलाश में लग जाते हैं। उनका यह सेटेलाईट 'पी0 सी0 एल0 एक्स0 रो 305' दुनिया की सबसे बड़ी रिसर्च में से एक था, जो की पूरी दुनिया में बहुत ही जल्द चर्चित हो जाता है और इस कारण अमेरिका और अन्य कई देश इस तरह का दूसरा सेटेलाईट बनाने की कोशिश करते हैं परंतु उनकी कोशिश नाकाम जाती है और अपने सेटेलाईट 'पी0 सी0 एल0 एक्स0 रो 305' के कारण डॉ. मल्होत्रा, डॉ. आर्या और डॉ. भटनागर दुनिया के सबसे बड़े वैज्ञानिक बनकर पूरे विश्व में प्रसिद्ध हो जाते हैं।

एक दिन डॉ. मल्होत्रा अपने रिसर्च रूम में अकेले ही अपने कम्प्यूटर पर एलियन्स से अपना सम्पर्क बनाने की कोशिश कर रहे थे। तभी उनका सम्पर्क अचानक ही एलियन्स से हो जाता है और उनकी तरफ से ध्वनि संकेत आने लगता है, जिसे डॉ. मल्होत्रा तो समझ नहीं पाते है पर उन्हें बहुत खुशी होती है, वे दौड़े–दौड़े डॉ. आर्या के पास जाते हैं और उन्हें अपने साथ लाकर एलियन्स से अपना सम्पर्क दिखाते हैं। यह देखकर वे काफी हैरान होते हैं, पर कुछ समय बाद जब उनका सम्पर्क टूट जाता है, डॉ. आर्या डॉ. मल्होत्रा से एक ऐसा कम्प्यूटर बनाने के लिए कहते हैं, जो कि दुनिया का सबसे अनोखा और सबसे बड़ा हो। जिस पर वे एलियन्स व दूसरे ग्रहों से जुड़ी हर प्रकार की जानकारियां प्राप्त कर सकें। डॉ. मल्होत्रा को उनका विचार पसन्द आता है और वे अगले दिन से ही अपने कम्प्यूटर को बनाने में लग जाते हैं, फिर भी वे अपने पहले वाले कम्प्यूटर से एलियन्स से अपना सम्पर्क बनाने की कोशिश करते हैं।

एक दिन उनका सम्पर्क एलियन्स से इस प्रकार होता है रिसर्च सेंटर के पास के ही जंगल में एलियन्स अपना यान उतारते हैं। जिसे डॉ. आर्या और मल्होत्रा दोनों अपने रिसर्च सेन्टर की छत से देख लेते हैं और उन्हें विश्वास भी था कि वे एलियन्स ही हैं। जिसे सच साबित करने के लिए वे वहां से उस जंगल में जाते हैं। वहां पर पहुंचते ही उन्होंने अपना टार्च जलाकर देखा, तो एलियन्स वहां बीच जंगल में अपने यान से उतरकर घूम रहे थे लेकिन जैसे ही उनमें से एक एलियन की नजर डॉ. मल्होत्रा और डॉ. आर्या पर पड़ी तो तुरन्त ही उसने उन्हें दौड़ा दिया। वे लोग दौड़कर एक पेड़ के पीछे छिप गये और छिप कर अपने टॉर्च की लाईट बन्द कर दी। एलियन्स को देखने पर ऐसा लग रहा था, कि ये लोग धरती पर किसी चीज की तलाश में आये हैं और उसकी खोज कर रहे हैं।

कुछ समय बाद जब एलियन्स अपने यान के पास आकर अपने यान में बैठने लगे, तभी एक एलियन की नजर जंगल के एक पेड़ पर पड़ी, जिससे वे तुरन्त ही चिल्ला उठा और फिर उसने वह पेड़ अपने सभी साथियों को दिखाया। जिसे देखकर वे सभी बहुत ही खुश लग रहे थे। तभी डॉ. मल्होत्रा ने वापस अपना टॉर्च जलाकर देखा तो वह एक

मामूली–सा छोटा जंगली पेड़ था। जिसके पास जाकर सभी एलियन्स उसके ऊपर अपना हाथ रखते हैं और उस पेड़ में से एक रोशनी निकलती है, जो उन सभी एलियन्स के अन्दर समाने लगती है। जिसे देखकर वे दोनों हैरान रह जाते हैं। एलियन्स जब उससे आगे पेड़ की तलाश में जाते हैं, तो उस मौके का फायदा उठाकर डॉ. मल्होत्रा और डॉ. आर्या दोनों ही एलियन्स के यान के अन्दर जाते हैं, जहां पर उन्हें बहुत ही अजीब–अजीब सी मशीनें देखने को मिलती हैं, जो उनकी समझ में नहीं आता है। उनका मिसाइल देखने में किसी पेड़ की बाहरी छाल की तरह लग रहा था, जिसे वे दोनों काफी ध्यान से देखते हैं परन्तु उसी बीच अचानक ही एलियन्स वहां आते हैं तो उन्हें अपने यान के अन्दर से वे दोनों बाहर निकलते दिखते हैं और उसी समय एलियन्स उन दोनों पर काफी हमले करते हैं, परन्तु वे दोनों ही पेड़ों के पीछे छिपते–छिपते दूर चले जाते हैं, जिसे देखकर सभी एलियन्स अपनी शक्तियों को एकत्र कर उन दोनों पर अपना हमला करते हैं, जो कि सीधे डॉ. मल्होत्रा को जा लगता है, पर डॉ. आर्या वहीं पर लेट जाते हैं, जिससे वे बच जाते हैं और सभी एलियन्स अपने यान में बैठकर अपने ग्रह के लिए उड़ जाते हैं परन्तु नीचे डॉ. मल्होत्रा के शरीर का रंग काला होने लगता है, जिसे देखकर डॉ. आर्या उनके पास आते हैं और उनसे कहते हैं कि उन्हें कुछ भी नहीं होगा लेकिन डॉ. मल्होत्रा इस तरह तड़पते हैं कि मानों अब वे मर ही जायेंगे।

उनकी हालत ज्यादा बिगड़ती देखकर डॉ. आर्या की समझ में कुछ भी नहीं आता है। अचानक ही उनकी नजर उस जगह पड़ती है, जहां एलियन्स का यान उतरा था। डॉ. मल्होत्रा के हाथ से टॉर्च लेकर वहां पर जाकर देखते हैं तो उन्हें वहां पर एक बहुत गहरा गड्ढा हुआ दिखाई देता है। जिसमें एलियन्स के यान के निशान बने दिखाई देते हैं। वे अपने टॉर्च की रोशनी चारों ओर घुमा कर देखते हैं, जिससे उन्हें गड्ढे के उस पार वे पेड़ दिखाई देता है, जिससे एलियन्स अपनी शक्तियां प्राप्त कर रहे थे। उसे देखकर डॉ. आर्या के मन में ख्याल आता है की शायद एलियन्स के वार का असर डॉ. मल्होत्रा के शरीर से, उस पेड़ से निकल जाये। वे यही सोचकर वे उस पेड़ को उखाड़कर डॉ. मल्होत्रा के पास लाते हैं और उस पेड़ की कुछ पत्तियॉ तोड़कर डॉ. मल्होत्रा के

मुंह में डालते हैं जिससे डॉ. मल्होत्रा को तुरन्त ही होश आने लगता है और उनके होश में आते ही वे डॉ. आर्या से एलियन्स के यान के बारे में पूछते हैं। डॉ. आर्या उन्हें पूरी बात बताते हैं, जो उन लोगों के साथ हुई थी और डॉ. आर्या उन्हें उस पेड़ और एलियन्स के यान के उतरने से हुए गड्ढे को भी दिखाते हैं। जिसे देखते ही डॉ. मल्होत्रा डॉ. आर्या के साथ उस गड्ढे में जाने की सोचते हैं परन्तु डॉ. आर्या इस समय उस गड्ढे में जाने से मना कर देते हैं। डॉ. मल्होत्रा उनकी बात बिल्कुल भी न मानकर उस गड्ढे में जाने लगते हैं, पर फिर भी डॉ. आर्या उन्हें काफी मना करते हैं। डॉ. मल्होत्रा अपनी जिद्द पर अड़े रहते हैं और उनकी जिद्द के सामने डॉ. आर्या भी हार मानकर उनके साथ वहां हुए गड्ढे में उतरने लगते हैं। नीचे उतरने पर डॉ. मल्होत्रा वहां पर चारों ओर अपना टॉर्च घुमाकर देखते हैं उन्हें वहां से कुछ ही दूरी पर नीले रंग का एक भारी पत्थर दिखाई पड़ता हैं, जो लगभग एक फीट का था। उस पत्थर को डॉ. आर्या हाथ में उठाकर देखते हैं। वे पत्थर देखने में कोई साधारण पत्थर नहीं लगता है क्योंकि यह यह कांच की तरह बिल्कुल चिकना था और उसका रंग हाथ में आते ही हरे रंग में बदल जाता है जिसे देखकर वे दोनों ही हैरान रह जाते हैं। फिर डॉ. मल्होत्रा उसे देखने के लिए अपने हाथ में लेते हैं तो वह उन्हें भी असाधारण पत्थर लगता है और उसकी जांच करने के लिए रिसर्च सेन्टर लाने के लिए अपनी जेब में रखकर वहां चारों ओर घूमते हैं। लेकिन उन्हें कुछ और नहीं मिलता है।

सुबह वे दोनों वहां से निकल ही रहे थे, उसी समय वहां पर बहुत तेजी से एक धमाका होता है, जिससे एक बहुत ही गहरा गड्ढा हो जाता है, जिसके अन्दर वे दोनों गिर जाते हैं। जहां पर उन्हें एक गुफा दिखाई देती है, जिसके अन्दर वे लोग जाकर देखते हैं, तो उन्हें ऐसा लगता है कि मानों वह गुफा हजारों साल पुरानी हो वे उस गुफा के अन्दर जाकर देखते हैं। उसके अन्दर जाते ही गुफा के मुखद्वार पर ऊपर से एक चट्टान आ गिरती है और वह गुफा पूरी तरह से बन्द हो जाती है। उसके अन्दर जाने के अलावा उनके पास कोई और रास्ता भी नहीं था। अन्दर बहुत ही अन्धेरा था लेकिन फिर भी वे किसी तरह हिम्मत जुटाकर आगे बढ़ते हैं और कुछ दिनों बाद सुबह के समय गुफा पार कर

एक जंगल में आ जाते हैं, जहां पर उन्हें चारों ओर पेड़–ही–पेड़ नजर आते हैं और नीचे जमीन पर बरसात का पानी पड़ा था, वे वहां पर सीधे चलते जाते हैं। तभी उन्हें एक अमरूद का पेड़ दिखाई देता है, जिस पर बहुत से अमरूद लगे रहते हैं। यह देखकर वे दोनों ही उस पेड़ पर चढ़कर अपनी भूख मिटाने के लिए कुछ अमरूद खाते हैं और फिर कुछ समय बाद वे दोनों वहां से आगे बढ़ जाते हैं।

उनके वहां से कुछ दूर पहुंचते ही अंधेरा होने लगता है, डॉ. मल्होत्रा, डॉ. आर्या के साथ एक सूखे स्थान पर आते हैं और वहां पर कुछ पेड़ों की डाल और कुछ झाड़ियों को तोड़कर उनसे एक छोटी–सी झोपड़ी बनाकर अपनी रात गुजारते हैं। आधी रात बीतने के बाद अचानक ही डॉ. मल्होत्रा की आँख खुलती है और वे झोपड़े से बाहर निकलकर आते हैं। तभी उन्हें आसमान में कुछ आवाजें सुनाई देती हैं और वे ऊपर आसमान की तरफ देखते हैं। उन्हें आसमान में लगभग सौ से भी ज्यादा ड्रेगन उड़ते हुए दिखाई देते हैं। सभी ड्रेगन्स उड़ते हुए अपने–अपने मुंह से आग निकालते हैं। जिसे देखकर डॉ. मल्होत्रा हैरान रह जाते हैं, तभी वे अन्दर से डॉ. आर्या को जगाकर बाहर लेकर आते हैं और उन्हें आसमान में ड्रेगन्स दिखाते हैं। परन्तु उस समय ड्रेगन्स उन्हें नहीं दिखते हैं, जिससे डॉ. आर्या को डॉ. मल्होत्रा की बातों पर बिल्कुल भी विश्वास नहीं होता है और वे किसी तरह से डॉ. मल्होत्रा को समझाते हैं कि उन्होंने जरूर कोई सपना देखा होगा। पर डॉ. मल्होत्रा बार–बार उन्हें समझाते हैं कि उन्होंने कोई सपना नहीं देखा। यह सच है। ड्रेगन्स हकीकत में होते हैं परन्तु डॉ. आर्या को उनकी बातों पर बिल्कुल भी विश्वास नहीं होता है और वे उनके साथ अन्दर आकर सोने लगते हैं, किन्तु उसी बीच उन्हें बाहर से बहुत ही अजीब–अजीब सी आवाजें सुनाई देने लगती हैं। वे दोनों वहां से निकलकर बाहर देखते हैं, परन्तु वहां आस–पास उन्हें कुछ भी नहीं दिखाई पड़ता है। तभी उन दोनों को आसमान में तेज रोशनी और आवाज सुनाई देती है, वे दोनों आसमान की ओर देखते हैं। आसमान में देखने पर उन्हें बहुत से ड्रेगन्स उड़ते हुए अपने मुंह से आग निकालते हुए नजर आते हैं। जिन्हें देखकर डॉ. आर्या को डॉ. मल्होत्रा की कही बातों पर विश्वास हो जाता है और वे डॉ. मल्होत्रा से कहते हैं ''आपने सही कहा था। ड्रेगन्स हकीकत में होते हैं।''

अगले दिन सुबह होने पर वे दोनों ही वहां से निकलते हैं। उन्हें लगता है कि वे जंगल कहीं–न–कहीं तो जरूर ही खत्म होगा और हम अपने शहर अवश्य ही पहुंचेंगे। लेकिन उन्हें यह नहीं पता था कि वे इस समय जिस रास्ते पर चल रहे हैं, वे मौत का रास्ता है। उस जंगल में कुछ दूर पहुंचने पर उन्हें एक गहरा गड्ढ़ा नजर आता है, जिसमें से बहुत तेजी से धुंआ बाहर आ रहा था। वे उसे देखकर काफी हैरान थे और उसके पास जाने के लिए बेताब भी। वे दोनों वहां से अपनी रफ्तार तेज कर और तेजी से चलते हैं। वहां उस गडढे के पास पहुंचने पर वे उसके अन्दर देखते हैं पर धुंए के कारण कुछ भी ठीक से नहीं दिख रहा था और धुंए के कारण उन्हें खांसी भी आने लगती है वे वहां से दूर हटते हैं और ठीक से सांस लेते हैं।

कुछ समय बाद डॉ. मल्होत्रा, डॉ. आर्या से उस गड्ढ़े के अन्दर पानी डालने के लिए कहते हैं। उनकी बातों से वे पूरी तरह से सहमत होते हुए वे उनके साथ पानी की तलाश में आस–पास घूमते हैं, तभी डॉ. आर्या को वहां से कुछ ही दूरी पर एक छोटी–सी नदी बहती दिखती है, जहां पर वे दोनों पानी लेने जाते हैं। उनके लिए एक बड़ी समस्या यही थी कि वे पानी आखिर भरें तो भरें किसमें। वे दोनों सोच में पड़े ही थे तभी डॉ. मल्होत्रा की नजर वहां से कुछ दूरी पर लगे एक पेड़ पर पड़ती है, जिसके पत्ते बहुत ही बड़े और मोटे थे। वे दोनों ही उस पेड़ के पास जाते हैं, जहां पर डॉ. मल्होत्रा उस पेड़ के ऊपर चढ़कर कुछ पत्ते तोड़कर नीचे फेंकते हैं और वापस नीचे उतर आते हैं। नीचे आकर वे दोनों ही मिलकर उन पत्तों से पानी रखने के लिए एक कीप बनाते हैं और उसमें पानी भरकर उसी गड्ढ़े के पास आते हैं, जिसमें से धुंआ निकल रहा था। वहां पर आकर वे उस गड्ढे के अन्दर पानी डालते हैं। धुंआ कम होने लगता है, डॉ. मल्होत्रा डॉ. आर्या के साथ उसके अन्दर उतरने लगते हैं। नीचे पहुंचने पर उन्हें वहां से एक सीधी और लम्बी गुफा जाती हुई दिखती है, उसके साथ ही उन्हें वहां का माहौल भी कुछ गर्म लगता है, उन्हें लगता है की उस गुफा के अन्दर आग लगी हुई है और इस तरह उनका उस गुफा के अन्दर जाना खतरे से खाली नहीं है। यह सोचकर वे दोनों वापस ऊपर चढ़ने लगते हैं परन्तु उसी समय ऊपर से पेड़ की एक मोटी डाल टूटकर उनके ऊपर गिर जाती है, जिसके

नीचे वे दोनों ही दब जाते हैं और उस डाल के नीचे दबने के कारण डॉ. आर्या की बाजुओं में काफी चोट भी आ जाती है और खून भी बहने लगता है। जिसे देखकर डॉ. मल्होत्रा किसी तरह से बचकर उस डाल से बाहर निकलते हैं और डॉ. आर्या को भी उससे बाहर निकलते हैं। डॉ. आर्य की बाजुओं से खून बहता देखकर डॉ. मल्होत्रा अपनी शर्ट उतारकर उसे फाड़ते हैं और डॉ. आर्या की बाजू पर बांध देते हैं। उसी समय उन्हें उस गुफा से तेज धुंआ अपनी तरफ आता दिखता है, जिससे बचने के लिए वे दोनों ही जल्द–से–जल्द ऊपर चढ़ने की कोशिश करते हैं, लेकिन तब तक धुंआ उनके पास पहुंच जाता है और उन्हें खांसी आने लगती है, साथ ही ठीके से कुछ दिखाई भी नहीं पड़ता और वे वापस नीचे गिरकर बेहोश हो जाते हैं।

वहां से कुछ ही दूरी पर, उस गुफा के अन्दर बहुत ही ज्यादा शोर आता सुनाई देता है, परन्तु डॉ. मल्होत्रा और डॉ. आर्या दोनों ही बेहोश होने के कारण बहुत ही गम्भीर हालत में थे।

तभी उस गुफा के अन्दर से आ रहे धुंए के साथ एक ड्रेगन भी बाहर आता है, जो डॉ. मल्होत्रा और डॉ. आर्या को अपनी शक्तियों द्वारा अपनी पीठ पर बैठाकर वहां से उस गुफा के अन्दर जाता है। उस गुफा के अन्दर चारों ओर धुंआ–ही–धुंआ था, परन्तु ड्रेगन उन्हें सीधे ले जाता है। परन्तु गुफा के बीच में ही एक बड़ा धमाका होता है, जिससे ड्रेगन वहीं पर लड़खड़ाने लगता है, लेकिन वह खुद के साथ–साथ डॉ. मल्होत्रा और डॉ. आर्या को भी संभालते और बचते हुए वहां से आगे बढ़ता है। उसी बीच डॉ. आर्या को होश आता है और वे खुद को डॉ. मल्होत्रा के साथ उस गुफा में ड्रेगन की पीठ पर बैठा देखकर घबरा जाते हैं और तुरन्त ही डॉ. मल्होत्रा को होश में लाने की कोशिश करते हैं। हालांकि वे ड्रेगन उनकी जान बचाने की कोशिश कर रहा था परन्तु उन्हें उस बारे में कुछ भी नहीं पता था। डॉ. मल्होत्रा के होश में आते ही वे दोनों घबरा जाते हैं और उसे रोकने की भी काफी कोशिश करते हैं, लेकिन वह भागता रहता है। कुछ दूर पहुंचने पर उन्हें बहुत से ड्रेगन नजर आते हैं, वे उस ड्रेगन की पीठ से कस कर चिपक जाते हैं और अपनी जान बचाने की कोशिश करते हैं। उसी समय डॉ. आर्या पर एक ड्रेगन की पूंछ पड़ती है और नीचे गिर जाते हैं। उन पर वहां तबाही मचा रहे

ड्रेगन्स के हमले होते हैं, पर उन्हें नीचे गिरा देखकर वह ड्रेगन वापस पीछे मुड़ता है और डॉ. आर्या के साथ डॉ. मल्होत्रा को भी वहां से अपनी शक्तियों द्वारा गायब कर एक अन्जान गुफा में पहुंचा देता है, जहां जगह–जगह मशालें जल रही थीं और आस–पास कोई भी नहीं था। डॉ. आर्या बेहोश पड़े थे और डॉ. मल्होत्रा उन्हें होश में लाने की कोशिश कर रहे थे, वह ड्रेगन गुफा में तबाही मचा रहे बहुत से ड्रेगन्स से अकेले ही लड़ रहा था। अचानक वह उनसे लड़ते–लड़ते हारने लगता है और उन सभी ड्रेगन्स के बीच गिर जाता है, तभी सभी ड्रेगन्स उसे मारने के लिए उस पर आग के हमले करते हैं। तभी वहां बहुत से ड्रेगन्स का एक बड़ा झुण्ड आता है और उस अकेले ड्रेगन की तरफ से उसे बचाने के लिए लड़ने लगता है। उनके बीच काफी जमकर युद्ध होता है।

दूसरी तरफ डॉ. मल्होत्रा, डॉ. आर्या को होश में लाने की कोशिश में लगे रहते हैं, पर उन्हें होश में न आता देख वे घबरा जाते हैं और रोने लगते हैं। उसी समय वहां पर बने रास्ते से एक बुजुर्ग व्यक्ति सफेद कपड़ों में वहां आता है और उनके कन्धे पर हाथ रख कर कहता है "अगर वे डॉ. आर्या को बचाना चाहते हैं तो उन्हें पहले धरती पर फैली तबाही को रोकना होगा।" उनकी बातें सुनकर डॉ. मल्होत्रा उनसे पूछते हैं कि "आप कौन है?" वे बोले कि मैं यहां अपना परिचय देने नहीं, बल्कि उन्हें उनकी असली पहचान बताने आया है। डॉ. मल्होत्रा को कुछ भी समझ में नहीं आता है और उनसे फिर पूछते हैं कि वे उन्हें क्या बताना चाहते हैं और उनका दोस्त कैसे ठीक होगा? वह बुजुर्ग व्यक्ति उनसे कहता है "तुम्हें शायद नहीं पता होगा। धरती पर बहुत बड़ी तबाही मची हुई है ऑक्सीहार्ड।" खुद के लिए ऑक्सीहार्ड सुनकर डॉ. मल्होत्रा उनसे कहते हैं "मैं डॉ. मल्होत्रा हूं। कोई आक्सीहार्ड नहीं।" बुजुर्ग व्यक्ति उन्हें बताता है कि यह तुम्हारा पुर्न जन्म है और तुम्हें एक बार फिर से इस धरती को बचाना होगा। तभी शायद तुम और इस पृथ्वी के लोग, ध ारतीवासी जिन्दा बच पायेंगे। डॉ. मल्होत्रा उनसे कहते हैं वह तो ठीक है पर हम ये काम कैसे कर सकते हैं और यह तबाही फैली कैसे? जहां तक विज्ञान का मत है कि ड्रेगन्स तो अब जिन्दा नहीं बचे हैं। तो ये सभी ड्रेगन्स धरती पर अब तक किसी के सामने क्यों नहीं आये। उनकी बातें सुनकर वह बुजुर्ग व्यक्ति उनसे कहता है "आज फैली इस तबाही का

कारण तुम्हारा बेटा है, जो की इस धरती पर बीती रात ही जन्म ले चुका है और वह कोई साधारण बालक नहीं बल्कि इस दुनिया का रखवाला 'फायरहार्ड' है और तुम उसके पिता हो, इस जन्म में भी, पिछले जन्म में भी। तुम्हारे पास आज भी उतनी ही शक्ति है, जितनी की कल तुम्हारे बेटे के पास होगी। परन्तु भविष्य के लिए अगर तुम आज नहीं लड़ोगे तो शायद आज ही तुम्हारे बेटे का अन्त, इस धरती पर तबाही फैला रहे ड्रेगन्स कर दें और पूरी दुनिया को भी खत्म कर दें।'' उनकी बातें सुनकर डॉ. मल्होत्रा को घबराहट होती है और वे उनसे पूछते हैं कि आखिर ड्रेगन्स से हमारा रिश्ता क्या है? वे कहते हैं ''हमारे पास अब समय बहुत ही कम बचा है। हमें जल्द–से–जल्द धरती पर हो रही इस तबाही को रोकना ही होगा।'' और इस तबाही को रोकने के लिए वह बुजुर्ग व्यक्ति डॉ. मल्होत्रा को वहां से नीचे बनी एक गुफा में, (जिसका रास्ता सीढ़ियों से होकर जाता है, लेकर जाता है और वहां पर वे डॉ. मल्होत्रा को हड्डियों से बनी एक बड़ी तलवार देकर कहता है ''इस तलवार से तुम मुझे मार दो।'' यह सुनकर डॉ. मल्होत्रा हैरानी में पड़ जाते हैं और उनसे पूछते हैं कि वे ऐसा क्यों कह रहे हैं? बुजुर्ग व्यक्ति कहता है ''यही एक रास्ता है धरती को बचाने का और इसमें उनकी भी जान जा सकती है।'' उनकी बातें सुनकर डॉ. मल्होत्रा उनसे कहते हैं ''हमें अपनी जान का तो कोई खतरा नहीं है पर, अगर हमने आपको मार दिया तो हमें रास्ता कौन दिखायेगा।'' बुजुर्ग व्यक्ति कहता है कि ज्यादा ना सोचे। बस वह जैसा कहता है, वैसा ही करें। उसकी बात मानते हुए डॉ. मल्होत्रा हड्डियों से बनी उस तलवार को लेते हैं और उसे उसके सीने पर मार देते हैं। जिससे उसकी मौत हो जाती है और वह नीचे धरती पर गिर जाता है। डॉ. मल्होत्रा उन्हें तलवार मारते ही अपना मुंह पीछे घुमा लेते हैं लेकिन जब उन्हें उस बुजुर्ग व्यक्ति की आवाज सुनाई नहीं देती है तो वे पीछे मुड़कर देखते हैं। वह उन्हें जमीन पर पड़ा दिखता है डॉ. मल्होत्रा उसके सीने से तलवार को निकालने के लिए छूते ही हैं पर उतने में ही उस बुजुर्ग व्यक्ति का शरीर एक गोल चमकीली रोशनी में बदलकर वहां से उस गुफा को पार कर सीधे आसमान में चली जाती है और एक तारा बनकर चमकने लगती है। कुछ देर में जब उसकी रोशनी और भी तेज हो जाती है तो वह

आसमान में दांयी ओर सबसे तेज चमक रहे तारे से जाकर किसी बिजली की तरह मिलती है और उस तारे में पूरी तरह से समा जाती है, जिससे वह तारा और भी बड़ा होकर चमकने लगता है और फिर कुछ ही देर में वहां से डॉ. मल्होत्रा के पास गुफा को पार करते हुए आता है और डॉ. मल्होत्रा को भी अपने साथ एक रोशनी में बदलकर उस गुफा में ले जाता है, जहां पर बहुत से ड्रेगन्स आपस में लड़ रहे थे। वहां पर वह रोशनी उस ड्रेगन के अन्दर समा जाती है, जो पहले डॉ. मल्होत्रा और डॉ. आर्या को अपने साथ ला रहा था।

उस ड्रेगन के शरीर में समाते ही ड्रेगन के अन्दर पहले से दस गुना ज्यादा शक्तियॉ आ जाती हैं, जिससे वह वहां पर मौजूद सभी ड्रेगन्स में से सबसे बड़ा हो जाता है और वह पूरी तरह से डॉ. मल्होत्रा की इच्छानुसार काम करने लगता है, जिसे हम 'ऑक्सीहार्ड' के नाम से जानते हैं।

ऑक्सीहार्ड के रूप में बदलते ही डॉ. मल्होत्रा अपनी पूरी शक्तियों का उपयोग कर पहले तो वहां पर उस गुफा के सभी बुराई के ड्रेगन्स का नाश करते हैं। हालांकि रात बहुत हो चुकी होती है, पर फिर भी वे वहां से उड़कर उस जंगल में जाते हैं, जहां पर बुराई के ड्रेगन्स और अच्छाई के कुछ ड्रेगन्स के बीच युद्ध हो रहा था। ऑक्सीहार्ड पहुंचते ही सभी बुराई के ड्रेगन्स पर आग से व अलग—अलग प्रकार के वार करता है, जिससे सभी ड्रेगन्स मर जाते हैं परन्तु उसी समय ऑक्सीहार्ड को आसमान में लगभग हजार से ज्यादा ड्रेगन्स उसकी तरफ आते दिखाई देते हैं। खुद ही वहां से उड़कर आसमान में जाता है और बीच आसमान में ही उन सभी ड्रेगन्स से लड़ता है। उस बीच ऑक्सीहार्ड बिल्कुल भी कमजोर न पड़कर, भयानक रूप लेकर उन सभी को मारने पूरी कोशिश करता है। लेकिन उसी समय वहां पर नीले रंग का एक भयानक ड्रेगन आकर ऑक्सीहार्ड से इस प्रकार लड़ता है कि वह ऑक्सीहार्ड भी उसके प्रभाव से प्रभावित होकर नीचे जमीन पर जा गिरता है और आसमान में ड्रेगन्स की संख्या धीरे—धीरे बढ़ती जाती है। वे सभी मिलकर शहर की तरफ तबाही मचाने के लिए बढ़ते हैं किन्तु उसी समय ऑक्सीहार्ड को आसमान में बिजली कड़कती हुई नजर आती है, जो उससे कहती है कि ''अगर उसे धरती को बचाना है तो किसी भी तरह से उसे आसमान में उड़ रहे नीले ड्रेगन की पीठ पर किसी नुकीली चीज से वार करना

होगा। तभी बुरे ड्रेगन्स का धरती पर से अन्त होगा।'' जिसे सुनते ही ऑक्सीहार्ड एक बड़े पहाड़ की तरफ बढ़ता है, जहां पर बहुत–सी नुकीली चट्टानें होती हैं, उनमें से वह एक बड़ी नुकीली चट्टान को अपनी पूंछ के द्वारा उखाड़कर आसमान में शहर की ओर तबाही के इरादे से बढ़ रहे नीले ड्रेगन की पीठ पर इस प्रकार वार करता है, कि उसके साथ–साथ वहां से भी बुरे ड्रेगन्स का नाश हो जाता है और ऑक्सीहार्ड वहां से सीधे उड़ते हुए डॉ. आर्या के पास आ जाता है, जहां पर डॉ. मल्होत्रा उस ड्रेगन के शरीर से निकलकर वापस बाहर आ जाते हैं और ऑक्सीहार्ड वापस एक साधारण ड्रेगन में बदल जाता है। डॉ. मल्होत्रा के उस ड्रेगन के शरीर से बाहर आते ही वह ड्रेगन चक्कर खाते हुए गिरने लगता है परन्तु उसी समय डॉ. मल्होत्रा को एक आवाज सुनाई देती है, जो उनसे अपनी जान पर खेलकर धरतीवासियों की जान बचाने का शुक्रिया अदा करती है और साथ ही उन्हें यह भी कहती है कि ड्रेगन्स का नाश हमेशा–हमेशा के लिए नहीं हुआ है। फिर भी वे अब फायरहार्ड के बड़े होने से पहले धरती पर नहीं आयेंगे और न ही अब उसकी जान को कोई खतरा है।

यह सुनकर डॉ. मल्होत्रा को बहुत ही खुशी होती है, लेकिन जब वे डॉ. आर्या की और उस ड्रेगन की हालत काफी गम्भीर देखते हैं तो उनसे पूछते हैं कि वे दोनों अब कैसे ठीक होंगे? आवाज उनसे कहती है कि उस ड्रेगर्न पर उन्हें केवल पांच बार अपना हाथ फेरते हुए उसके साथ ही पांच बार ऑक्सीहार्ड कहकर अन्त में उसे चूमना है और उस ड्रेगन की हालत वापस पहले जैसी हो जायेगी और वह उन्हें डॉ. आर्या को ठीक करने की जड़ी–बूटी जिसका नाम 'ग्लाइकोक्रेब्स' है,?? वहां तक ले जायेगा और उनके ठीक होने के बाद वह उन्हें उनकी दुनिया में वापस छोड़ आयेगा। साथ ही वह आवाज बन्द होने से पहले उनसे कहती है कि उसके बाद वे फिर कभी ऑक्सीहार्ड नहीं बन सकेंगे। क्योंकि उनकी सारी शक्तियां उस ड्रेगन के अन्दर समा जायेंगी और वह पूरी तरह से ऑक्सीहार्ड बन जायेगा। तभी डॉ. मल्होत्रा उस आवाज से पूछते हैं कि आखिर धरती पर ये तबाही फैली कैसे? जवाब में वह आवाज उनसे कहती है ''इसका कारण एलियन्स है। वे हमारी धरती के क्रिस्टल की तलाश में लगे हुए हैं आज से नहीं बल्कि हजारों साल पहले

90 *ड्रेगन एण्ड फायरहार्ड–क्रिस्टल का इतिहास*

से। हमारी पृथ्वी पर वे क्रिस्टल पूरे ब्रह्मांड की एक सबसे अनमोल चीज है और उसे पाने के लिए बहुत से दूसरे ग्रह जिन पर जीवन सम्भव है, के लोग हमारी पृथ्वी के क्रिस्टल की तलाश में लगे हुए हैं परन्तु हमारी धरती का है, जिस पर केवल फायरहार्ड का हक है, क्योंकि इस धरती पर वही सबसे सच्चा और बहादुर है। उसने पहले भी कई बार पृथ्वी की रक्षा कर सबित किया है कि वही क्रिस्टल का असली हकदार है।''

यह कहकर वह आवाज बन्द हो जाती है, पर डॉ. मल्होत्रा एक लम्बी सोच में पड़ जाते हैं। तभी उनकी नजर डॉ. आर्या और उस ड्रेगन पर पड़ती है और वे अपनी शक्तियों की परवाह न करते हुए उस ड्रेगन के माथे को पाँच बार छूते हुए ऑक्सीहार्ड कहते हैं और अन्त में उसे चूमते हैं, जिससे वह ड्रेगन होश में आने के साथ–साथ ऑक्सीहार्ड के रूप में बदल जाता है और डॉ. मल्होत्रा के साथ–साथ डॉ. आर्या को भी अपनी पीठ पर बैठाकर वहां से दौड़ते हुए उस गुफा को पार करता है और उस गुफा को पार करते ही आसमान में उड़कर सीधे उस जंगल में लेकर आता है, जहां पर उन्हें ग्लाइकोक्रेब्स के बहुत से पेड़ लगे दिखते हैं। पर वहां पर उस जंगल में चारों ओर पेड़–ही–पेड़ थे, जिनमें से ग्लाइकोक्रेब्स के पेड़ को पहचान पाना बहुत ही मुश्किल में था। जिससे वह उदास हो जाता है और ऑक्सीहार्ड के पास जाकर उससे कहता है कि आखिर हम अब इतने पेड़ों में से ग्लाइकोक्रेब्स का पेड़ कैसे पहचानेंगे? ऑक्सीहार्ड उनके पास के एक पेड़ के पास आता है और उसे अपने मुंह से छूकर बताता है। जिससे डॉ. मल्होत्रा को पता चल जाता है कि यही ग्लाइकोक्रेब्स का पेड़ है, जहां से उन्हें डॉ. आर्या के लिए जड़ी बूटी प्राप्त होगी और डॉ. मल्होत्रा वहां से सीधे दौड़ते हुए डॉ. आर्या के पास जाते हैं जहां पर वे बेहोश पड़े थे। वहां पहुंचकर वे डॉ. आर्या से कहते हैं कि अब वे जल्द ही ठीक हो जायेंगे परन्तु डॉ. आर्या उनकी बातों से बेखबर थे। डॉ. मल्होत्रा ऑक्सीहार्ड के पास जाकर उससे कहते हैं कि उन्हें उस पेड़ का तो पता चल गया है, पर वह जड़ी–बूटी उन्हें कहां से मिलेगी। तभी डॉ. मल्होत्रा के सिर पर ऊपर से सेब की तरह दिखने वाला एक काला फल गिरता है और गिरते ही उसमें से काफी रस बहने लगता है या ये कहें कि वह फल रस में बदलकर उनके सिर पर फैल जाता है, जो उस पेड़ का ही था। वे उसे देखकर काफी खुश

थे और उसे पाने के लिए पेड़ पर चढ़ते हैं और उसके कुछ फल तोड़ने की कोशिश करते हैं। फल इतने नाजुक थे कि उन्हें हाथ लगाते ही वे फूट जा रहे थे। तभी डॉ. मल्होत्रा को एक डाल दिखती है, जिस पर उसके बहुत से फलों के गुच्छे लगे थे। डाल बहुत ही पतली थी, जिसे वे ध्यान से नहीं देखते हैं और उस पर चढ़े चले जाते हैं। जब वे फलों के गुच्छों के नजदीक पहुंचते हैं, तभी अचानक ही वे डाल टूटकर नीचे गिर जाती है और उनमें लगे फल टूट जाते हैं। साथ ही डॉ. मल्होत्रा के पैरों में भी चोट आ जाती है, पर फिर भी वे उस डाल में सही फल की तलाश में लगे रहते हैं, पर उन्हें कोई भी फल सही नजर नहीं आता है, जिससे वे काफी उदास हो जाते है। उसी समय ऑक्सीहार्ड वहां पर आकर एक फल की ओर इशारा करके उन्हें दिखाता है, जो बिल्कुल सही था। वे उसे देखते ही खुश हो उठते हैं और उसे उसकी डाल के साथ तोड़कर डॉ. आर्या के पास लाते हैं और उनके सभी घावों पर लगाते हैं। जिससे कुछ ही देर में उन्हें होश आने लगता है।

कुछ समय बाद उनके होश में आते ही डॉ. मल्होत्रा उनके गले लगकर रोने लगते हैं और उन्हें पूरी बात बताते हैं। उसी समय डॉ. आर्या की नजर ऑक्सीहार्ड पर पड़ती है, वे चिल्ला उठते हैं। डॉ. मल्होत्रा उन्हें पूरी बात समझाते हैं। जिससे वे खुद उसके पास जाकर उसके मुंह से चिपक जाते हैं और अपने बुरे बर्ताव के लिए माफी मांगते हैं। डॉ. मल्होत्रा उन्हें यह नहीं बताते हैं कि उनका उस ड्रेगन से कोई सम्बन्ध है और उन्होंने कुछ समय पहले हुए हादसे में बुरे ड्रेगन्स को ऑक्सीहार्ड के साथ मिलकर खत्म किया था। वे इस राज़ को राज़ ही रखकर ऑक्सीहार्ड के पास जाकर उससे अपने शहर वापस जाने के लिए कहते हैं। जाने से पहले वे उस जंगल का नाम 'क्रियॉल' रखते हुए डॉ. आर्या और ऑक्सीहार्ड से कहते हैं "उन्हें भविष्य में एक बार फिर आना होगा और तबाही को पूरी दुनिया में फैलने से रोकना होगा।" उनकी बातें सुनकर डॉ. आर्या उनसे पूछते हैं कि वे ऐसा क्यों कह रहे हैं? आखिर उन्हें ये कैसे पता? तो डॉ. मल्होत्रा उनसे कहते हैं उन्हें बस एक सपना आया था और चुप हो जाते हैं। जबकि ऑक्सीहार्ड और डॉ. मल्होत्रा को पूरी सच्चाई का पता था।

उसके बाद ऑक्सीहार्ड उन सभी को अपनी पीठ पर बैठाकर दौड़ते हुए वहां से गायब हो जाता है और उन्हें लाकर उस जंगल में छोड़ देता

है, जहां से उनका सफर शुरू हुआ था। वहां आने पर डॉ. मल्होत्रा और डॉ. आर्या दोनों को ही काफी हैरानी होती है, क्योंकि वहां पर रात होने के कारण बहुत ही अंधेरा था। वे दोनों ही ऑक्सीहार्ड के साथ मिलकर सुबह होने का इन्तजार करते हैं और सुबह होने पर ऑक्सीहार्ड वहां से वापस अपनी दुनिया में चला जाता है।

डॉ. मल्होत्रा और डॉ. आर्या दोनों वहां से अपने रिसर्च सेन्टर आ जाते हैं, जहां पर सुबह के सात बज रहे थे। वहां वे सबसे पहले डॉ. भटनागर से मिलते है। डॉ. भटनागर उन्हें देखकर काफी हैरान हो जाते हैं और उन दोनों से ही गले मिलकर पूछते हैं कि आखिर वे दोनों इस बीच दो महीनों तक थे कहां? डॉ. मल्होत्रा उन्हें पूरी बात बताते हैं। जिसे सुनकर डॉ. भटनागर बोलते हैं कि उनके अचानक गायब होने से सभी हैरान थे और कुछ दिनों तक उनकी तलाश भी की गई पर वे नहीं मिले। जिससे सभी लोगों को लगा कि उनकी मौत हो चुकी है और इस सदमे के कारण कुछ दिन बाद उनके मम्मी–पापा की मौत हो गयी। इसलिए कुछ दिन बाद डॉ. मल्होत्रा और डॉ. आर्या कि पत्नियां वापस इण्डिया चली गयीं। जिसे सुनकर उन दोनों की ही आंखों में आंसू आ जाते हैं और वे दोनों ही वापस इण्डिया अपने घर जाने की सोचते हैं। उसी शाम इण्डिया के लिए रवाना हो जाते हैं। और अगले दिन इण्डिया अपने–अपने घर आ जाते है जहां पर उनकी पत्नियां उन्हें देखकर बहुत ही खुश होती हैं और उनकी आंखें आंसुओं से भर जाती हैं। डॉ. मल्होत्रा के घर उनके भाई अपनी पत्नी और भाभी के साथ रह रहे थे। वहां पर डॉ. मल्होत्रा अपने कुछ दिन पहले ही जन्म लिये बेटे को देखकर बहुत खुश होते हैं।

दूसरी तरफ डॉ. आर्या को भी बहुत खुशी होती है क्योंकि उनके घर भी एक बेटे ने जन्म लिया था। उनके घर पर उस समय उनके न रहने पर मिसेस आर्या उनकी भाभी देखभाल कर रही थीं। डॉ. आर्या के वापस आने पर वे सभी बहुत ही खुश थे। उस दिन डॉ. आर्या अपने बेटे के साथ खूब खेलते हैं, और शाम होने पर डॉ. मल्होत्रा अपने पूरे परिवार के साथ डॉ. आर्या के घर पहुंचते उन्हें बधाई देते है। उनके साथ ही डॉ. आर्या भी उन्हें उनके बेटे के लिए बधाई देते हैं। उन दोनों के बेटे अपनी–अपनी मां की गोद में खेल रहे थे।

उसी समय डॉ. मल्होत्रा और डॉ. आर्या दोनों ही अपने बच्चों को नामकरण के लिए अगले दिन एक पूजा रखते हैं। अगले दिन की पूजा डॉ. मल्होत्रा के घर पर हो रही थी। वहां पर डॉ. मल्होत्रा अपने बेटे का नाम यश मल्होत्रा, और डॉ. आर्या अपने बेटे का नाम करन आर्या रखते हैं।

कुछ दिनों बाद वो दोनों ही अपनी पत्नी और बेटों के साथ वापस साउथ अफ्रीका आ जाते हैं और अगले दिन वे रिसर्च सेन्टर आते हैं, जहां पर दोनों ही मिलकर वापस एलियन्स से अपना सम्पर्क बनाने की कोशिश करते हैं। इस बार उनकी कोशिश एलियन्स को धरती पर तबाही फैलाने से रोकने की थी। किन्तु उनका सम्पर्क एलियन्स से नहीं हो पाता है। जिससे डॉ. मल्होत्रा एक ऐसा कम्प्यूटर बनाने की सोचते हैं, जिससे वे एलियन्स द्वारा धरती पर होने वाले हमले व उनसे मजबूत सम्पर्क बनाकर धरती को तबाही से बचाने की कोशिश कर सकें। अगले दिन से ही वे दोनों मिलकर अपने उस मिशन को अन्जाम देने लगते हैं। जिसका नाम डॉ. मल्होत्रा 'मिस्क्लेयर' रखते हैं। डॉ. मल्होत्रा अपने उस कम्प्यूटर को बनाने में लग जाते हैं, और डॉ. आर्या उसके सम्पर्क के लिए एक ऐसा सेटेलाईट बनाने लगते हैं, जिसका सम्पर्क अन्तरिक्ष से सीध ा रिसर्च सेन्टर में रखे मिस्क्लेयर से होता है।

एक दिन रात के 9 बजे डॉ. मल्होत्रा और डॉ. आर्या दोनों ही रिसर्च सेन्टर की छत पर अपने सेटेलाईट पर काम कर रहे थे। तभी अचानक ही उन्हें आसमान में एक चमकती हुई रोशनी दिखाई देती है, जो लगभग 5 मिनट तक चमकती रहती है। वे उसे देखकर हैरान हो जाते हैं, उन्हें वे एलियन्स का यान या उनका कोई यंत्र लगता है। परन्तु 5 मिनट बाद वह रोशनी वहां से गायब हो जाती है उसके साथ ही डॉ. मल्होत्रा और डॉ. आर्या दोनों ही रात की वजह से अपने घर आ जाते हैं।

जबकि रिसर्च सेन्टर में काम कर रहे लोगों को आइसलैण्ड में दोबारा ज्वालामुखी के फूटने का पता चलता है। जिससे वे सभी मिलकर आइसलैण्ड में फूटने वाले ज्वालामुखी पर अपना काम कर रहे थे।

आइसलैण्ड में ज्वालामुखी बहुत ही तेजी के साथ तप रहा था और अपना रुख बदलते हुए फूट पड़ता है और वहां पर आस–पास की सभी

चट्टानों पर फैल जाता है, जिससे वे लाल हो जाती हैं। ज्वालामुखी इतनी तेजी के साथ फटा कि इस बार वहां पर उसके आस–पास की कुछ चट्टानें फट भी गयीं और उसी समय उधर से गुजर रहा एक विमान उस ज्वालामुखी का शिकार होकर उसमें गिर जाता है। विमान के ज्वालामुखी में गिरते ही वहां पर एक भयानक विस्फोट होता है। जिसे साउथ–अफ्रीका में बैठे वैज्ञानिक अपने कम्प्यूटर पर देखकर हैरान रह जाते हैं और यह खबर रात के दो बजे जब डॉ. मल्होत्रा अपने कमरे में सो रहे डॉ. आर्या को देते हैं। जिसे सुनते ही वे अपने घर से सीधे रिसर्च सेंटर आ जाते हैं और तुरन्त ही अपने कम्प्यूटर पर आइसलैण्ड में फटे ज्वालामुखी को देखते हैं। इस बार ज्वालामुखी बहुत ही गर्म था और वहां जाना भी उनके लिए खतरे से खाली नहीं था। इसलिए वे वहां के लिए न निकलकर रिसर्च सेन्टर में देखते हैं कि आखिर उन्हें इस बारे में पहले क्यों नहीं पता चला? उन्हें पता चलता है कि अब से सात घण्टे पहले ज्वालामुखी बिल्कुल शान्त था, पर अचानक ही अन्तरिक्ष से आकर एक बड़ी चट्टान उस पर गिरी, जो इस धरती की नहीं थी और उसके गिरने के साथ ही ज्वालामुखी कुछ ही देर में अपने भयानक रूप के साथ फट गया।

यह देखकर डॉ. मल्होत्रा को लगता है कि कहीं इसमें एलियन्स का तो हाथ नहीं। इतने में उन्हें रिसर्च रूम से सूचना मिलती है कि आइसलैण्ड में फटे ज्वालामुखी से वहां का जीवन स्तर बिगड़ गया है। जिससे डॉ. मल्होत्रा, डॉ. आर्या को अपने पास बुलाकर उनसे आइसलैण्ड के ज्वालामुखी को शान्त करने के लिए कोई उपाय पूछते हैं। जिससे डॉ. आर्या उनसे कहते हैं कि वे तो एक प्राकृतिक कारण है और इस मामले में हम कोशिश के अलावा कुछ भी नहीं कर सकते हैं। उनकी बातें सुनकर डॉ. मल्होत्रा उनके साथ रिसर्च रूम में जाकर आइसलैण्ड के ज्वालामुखी को रोकने के प्रयास में लगे रहते हैं और कुछ समय बाद डॉ. भटनागर के आते ही डॉ. मल्होत्रा वहां से अपने रिसर्च रूम में जाकर अपने कम्प्यूटर मिसक्लेयर पर काम करते हैं।

अगले दिन आइसलैण्ड का ज्वालामुखी पहले से शान्त था, इसलिए हमारे वैज्ञाानिको को थोड़ी–सी राहत थी। फिर भी वैज्ञानिकों की एक टीम अपनी कोशिश कर ही रही थी। जबकि डॉ. मल्होत्रा और डॉ. आर्या दोनों ही मिलकर मिसक्लेयर और सेटेलाईट बनाने में लगे थे।

एक महीने बाद आइसलैण्ड ज्वालामुखी पूरी तरह से शान्त हो चुका था और हमारे वैज्ञानिकों की सबसे बड़ी कोशिश मिसक्लेयर और उनका सेटेलाईट बनकर तैयार हो चुका था।

सेटेलाईट तो रिसर्च सेन्टर के हाल में बनकर खड़ा था। वहां कुछ वैज्ञानिक मिलकर उसकी जांच कर रहे थे। डॉ. मल्होत्रा, डॉ. आर्या और डॉ. भटनागर तीनों ही मिलकर अपने रिसर्च सेन्टर के मिसक्लेयर रूम में मिस्क्लेयर की जांच कर रहे थे।

मिसक्लेयर पूरी दुनिया में खुद का अकेला और पहला कम्प्यूटर था। जो एक बड़े से हॉल में चारों ओर लगे हुए कांच से बना था। उसकी खासियत थी कि उसे बनाने में पूरी तरह से कांच का उपयोग किया गया था और उस पर काम केवल तभी हो सकता है, जब पूरे रिसर्च रूम में कोई अलग से किसी भी प्रकार की रोशनी न हो। उसे चलाने पर कुछ अलग तरंगों के साथ हरे रंग की रोशनी निकलती है। जो बाहर जाने पर हवा में मिलते ही आस–पास के लोगों को प्रभावित करती है और इससे बचने के लिए हमारे डॉ. मल्होत्रा और डॉ. आर्या दोनों ने ही मिलकर उसमें कुछ ऐसे प्रोग्राम्स बनाए थे, जिससे कि उस कप्यूटर पर कोई दूसरी रोशनी या प्राकृतिक हवा, गैस जैसा कुछ पड़ने पर वह खुद ही बन्द हो जायेगा। इसके साथ ही हमारे वैज्ञानिकों ने उसमें पासवर्ड के तौर पर अपने पूरे शरीर का बायोडाटा डाला था और उन दोनों में से कोई भी उस कम्प्यूटर को खोल सकता था। उनके अलावा और कोई भी उस कम्प्यूटर को छू नहीं सकता था।

कुछ समय बाद डॉ. मल्होत्रा, डॉ. आर्या और डॉ. भटनागर के साथ मिलकर अपने सेटेलाईट के पास जाते हैं और उसे अन्तरिक्ष में छोड़ने की तैयारी पूरी करते ही सेटेलाईट को अन्तरिक्ष में छोड़ देते हैं। उसके अन्तरिक्ष में जाते ही वे मिस्क्लेयर से उसका सम्पर्क मिलाकर सेटेलाईट को उसके काम के लिए छोड़ देते हैं। जिससे सेटेलाईट पृथ्वी, सूर्य और उसके आस–पास के ग्रहों के बीच रहकर उनसे जुड़ी सारी घटनाएं मिसक्लेयर में एक तरफ दिखाने लगता है। जबकि दूसरी तरफ मिसक्लेयर पर सेटेलाईट द्वारा हमारे वैज्ञानिक एलियन्स से जुड़ी हर प्रकार की घटना को देख रहे थे और आने वाले समय में एलियन्स से होने वाले खतरों की जानकारी देने के लिए तैयार थे।

उस दिन रात के 11 बजे हमारे कुछ वैज्ञानिक मिसक्लेयर पर डॉ. मल्होत्रा, डॉ. आर्या और डॉ. भटनागर के साथ काम कर रहे थे, तभी उन्हें अन्तरिक्ष से कुछ रोशनी धरती की ओर आते दिखती है, जिसे देखकर सभी हैरान रह जाते हैं। उसे देखकर डॉ. मल्होत्रा को धरती पर खतरा आता दिखाई देता है। जिसे वे रोक नहीं सकते थे। वे सभी उसे देख ही रहे थे, तभी अचानक धरती पर उन रोशनियों के गिरने से जगह–जगह विस्फोट होने लगा। जिसे देखकर डॉ. मल्होत्रा को लगा कि ये एलियन्स का हमला है वे अन्तरिक्ष से आने वाली हर रोशनी को रोकने की सोचते हैं, पर उनके पास कोई उपाय नहीं था और वे धरती पर हो रही तबाही को देख रहे थे।

दूसरी तरफ वहां के पहाड़ी इलाकों में उन रोशनियों के गिरने से बुराई के ड्रेगन्स जन्म ले रहे थे। वे रोशनियां जहां–जहां गिर रही थीं, वहां–वहां ड्रेगन्स धरती के नीचे से निकल–निकल आ रहे थे। जो कुछ ही समय में वहां से दौड़ते हुए सीधे शहर की ओर बढ़ रहे थे और उनसे पूरी दुनिया अन्जान थी। वे सभी ड्रेगन्स आसमान में उड़ते हुए सीधे केपटाउन शहर और उसके आस–पास के सभी शहरों पर अपना हमला करते हुए आगे बढ़ जाते हैं। ड्रेगन्स का सबसे बड़ा झुण्ड साउथ अफ्रीका के केपटाउन शहर में था, जो मिलकर उस शहर में ऐसी तबाही फैलाने लगते हैं, जिससे पूरे शहर का जनजीवन अस्त–व्यस्त हो जाता है।

उस शहर के काफी लोग मरने लगते हैं। जिसका पता चलने पर हमारे वैज्ञानिक पूरी तरह से हैरान रह जाते हैं और धरती को बचाने की सोचते हैं। परन्तु उनके हाथों में कुछ भी नहीं था। इसलिए वे बस कोशिश ही कर रहे थे। उतने में ही तबाही फैला रहे बुराई के सभी ड्रेगन्स उस शहर की बिल्डिंगे गिराते हुए रिसर्च सेन्टर की ओर बढ़ते हैं और उसे भी तबाह करना चाह रहे थे।

जिसे देखकर डॉ. मल्होत्रा को लग रहा था की शायद अब ये दुनिया न बचे या इस पर एलियन्स कर कब्जा हो जायेगा। तभी उन्हें उस बुजुर्ग व्यक्ति की बातें याद आती हैं कि अब फायरहार्ड के बड़े होने से पहले ड्रेगन्स धरती पर नहीं आयेंगे। लेकिन उस बुजुर्ग व्यक्ति की बात गलत साबित हो गयी और ड्रेगन्स आ ही गये परन्तु उसी समय उन्हें ऑक्सीहार्ड के बारे में याद आता है और वे यह सोचकर परेशान रहते

हैं कि ऑक्सीहार्ड धरती पर आखिर वापस आयेगा कैसे? उसे वे बुलायें कैसे?

उस समय पूरे शहर में ड्रेगन्स का ऐसा कहर फैला रहता है कि अब तक शहर के लगभग 200 लोगों की मौत हो चुकी थी सात से आठ बिल्डिंगे भी ड्रेगन्स गिरा चुके थे और आगे भी तबाही फैला ही रहे थे।

उसी बीच वहां पर ऑक्सीहार्ड आसमान में उड़ते हुए अपने साथ लगभग सौ से दो सौ ड्रेगन्स लाता है, जो कि अच्छाई के थे और वे सभी धरती पर फैली तबाही को रोकने आ रहे थे।

वे सभी नीचे आते ही बुराई के ड्रेगन्स पर अपना भयानक हमला करते हैं और उन सभी ड्रेगन्स से जमकर लड़ते हैं। यह ड्रेगन्स का महायुद्ध था। उस लड़ाई में बुराई के लगभग सभी ड्रेगन्स मर चुके थे, पर अचानक ही आसमान से एक चमकती हुई रोशनी वहां पर आकर पूरे शहर में धुंआ फैला देती है, जिससे सभी अच्छाई के ड्रेगन्स कमजोर होकर नीचे धरती पर गिरने लगते हैं। वे जिस जगह गिर रहे थे, वहां पर उनके गिरते ही वे जगह फट जा रही थी। अगर वे किसी बिल्डिंग पर गिर रहे थे तो वे बिल्ड़िंग उनका शिकार बन जा रही थी।

बुराई के ड्रेगन्स अच्छाई के ड्रेगन्स के धरती पर गिरकर मरने का फायदा उठाते हुए पूरे शहर में तबाही फैला देते हैं परन्तु ऑक्सीहार्ड बिल्कुल ठीक था। उस पर एलियन्स के फैलाये धुंए का कोई प्रभाव नहीं पड़ रहा था और वे अकेले ही बुराई के ड्रेगन्स से लड़ रहा था। देखते–ही–देखते ऑक्सीहार्ड ने बुराई के सभी ड्रेगन्स का अन्त कर दिया।

डॉ. मल्होत्रा और डॉ. आर्या के साथ रिसर्च सेन्टर के सभी वैज्ञानिक और लोग वहां की छत पर जाकर ऑक्सीहार्ड को लड़ता हुआ देख रहे थे। डॉ. मल्होत्रा और डॉ. आर्या के अलावा वहां पर मौजूद सभी वैज्ञानिक और लोग ड्रेगन्स को धरती पर हकीकत में देखकर हैरान थे।

ऑक्सीहार्ड सबका अन्त करने के बाद वहां से सीधे उड़ता हुआ डॉ. मल्होत्रा के पास आया। उस समय ऑक्सीहार्ड की आंखों में आंसू थे, जिन्हें देखकर डॉ. मल्होत्रा उसकी आंखों के आंसुओं को अपने हाथों से पोंछते हैं। उतने में वहां से कोई शक्ति ऑक्सीहार्ड को अपनी ओर खीचने लगती है, जिसे देखकर डॉ. मल्होत्रा और उनके साथ के सभी लोग ऑक्सीहार्ड

के पीछे–पीछे भागते हैं और वे सभी भागते हुए पास के ही एक जंगल में आ जाते हैं। जहां पर ऑक्सीहार्ड आकर जमीन पर गिर जाता है और उसके गिरने से वहां के काफी पेड़ भी टूट जाते हैं, जिससे ऑक्सीहार्ड की पीठ पर एक गहरा घाव हो जाता है और उससे लाल खून बहने लगता है। जिसे देखकर डॉ. मल्होत्रा उसकी तरफ बढ़ते हैं, पर तभी अचानक उन पर आसमान से बिजली का हमला होता है, जिससे वे जमीन पर गिर जाते हैं और तभी उनकी नजर आसमान में पड़ती है और उन्हें आसमान में एलियन्स के दस से बारह यान उनकी तरफ आते दिखाई देते हैं।

जिसे देखकर वहां मौजूद सभी लोगों से डॉ. मल्होत्रा उन्हें पेड़ों के पीछे छिपने के लिए कहते हैं और उनके कहने के अनुसार वे सभी छिप कर बच जाते हैं। जबकि डॉ. मल्होत्रा ऑक्सीहार्ड के पास होने के कारण एलियन्स के एक हमले का शिकार हो जाते हैं और ऑक्सीहार्ड भी कुछ नहीं कर पाता है। फिर भी ऑक्सीहार्ड खड़ा होकर एलियन्स से काफी हद तक लड़ता है और एलियन्स के सभी यानों का विनाश कर देता है। लेकिन अचानक ही आसमान से एलियन्स का एक बड़ा यान आता है और ऑक्सीहार्ड पर खतरनाक–से–खतरनाक हमले करता हैं, जिससे प्रभावित होकर ऑक्सीहार्ड नीचे जमीन पर गिरकर दर्द से तड़पने लगता है। उसके शरीर से काफी खून बहने लगता है और उसके जमीन पर गिरने के कारण पेड़ की एक टूटी डाल की मोटी व नुकीली लकड़ी उसके शरीर में घुस जाती है, जिससे उसे काफी परेशानी होती है।

वह जमीन पर तड़प रहा था और डॉ. मल्होत्रा भी एक पेड़ के पास एलियन्स के हमले से प्रभावित होकर तड़प रहे थे। जबकि उनके साथ के बाकी सभी लोग अलग–अलग पेड़ों के पीछे छिपे थे और आसमान से एलियन्स के हमले–पर–हमले हुए जा रहे थे।

कुछ समय बाद एलियन्स अपना यान धरती पर उतारते हैं और वहां से सीधे उस गड्ढ़े में जाते हैं, जहां पर उन्होंने पहले कभी अपना यान उतारा था और वहां से ही डॉ. मल्होत्रा और आर्या मिलकर एक लम्बे खतरनाक सफर पर गये थे। एलियन्स की नजर डॉ. मल्होत्रा के बाकी साथियों पर नहीं पड़ती, जिससे वे बच जाते हैं।

एलियन्स के वहां से जाते ही डॉ. आर्या दौड़े–दौड़े डॉ. मल्होत्रा के पास आते हैं और उनसे बातें करते हुए कहते हैं कि उन्हें कुछ भी नहीं होगा।

उतने में वहां पर उनके बाकी साथी भी आ जाते हैं, जिनसे डॉ. आर्या डॉ. मल्होत्रा को देखने के लिए कहकर वहां से उस पेड़ की तलाश में चले जाते हैं, जिससे उन्होंने उन्हें पहले कभी ठीक किया था। कुछ दूर पहुंचते ही उन्हें अचानक ही वह पेड़ दिखता है परन्तु उसके पास एलियन्स का यान था। डॉ. आर्या उसे देखते ही अपनी जान की परवाह न करते हुए जाते हैं और उस पेड़ को उखाड़कर डॉ. मल्होत्रा के पास लेकर आते हैं।

वहां आकर वे उसकी कुछ पत्तियां तोड़कर उनके घाव पर लगाने की सोचते हैं, पर उसी समय डॉ. मल्होत्रा उनका हाथ हटाकर उनसे कहते हैं ''हमने एक किताब लिखी है, जिसमें भविष्य में आने वाली सारी कठिनाइयां और मुसीबतें लिखी हैं। उसमें हमारी धरती पर एलियन्स के बनाये बुराई के ड्रेगन्स हमारी पृथ्वी को तबाह करने की सोचेंगे परन्तु धरती का एक रक्षक उनके सामने आयेगा और उन्हें ये सारी बातें उस किताब में मिलेंगी।''ये कहकर डॉ. मल्होत्रा डॉ. भटनागर को बताते हैं कि उनकी वह किताब उनके कमरे की अलमारी में रखी है। जिसे वे उनसे मंगाते हैं। उनके कहते ही डॉ. भटनागर वहां से वह किताब लेने चले जाते हैं। जबकि डॉ. आर्या उस जड़ी–बूटी को डॉ. मल्होत्रा के घाव पर लगाने चलते हैं। उसी बीच अचानक ही एलियन्स वहां पर आकर उन्हें देख लेते है और मारने के लिए एक भयानक वार करते हैं, लेकिन डॉ. मल्होत्रा खड़े होकर उस वार को खुद पर ले लेते हैं, जिससे उनकी हालत पहले से भी ज्यादा गम्भीर हो जाती है और सभी एलियन्स अपने यान में घुसने लगते हैं, परन्तु उसी समय डॉ. मल्होत्रा, डॉ. आर्या से एक एलियन को पकड़ने के लिए कहते हैं। डॉ. आर्या उनकी बात मानते हैं और एलियन्स का यान उड़ने से पहले ही उनके एक साथी का पैर पकड़ लेते हैं। जिससे उनके यान का दरवाजा बन्द नहीं हो पाता है और उड़ने लगता है। एलियन्स कुछ भी नहीं कर पाते हैं और उनका वह साथी जिसका पैर डॉ. आर्या ने पकड़ा था, वो नीचे गिर जाता है।

डॉ. आर्या को ज्यादा चोट तो नहीं आती है, पर वह एलियन धरती पर गिरते ही मर जाता है। उसके शरीर से हरे रंग का खून बहने लगता है।

उसी समय डॉ. भटनागर, डॉ. मल्होत्रा की किताब वहां पर लेकर

आते हैं और उनके पास बैठते हैं। उस समय डॉ. मल्होत्रा दर्द से तड़प रहे थे और ऑक्सीहार्ड भी एक किनारे पड़ा दर्द से तड़प रहा था।

डॉ. भटनागर डॉ. मल्होत्रा से कुछ पूछते हैं, लेकिन वे बहुत ही तेजी से तड़प उठते हैं और वहीं मर जाते हैं।

दूसरी तरफ ऑक्सीहार्ड, डॉ. मल्होत्रा के मरते ही वहां से गायब हो जाता है।

तभी डॉ. आर्या वहां पर आते हैं और डॉ. मल्होत्रा को जगाने लगते हैं पर उसी समय आसमान में तेज बिजली कड़कती है, साथ ही तेज हवा भी चलने लगती है जिसमें डॉ. मल्होत्रा की किताब, जो की डॉ. भटनागर के हाथों में थी। आधी होकर वहां से उड़ जाती है और कुछ ही देर में वहां पर तेज बारिश भी होने लगती है।

जहां पर मल्होत्रा की आत्मा यश को कहती है कि "उन्हें लगता है, पहला तो एलियन्स धरती के क्रिस्टल को पाने के लिए लड़ रहे हैं और दूसरा ये की हमारी धरती पर एलियन्स के हमले सबसे ज्यादा डॉ. अल्मोड़ा के अन्तरिक्ष में जाकर एलियन्स के ग्रह से टकराने से हो रहे हैं।

उनकी बातें सुनकर यश की आंखों में आंसू आ जाते हैं, जिसे देखकर डॉ. मल्होत्रा यश से धरती पर हो रही तबाही को रोकने के लिए कहते हैं। यश भी उनसे वादा करता है।

डॉ. मल्होत्रा की आत्मा वहां से गायब होने से पहले यश से कहती है कि जब तक वह पूरी धरती को बचा न ले, तब तक अपने बारे में किसी से कुछ भी न बताये।

उसके बाद उनकी आत्मा वहां से गायब हो जाती है।

9

रहस्यमयी खजाने का नक्शा

उस ड्रेगन की आत्मा के गायब होते ही यश, करन के होश में आने का इन्तजार करता है। कुछ देर बाद जब करन को होश आता है तो उसके मुंह पर सीधे सूरज की रोशनी पड़ती है और उसके सामने यश खड़ा होता है। जिसे देखते ही करन उससे पूछता है कि "हमारा तो कल रात एक एक्सीडेण्ट हो गया था तो हम लोग जिन्दा कैसे बच गये?" यश उससे कहता है "हमारा ऐक्सीडेण्ट तो हुआ था, पर उतना भयानक नहीं।"

उसके बाद वे दोनों ही जंगल का रास्ता पार करने के लिए आगे बढ़ते हैं। जंगल बहुत ही सूनसान होता है, उन्हें वहां पर दूर–दूर तक किसी की आवाज सुनाई नहीं देती है। जंगली जानवरों के चिल्लाने की आवाजें आती रहती हैं, जिससे उन्हें डर तो लगता है, पर फिर भी वे डर को भूलकर आगे की ओर बढ़ते रहते हैं। वे लगभग 1 किमी0 की दूरी पार कर लेते हैं, तब उन्हें अपने सामने एक सड़क दिखाई देती हैं। लेकिन वे भी लगभग 300 मीटर की दूरी पर होती है और उन्हें वहां तक पहुंचने के लिए पैदल चलना होता है। रास्ता पथरीला और जंगल में लगे पेड़ों के कारण उन्हें चलने में कठिनाई होती है, जिसे कुछ ही देर में वे दोनों पार कर लेते हैं। सड़क पर पहुंचकर वे दोनों किसी गाड़ी के वहां से गुजरने का इन्तजार करते है। तभी उनके पास से एक कार गुजरती हैं। जिसमें एक आदमी बैठा होता है। वह उन दोनों को ही अपनी गाड़ी में बैठा लेता है। उन दोनों के शरीर पर पेड़ की छालें और मिट्टी लगी होने के कारण, वह उनसे पूछता है कि वे दोनों जंगल में

क्या कर रहे थे? यश उन्हें बीती रात हुए ऐक्सीडेण्ट के बारे में बताता है। जिसे सुनकर उस आदमी को बहुत दुख होता है।

कुछ ही देर में वे रिसर्च सेन्टर के पास पहुंच जाते हैं और वहां पर वे दोनों उतरकर उस आदमी का उन्हें रिसर्च सेन्टर तक छोड़ने के लिए धन्यवाद अदा करते हैं। उसके बाद वे आदमी वहां से चला जाता हैं। यश और करन रिसर्च सेंटर के अन्दर जाते हैं। वहां पर उन्हें उस हालत में सबसे पहले डॉ. एलिन देखकर घबरा जाती हैं और उन दोनों को ही डॉ. भटनागर के पास लाती हैं, जहां पर डॉ. मित्रा भी मौजूद रहते हैं। वे सभी उन दोनों को उस हालत में देखकर हैरान रह जाते हैं और उनसे पूछते हैं कि उनकी यह हालत कैसे हुई? करन उन्हें अपने साथ बीती रात में हुए ऐक्सीडेण्ट के बारे में बताता हैं। जबकि यश उन सभी को अपने पिता और उनके साथ के ड्रेगन के बारे में बताकर हैरान कर देता है। तभी डॉ. मित्रा उससे कहते हैं की शायद रात में बेहोश होने के बाद कोई सपना देखा होगा। जो उसे सच लग रहा है। यश उन्हें यकीन दिलाने के लिए कहता है कि अगर उसने कोई सपना देखा होता तो उसके और करन के शरीर पर घाव नहीं होते। लेकिन यह सच था। तभी डॉ. भटनागर उन सभी से कहते हैं ''यश सच कह रहा है और अगर उसने सपना देखा था तो उस सपने का कोई–न–कोई मतलब जरूर है।''

वे भी यश की बातों से हैरान रहते हैं, लेकिन उसका जिक्र किसी से भी बिना किये उन दोनों को ही फ्रेश होने के लिए उनके रूम में भेज देते हैं। उनके जाते ही डॉ. भटनागर सभी से कहते हैं कि उनमें से कोई भी इस बात का जिक्र किसी बाहर के व्यक्ति से न करे और यश पर पूरी नजर रखे कि उसे किसी तरह का कोई सदमा न पहुंचे।

कुछ समय बाद यश और करन दोनों ही फ्रेश होकर रिसर्च रूम में आते हैं, जहां पर डॉ. भटनागर, डॉ. मित्रा और डॉ. एलिन के साथ मौजूद होते हैं। वहां पर डॉ. भटनागर उन सभी से कहते हैं की वे अगले, कुछ दिनों के लिए इण्डिया जा रहे हैं। वे अपने इण्डिया जाने का कारण किसी से भी नहीं बताते हैं और अगले दिन वो इण्डिया के लिए निकल जाते हैं।

रिसर्च सेंटर की सारी जिम्मेदारी यश, करन और डॉ. मित्रा पर होती है। जिससे वे तीनों ही मिलकर रिसर्च सेन्टर की पूरी जिम्मेदारी अच्छी तरह से निभाने में लगे रहते हैं।

एक दिन जब यश और करन रिसर्च सेन्टर में बैठकर अन्तरिक्ष के सेटेलाईट को ऑपरेट कर रहे होते हैं, तभी उन्हें अपने कम्प्यूटर पर सेटेलाईट के द्वारा एक यान जाता हुआ दिखाई देता है, जो एलियन्स का होता है। जिसे देखकर वे दोनों ही घबरा जाते हैं, कि कहीं एलियन्स फिर से तो नहीं धरती पर हमला करने वाले हैं। लेकिन वे पूरी तरह से जांच कर लेते हैं तो उन्हें पता चलता है कि धरती पर इस बार कोई खतरा नहीं है। जिससे वे लोग बहुत खुश होते हैं।

कुछ समय के बाद शाम हो जाती है जिससे वे दोनों ही एलिन के साथ पास के एक रेस्टोरेन्ट में जाते हैं और वहां पर वे देर रात तक मस्ती करते हैं।

रात के 12 बजे जब वे तीनों अपने घर वापस लौट रहे होते हैं तो उन्हें बीच सूनसान रास्ते में एक बुजुर्ग व्यक्ति दिखता है, जो उन्हें रोक कर कुछ दूर तक छोड़ने के लिए कहता है। यश उसे अपनी गाड़ी में बैठा लेता है। कुछ दूरी तक वे चलते हैं तो रास्ते में वे उससे पूछते हैं कि वह इतनी रात को इस सूनसान रास्ते में क्या कर रहा है। वह बुजुर्ग व्यक्ति उनसे कहता है कि ''वह यहां पर एक राज का पता लगाने आया है।'' तो करन उससे कहता है ''कैसा राज?'' उसकी बातें सुनकर बुजुर्ग व्यक्ति उससे कहता है कि एक रहस्यमयी खजाने का राज। उसकी बातें सभी को हैरान कर देती हैं। अतः वे तीनों ही उस बुजुर्ग व्यक्ति से एक–एक कर काफी प्रश्न पूछते हैं, जिनका वह उत्तर देता भी है।

जब वे लोग वहां से काफी दूरी पर पहुंच जाते हैं तो वह बुजुर्ग व्यक्ति उन्हें एक सूनसान रास्ते में रोक कर उतर जाता है और वे तीनों ही वहां से चले जाते हैं।

गाड़ी में वे तीनों ही उस बुजुर्ग व्यक्ति के बारे में बातें करते रहते हैं, तभी एलिन को गाड़ी में पीछे की सीट पर पड़ा एक पुराना कागज दिखाई देता है, जिसे वे उन दोनों को दिखाती हैं। करन कहता है कि ''यह कागज उसी व्यक्ति का है। जो उस बुजुर्ग व्यक्ति को दे देना चाहिए।''

यश अपनी गाड़ी पीछे की ओर मोड़कर वहां पहुंचता है, जहां उसने उसे छोड़ा था। वहां पहुंचने पर उन्हें कोई नहीं दिखाई देता है तो वे तीनों आस–पास की जगह पर देखते हैं, लेकिन उन्हें कोई भी नहीं दिखता है। जिससे उन्हें लगता है कि इस सूनसान इलाके में कौन रहता होगा। तभी करन दोनों से ही अगले दिन आने के लिए कहता है।

वे तीनों वहां से चले जाते हैं और अगले दिन वे तीनों ही मिलकर उस जगह वापस आते हैं, जहां उन्होंने उस बुजुर्ग व्यक्ति को छोड़ा था। लेकिन उन्हें वहां पर कुछ भी पता नहीं चलता है, जिससे वे तीनों वापस रिसर्च सेंटर आकर उस नक्शे को देखते हैं और डॉ. मित्रा को भी दिखाते हैं।

यह नक्शा देखने में बहुत ही पुराना लगता हैं। जिसे देखकर डॉ. मित्रा कहते हैं कि वे नक्शा शायद किसी खजाने का हो। जिसका वे बाद में मिलकर पता लगाने की कोशिश करेंगे। उसके बाद वो सभी मिलकर अपना काम करने के लिए रिसर्च रूम में चले जाते हैं।

कुछ दिनों बाद डॉ. भटनागर इण्डिया से वापस आ जाते हैं और उन सभी को अपने पास बुलाकर एक ऐसे वैज्ञानिक के बारे में बताते हैं। जो कि इण्डिया में रहकर पागलों की तरह रहस्यमयी खजाने का पता लगाने की कोशिश में लगा रहता था।

एक दिन उन्हें कहीं से एक नक्शा मिला, जो लगभग सौ सालों से भी ज्यादा पुराना था। वह नक्शा उनके अनुसार एक रहस्यमयी खजाने का था। जिसका रास्ता साउथ अफ्रीका में है।

वे उस नक्शे को लेकर बिना किसी से कुछ बताये साउथ अफ्रीका चले आये और उसके बाद से उनका किसी को कुछ भी नहीं पता।

डॉ. भटनागर की बातें सुनकर यश उनसे पूछता है कि उन्हें इस बारे में कैसे पता, तो वे उससे कहते हैं कि वे उनके बड़े भाई थे, जो कि इण्डिया में रहते थे।

उनकी बातें सुनकर सभी को बहुत ही दुःख होता है। यश उनसे कहता है कि क्यों न वे सभी मिलकर उनका पता लगायें। डॉ. भटनागर कहते हैं कि उनका कोई पता भी तो नहीं है। यह कहकर वे रोने लगते हैं। उन्हें रोता देख यश उन्हें चुप कराता है और खुद पर भरोसा करने के लिए कहता है। तभी करन उनके पास वह नक्शा लेकर आता हैं, जो उनकी गाड़ी में एक बुजुर्ग व्यक्ति भूल गया था।

उस नक्शे को देखकर डॉ. भटनागर हैरान हो जाते हैं और उनसे पूछते हैं कि उन्हें वह नक्शा मिला कहां। यश उन्हें सारी बात बताता हैं। जिसे सुनकर डॉ. भटनागर उन सभी को अपने रूम में लेकर जाते हैं, जहां पर वे उन्हें उस नक्शे का दूसरा टुकड़ा दिखाते हैं। जिसे देखकर सभी हैरान हो जाते हैं। तभी डॉ. भटनागर उन्हें अपने भाई की फोटो दिखाते हैं। उसे देखकर यश कहता है ''यही हैं, जो उस रात हमें मिले थे परन्तु वे एक सूनसान रास्ते में उतर गये और हमें जाने के लिए कहा। उसी समय उनका वह नक्शा हमारी कार में रह गया। जिसे देने के लिए हम अगले दिन गये भी, मगर उनका कुछ भी पता नहीं चला।''

उसकी बातें सुनकर डॉ. भटनागर उस जगह चलने के लिए कहते हैं। जहां उन्हें वह बुजुर्ग व्यक्ति (डॉ. भटनागर के भाई) मिले थे।

यश उन्हें अकेले ही उस जगह पर लेकर जाता है और वह जगह दिखाता है, जहां उसने उनके भाई को छोड़ा था। डॉ. भटनागर पागलों की तरह वहां आस-पास अपने भाई को देखने लगते हैं और अंधेरा होने तक देखते रहते हैं। लेकिन उन्हें उनका कुछ भी पता नहीं चलता है और वे गाड़ी पकड़कर रोने लगते हैं, जिससे यश उन्हें चुप कराता है। तभी करन और एलिन दोनों ही अपनी गाड़ी से वहां पर आते हैं और उन्हें खुद पर भरोसा रखने के लिए कहते हैं।

उतने में आसमान में बिजली कड़कने लगती है और वे सभी अपनी गाड़ी में बैठकर घर के लिए निकल जाते हैं। वे लोग कुछ ही दूर तक पहुंचे होते हैं, अचानक ही बहुत तेज बारिश, आंधी-तूफान के साथ होने लगती है। रास्ता जंगल का होने के कारण उनके लिए खतरा बहुत बढ़ जाता हैं। फिर भी वे बिना रुके आगे बढ़ते हैं। कुछ दूर पहुंचने पर यश की गाड़ी के सामने अचानक ही एक पेड़ आ गिरता हैं। जिससे उनकी गाड़ी आगे नहीं बढ़ती है और करन की गाड़ी भी पीछे होने के कारण वहीं रुक जाती है। उस समय आंधी-तूफान व बारिश बहुत तेज थी, जिससे उनके लिए बाहर निकलना काफी मुश्किल था। यश की गाड़ी के ऊपर पेड़ गिरा होता है जिससे वह डॉ. भटनागर के साथ करन और एलिन की गाड़ी में जाकर बैठ जाते हैं। कुछ देर तक वे सभी आंधी-तूफान, बारिश के रुकने का इन्तजार करते हैं, पर वह रुकने का नाम ही नहीं लेती है। बारिश बहुत तेज

होने लगती है। जिससे वह चारों गाड़ी के अन्दर ही लाईट बन्द कर सोने लगते हैं।

रात के एक बज रहे होते हैं, जब अचानक ही यश की आंख खुल जाती है। तभी उसे जंगल में एक आदमी जाता दिखता है, जो की सफेद रंग के कपड़े पहने होता है। उसे देखकर यश सभी को जगाता है और उस आदमी को दिखाता है। जिसे देखकर सभी घबरा जाते हैं और उसे बचाने की सोचते हैं। तभी एलिन को याद आता है कि बाहर तो इतनी बारिश हो रही है तो वह आदमी बाहर क्या कर रहा है? वह इस बारे में सभी को बताती है। एलिन की बातें सुनकर डॉ. भटनागर को लगता है कि कहीं वह उनके भाई तो नहीं हैं। यही सोचकर वह गाड़ी से उतरकर उस आदमी को रोकने की कोशिश करते हैं परन्तु बाहर आंधी–तूफान और तेज बारिश के कारण वे ठीक से चल नहीं पाते हैं, फिर भी आगे बढ़ते हैं। उन्हें रोकने के लिए यश भी बाहर जाता है। बाहर बारिश की तेज बूंदें उन्हें बहुत ज्यादा चुभती हैं, तूफान आगे बढ़ने से रोकता है और आंधी उसे गिराने की कोशिश करती है। लेकिन फिर भी वह डॉ. भटनागर के पास पहुंच ही जाता है और उन्हें गाड़ी में वापस चलने के लिए कहता है। उस समय उन्हें वह आदमी भी दिखना बन्द हो जाता है। वे यश के साथ वापस आने लगते हैं, पर तभी उन्हें एक चीख सुनाई देती है, जिससे वे दोनों ही वापस मुड़कर जंगल में जाते हैं। कुछ ही देर में वे दोनों भी दिखना बन्द हो जाते हैं, जिससे करन और एलिन दोनों अपनी गाड़ी से निकलकर उनके पास जाने लगते हैं। आंधी और तेज होने के कारण पेड़ गिरने लगते हैं, जिससे वे दोनों एक–दूसरे का हाथ पकड़कर आगे बढ़ते हैं।

कुछ ही देर में वे दोनों जंगल में पहुंच जाते हैं और वहां पर वे डॉ. भटनागर और यश दोनों को ही आवाज देकर खोजने लगते हैं परन्तु तभी उन्हें लगता है कि उनका कोई पीछा कर रहा है। जिससे वे पीछे मुड़कर भी देखते हैं, लेकिन उन्हें कोई भी दिखाई नहीं देता है और फिर वे उन दोनों को ही आवाज देते हुए जंगल में आगे बढ़ते हैं, पर उन्हें उनका कुछ भी पता नहीं चलता। जंगल में अंधेरा बहुत होने के कारण उन्हें कुछ भी ठीक से दिखाई नहीं देता है, जिससे उन दोनों का पैर एक बड़े पत्थर से टकरा जाता है और वे नीचे गिर जाते हैं। उससे उन्हें काफी चोट भी आ

जाती है, फिर भी एक–दूसरे का हाथ नहीं छोड़ते हैं। एलिन को चोट बहुत गहरी लगी होती है, जिससे उसे दर्द भी काफी होता है और वह अपने दर्द को छिपा भी नहीं पाती है और जमीन पर बैठ जाती है। नीचे जमीन पर बहुत ही ज्यादा पानी होता है, जिससे करन उसे वापस गाड़ी में चलने के लिए कहता है। वे दोनों ही वहां से वापस जाने लगते हैं, तभी करन को कुछ दूरी पर एक रोशनी चमकती हुई दिखती है। जिसे वह एलिन को दिखाता है। एलिन पैर में लगी चोट दर्द होने के बाद भी वहां उस रोशनी के पास चलने के लिए कहती है। उसे करन मना भी करता है पर वह नहीं मानती है। जिससे वे दोनों ही उस रोशनी की तरफ बढ़ते हैं। जैसे–जैसे वे दोनों रोशनी के नजदीक पहुंचते हैं, वैसे–वैसे वह रोशनी हल्की होती जाती है।

जब वे दोनों उसके नजदीक पहुंच जाते हैं तो उन्हें वह रोशनी एक लगभग दस मीटर गहरे गड्ढ़े में से आती दिखती है। जिसे देखकर दोनों बहुत ज्यादा ही हैरान हो जाते हैं। कुछ देर तक वे उसे देखते रहते हैं, उतने में ही तेज बारिश, आंधी–तूफान का रुख उनकी तरफ हो जाता है। जिससे वे काफी हद तक बचने की कोशिश भी करते हैं, पर उनकी कोशिश ज्यादा देर तक उनका साथ न देकर उन्हें उस गड्ढे में गिरा देती है।

उसमें गिरते ही वे लोग वहां से गायब होकर एक सूनसान जंगल के बीच पहुंच जाते हैं, जहां पर न ही बारिश और न ही आंधी–तूफान होता है। जहां पर उन्हें डॉ. भटनागर और यश मिल जाते हैं। वे उन्हें देखकर हैरान होते हैं और उनसे पूछते हैं कि वे यहां कैसे आए। यश उन्हें पूरी बात बताता है। जिसे सुनकर करन कहता है कि उनके साथ भी वैसे ही हुआ है।

तभी डॉ. भटनागर उन सभी से एक–दूसरे का हाथ पकड़कर आगे बढ़ने अर्थात् जंगल से बाहर निकलने के लिए कहते हैं। उनके कहे अनुसार सभी एक–दूसरे का हाथ पकड़कर आगे बढ़ते हैं। पूरे जंगल में अंधेरा होने के कारण किसी को कुछ भी ठीक से दिखाई नहीं देता है। जिससे डॉ. भटनागर जमीन पर पड़े एक पत्थर से टकराकर नीचे गिर जाते हैं, और उनके साथ के बाकी तीनों लोग एक–दूसरे का हाथ पकड़े होने के कारण गिर जाते हैं। तभी उन सभी को कुछ दूरी पर एक आदमी

अपने हाथ में एक छड़ी पकड़े उनके पास आता हुआ दिखाई देता है, जो सफेद रंग के कपड़े पहने होता है। वह उन सभी से दूर रहकर ही पूछता है कि वे कौन हैं। उसकी बातें सुनकर यश को लगता है कि जरूर वह कोई साधारण मनुष्य है।

वह उनसे कहता है कि वे इस जंगल में क्या कर रहे हैं? उतने में वह व्यक्ति उनके पास आ जाता है और उनसे पूछता है कि वे यहां पर कैसे आए। उनकी बातें सुनकर यश उन्हें पूरी बात बताता है और उनके बारे में पूछता है। वह उनसे कहता है कि उनका नाम डॉ. ऐज़ाज खान है और वह एक पुरातत्वशास्त्री है। उनकी बातें सुनकर डॉ. भटनागर उनसे पूछते हैं कि वे यहां कर क्या रहे हैं? वे कहते हैं कि वे आज से चार महीने पहले अपने एक साथी के साथ रहस्यमयी खजाने की तलाश में आये थे परन्तु उनका वह साथी दो महीने पहले ही मर गया। उनकी बातें सुनकर सभी को बहुत अफसोस होता है। खासकर डॉ. भटनागर को, क्योंकि उन्हें अपने बड़े भाई की याद आ जाती है, जिससे वे उदास हो जाते हैं।

उन्हें उदास देखकर यश डॉ. खान से कहता है कि क्या आज रात वे सभी उनके साथ रुक सकते हैं। वे कहते हैं जरूर।

उसके बाद वे सभी डॉ. खान के साथ उनके रहने की जगह पर जाते हैं। उस रात डॉ. खान एक पेड़ की मोटी टहनी (जो कि जमीन से थोड़ी ऊपर थी।) पर अपने सोने का बन्दोबस्त किया होता हैं। वे उन सभी को उस पर आराम से बैठने के लिए कहते हैं और अंधेरा होने के कारण दो पत्थरों की सहायता से आग जलाकर, उनके साथ बैठते हैं। तभी उनके दिमाग में ख्याल आता है कि वे सभी भूखे होंगे। जिससे वे उन सभी को अपने बैग में से कुछ फल निकालकर खाने के लिए देते हैं और उसके बाद वे सभी आधी से ज्यादा रात बात करते हुए बीता देते हैं। जब उन्हें नींद आने लगती है तो सभी अपने आस–पास की जगह साफ कर सो जाते हैं।

सुबह के चार बजने पर अंधेरा हटने लगता है, चिड़ियों की चहचहाने आवाज आने लगती है। जिससे उन सभी की आंखें खुल जाती हैं।

फिर वे लोग अपने आस–पास के जंगल को बड़ी हैरानी के साथ देखते हैं। तभी डॉ. खान उन सभी को जल्द ही वहां से बाहर निकलने

के लिए कहते हैं, क्योंकि वह जंगल खूंखार और खतरनाक जंगली जानवरों से भरा होता है।

वे सभी मिलकर जंगल के उस भाग को पार करने के बाद एक पहाड़ी बर्फीले भाग में पहुंचते है, जहां उन्हें आस–पास कोई भी दिखाई नहीं देता है और साथ ही उन्हें यह भी नहीं पता होता है कि अब वे लोग किस भाग और किस हिस्से में हैं। फिर भी वे उस पहाड़ी इलाके को पार करने लगते हैं। उसी बीच उन्हें एक बर्फीली, बर्फ से बनी गुफा दिखाई देती है, जिसमें से कुछ अजीब–सी आवाजें आ रही होती हैं। जिसे देखने के लिए यश और करन दोनों ही आगे बढ़ते हैं, डॉ. भटनागर उनसे यह कहते हैं कि उसके अन्दर किसी का भी जाना ठीक नहीं है। क्या पता उसमें कोई खतरनाक जीव–जन्तु भी हो सकता है?''

उनकी बातें सुनकर वे दोनों ही वहां से आगे की ओर बढ़ते हैं। वह स्थान बर्फीला होने के कारण, वहां ठण्ड भी बहुत होती है, पर हमारे सभी वैज्ञानिकों में से किसी ने भी कोई गर्म कपड़े नहीं पहने हुए थे इसलिए वे सभी उस इलाके को जल्द ही पार करने की कोशिश करते हैं।

दूसरी तरफ केपटाउन शहर में डॉ. मित्रा को बीती रात आये आंधी–तूफान और तेज बारिश की खबर मिलती है। जिससे वे काफी ज्यादा घबरा जाते हैं, क्योंकि यश, करन, एलिन और डॉ. भटनागर का उन्हें कुछ भी पता नहीं होता है। वे उन सभी के मोबाइल पर बार–बार फोन करते हैं लेकिन उन सभी का मोबाइल 'आउट ऑफ कवरेज एरिया' बताता है। समय के साथ–साथ उनकी घबराहट भी बढ़ती रहती है। कुछ समय बीतने के बाद वे अपनी पूरी टीम और शहर की पुलिस के साथ, उस रात वाली जगह पर आते हैं। तो उन्हें वहां पर यश और करन की गाड़ियां दिखती हैं। जिसमें से यश की गाड़ी पर पेड़ गिरा होता है और करन की गाड़ी उनकी गाड़ी के पीछे होती है। वे सभी उनकी गाड़ी में उनमें से किसी को भी न पाकर घबरा जाते हैं और उन को ढूँढ़ने के लिए वहां के आस–पास के इलाकों में देखते हैं, लेकिन उनका कुछ भी पता नहीं चलता है। वे घबराकर डॉ. मित्रा सभी के साथ जंगल के अन्दर जाते हैं और वे सभी काफी दूर पहुंच जाते हैं, लेकिन उनमें से किसी का भी पता नहीं चलता है और अंधेरा भी होने लगता है। जिससे वे सभी डॉ. मित्रा से खुद पर भरोसा रखकर, घर जाने के

लिए कहते हैं। उसी बीच उस शहर के कमिश्नर वहां आकर इंस्पेक्टर से पूछते हैं कि वे सब मिले कि नहीं। परन्तु उनके न मिलने की खबर से उन्हें भी काफी अफसोस होता है। जिससे वे डॉ. मित्रा को समझाते हैं, और अगले दिन भी उन सभी की खोज करने का भरोसा दिलाते हैं।

हमारे वैज्ञानिक उस बर्फीले पहाड़ी इलाके को लगभग पार कर चुके होते हैं, लेकिन उनके सामने एक बड़ी नदी और नदी के उस पार एक बड़ा जंगलों से ढका पहाड़। जिसे देखकर वे और भी ज्यादा घबरा जाते हैं।

नदी के पास आने तक अन्धेरा बहुत हो चुका होता है और एलिन ठण्ड से कांपने लगती है। जिससे वे सभी नदी के पहले लगे कुछ पेड़ों के नीचे रात गुजारने की सोचते हैं और उनके पास उसके अलावा कोई रास्ता भी नहीं होता है। रात के ग्यारह बज जाते हैं जब तक वे सभी नदी के पास लगे पेड़ों के पास पहुंचते हैं। वहां पर डॉ. खान, यश और करन से आग जलाने के लिए कुछ लकड़ियों का बन्दोबस्त करने के लिए कहते हैं। वे दोनों वहां से कुछ दूरी पर लकड़ियां लेने चले जाते हैं। वे लकड़ियां बीन ही रहे होते हैं, तभी उन्हें वहां पर एक आदमी सफेद कपड़ों में दिखाई देता है। वे दोनों उसके पास परन्तु वह आदमी पीछे जाने लगता है। यश और करन दोनों ही उसका पीछा करते-करते नदी के पास पहुंच जाते हैं, जहां पर वह आदमी धीरे-धीरे उन्हें दिखना बन्द हो जाता है। यह देख वे दोनों ही घबरा जाते हैं और उनके मन में बार-बार यही खयाल आता है कि वह कौन है? जो उन्हें यहां तक खींच लाया है। तभी उन्हें पानी में कुछ मछलियों की आवाज सुनाई देती है, वे दोनों नदी के किनारे पर जाकर अपने हाथों से मछलियां पकड़ने की कोशिश करते हैं।

उतने में डॉ. खान उन्हें खोजते-खोजते वहां आ जाते हैं और उन्हें मछली पकड़ता देख वे भी कुछ मछलियां पकड़ने की सोचते हैं। जैसे ही वे पानी में मछली पकड़ने के लिए अपना हाथ पानी में डालते हैं, वैसे ही पानी ज्यादा ठण्डा होने के कारण अपना हाथ निकाल लेते हैं, जिसे देखकर वे दोनों ही हंसने लगते हैं, और उन्हें भी हंसी आ जाती है। फिर वे तीनों ही मिलकर मछलियां पकड़ने लगते हैं। कुछ देर बाद जब वे मछलियां पकड़कर वापस आने लगते हैं तो यश डॉ. खान से उस सफेद कपड़े पहने आदमी के बारे में बताता है, जिसका पीछा करते-करते वे

नदी तक आ गये थे। उनकी बातें सुनकर वे भी बहुत घबरा जाते हैं, और उनसे कहते हैं की वे इस बारे में ज्यादा न सोचें, वह उनका कोई वहम होगा परन्तु डॉ. खान भी इस बात से हैरान होते हैं, पर किसी से कुछ कहते नहीं।

कुछ ही देर में वे लोग डॉ. भटनागर और एलिन के पास आ जाते हैं, जहां एलिन ठण्ड से कांप रही होती है। उसे देखकर डॉ. खान आग जलाने की कोशिश करते हैं। हालांकि वहां पर, उस ठण्डे इलाके में आग जलाना बहुत ही मुश्किल होता है, लेकिन फिर भी वे किसी तरह आग जला ही लेते हैं।

आग जलने के बाद वे सभी मिलकर आग के पास बैठते हैं और खुद को सर्दी से बचाने के लिए गर्म करते हैं। यश और करन मिलकर सभी के खाने के लिए मछलियां पकाते हैं और उन्हें खाकर किसी तरह रात गुजारते हैं। उन्हें उस पूरी रात नींद नहीं आती हैं, खासकर एलिन को, क्योंकि उसे तेज बुखार होता है। फिर भी वे सब किसी तरह रात के बीतने का इन्तजार करते हैं।

आधी रात बीत चुकी होती है और सभी लोग एक साथ बैठकर रहस्यमयी खजाने के बारे में बात करते हैं। तभी डॉ. खान उन सभी को अपने बैग से निकालकर एक नक्शा (जो कि किसी बड़े नक्शे का छोटा–सा टुकड़ा होता है।) दिखाते हैं। जिसे देखकर बाकी सभी लोग हैरान हो जाते हैं और उनसे पूछते हैं कि यह नक्शा उन्हें मिला कहां? तो डॉ. खान उन सभी से बताते हैं कि वे हमेशा से ही रहस्यमयी खजाने की तलाश में जगह–जगह जाते थे। एक दिन वे अपने कुछ साथियों के साथ किसी जंगल में गये थे, जहां पर एक गुफा थी। वे सभी उस गुफा के अन्दर गए तो बिल्कुल सही–सलामत, वहां उन्हें एक बूढ़ा व्यक्ति मिला, जो एक सौ छिहत्तर साल का था। उसने उन्हें उस रहस्यमयी खजाने के नक्शे का वह भाग दिया। जिसे लेकर वे आगे तो बढ़े, परन्तु उनके अलावा उनके सारे साथी मारे गये। उनकी बातें सुनकर सभी को अफसोस होता है।

उसी समय करन भी अपने पास के दो नक्शों को निकालकर उन्हें डॉ. खान के नक्शे के साथ मिलाकर देखता है। जो आपस में मिल भी जाते हैं, पर फिर भी उस नक्शे का एक टुकड़ा कम होता है, क्योंकि उस

नक्शे का आधे से ज्यादा भाग तो यश, करन, एलिन और डॉ. भटनागर के पास होता है, जबकि उसके बाकी बचे भाग का आधा टुकड़ा डॉ. खान के पास होता है। वे सभी टुकड़े तो आपस में मिल जाते हैं। फिर भी उस नक्शे के पूरे होने के लिए एक छोटा टुकड़ा उन्हें और चाहिए होता है, जो कि उनके पास नहीं है और न ही उन्हें उसका पता होता है कि वह टुकड़ा है कहां?

उसी बीच अचानक तेज ठण्डी हवा चलने लगती है और वहां से कुछ दूरी पर एक रोशनी चमकती दिखाई पड़ती है और जिससे सभी घबरा जाते हैं। कुछ ही देर में वह रोशनी बहुत ही तेज हो जाती है, जिसे देखने के लिए सभी एक साथ आगे बढ़ते हैं। वहां पहुंचने पर वह रोशनी पहले से भी ज्यादा तेज हो जाती है, जिससे किसी को कुछ भी ठीक से साफ दिखाई नहीं देता है। कुछ ही देर में वह रोशनी वहां से साफ हो जाती है और सफेद कपड़ों में एक आदमी दिखाई देता है, जो की एक आत्मा है। उसे देखकर सभी घबरा जाते हैं। सबसे ज्यादा डॉ. भटनागर, क्योंकि वह आदमी कोई और नहीं, बल्कि उनके ही बड़े भाई हैं। उन्हें उस तरह देखकर उन्हें घबराहट होती है, वे उनसे पूछते हैं कि वे यहां क्या कर रहे हैं? डॉ. भटनागर के बड़े भाई उन्हें बताते हैं कि "वे अब जिन्दा नहीं हैं, बल्कि मर चुके हैं।" उनकी बातें सुनकर डॉ. भटनागर के आंखों में आंसू आ जाते हैं, और वे उनसे पूछते हैं कि उनकी मौत आखिर हुई कैसे? तो उनके भाई कहते हैं कि उनके पास ज्यादा समय नहीं है और वे उनको सिर्फ यह बताने आये हैं कि वे जिस रहस्यमयी खजाने की तलाश में हैं, उसके रास्ते में सिर्फ मौत है। पर वह खजाना है बेहद कीमती। उनकी बातें सुनकर सभी हैरान हो जाते हैं और सोचने लगते हैं कि वह खजाना आखिर है क्या? तभी डॉ. भटनागर उनसे पूछते हैं कि उन सभी के बाहर जाने का रास्ता कहां से है? जवाब में वे कहते हैं कि उनमें से कोई भी इस जगह से बिना खजाने या मौत के बाहर नहीं जा सकता। वे इस समय 'क्रियॉल' जंगल में हैं और उन्हें केवल एक शख़्स ही बचा सकता है, जो उनके साथ है।

यह कहकर वे यश से अपने मन की आवाज में कहते हैं कि अब वे अपनी मंजिल से दूर नहीं है, बल्कि उसके बहुत ही करीब है। यश उनकी बातों को समझ जाता है और उनके इशारे को भी। उसके

अलावा सभी उनकी बातों से हैरान व अन्जान होते हैं। उसी बीच डॉ. खान उनसे उस शक्स के बारे में पूछते हैं। वक कहते हैं कि ''समय आने पर सभी को सच्चाई का पता चल जायेगा। लेकिन इस समय वे सच बताकर प्रकृति के नियमों को तोड़ना नहीं चाहते।''

वहां से जाते समय वे सभी से कहते हैं कि ''अगर आप सभी अपने सामने की दक्षिण दिशा को अपनायें तो उन्हें उस नक्शे का बाकी बचा भाग भी मिल जायेगा और उनकी आगे की मंजिल भी।'' यह कहकर वे वहां से गायब हो जाते हैं।

उनके वहां से गायब होते ही डॉ. भटनागर रोने लगते हैं। उन्हें सभी चुप कराकर उस जगह जाते हैं, जहां उस रात वे सभी रुके होते हैं। वहां पहुंचकर सभी आग की गर्मी से खुद को गर्म करने में लगे रहते हैं, जबकि डॉ. भटनागर वहां भी उदास ही रहते हैं।

10

बेखौफ़ होकर मौत का सामना

अगले दिन सुबह सभी तैर कर नदी पार करते हैं। सूरज की रोशनी का बिल्कुल भी नामोंनिशान न होने के कारण सभी ठण्ड से कांपने लगते हैं। हालांकि उस समय वहां से आगे बढ़ना उनके लिए ठीक नहीं होता है, फिर भी सब हिम्मत जुटाकर आगे की ओर बढ़ते हैं।

आगे का रास्ता पहाड़ी होता है, जिस पर बहुत बड़ा जंगल होता है और वहां बहुत सारी चट्टानें भी टूटकर बिखरी होती हैं। जिस पर चलना उन सभी के लिए बहुत ही मुश्किल होता है। फिर भी वे सभी मिलकर किसी तरह दोपहर होने से पहले कुछ रास्ता पार करके, एक जगह रुकते हैं और वहां पर वे कुछ देर आराम करने की सोचते हैं।

कुछ देर बाद फिर वे सभी मिलकर आगे बढ़ते हैं। उन्हें वे पहाड़ी, जंगली इलाका पार करने में चार दिन लग जाते हैं।

चौथे दिन जब वे लोग उसके आखिरी हिस्से में पहुंचते हैं तो बहुत रात हो चुकी होती है, जिससे उन्हें कुछ भी ठीक से दिखाई नहीं देता है और उसके आगे का रास्ता उनके लिए बहुत ही खतरनाक होता है। वे लोग उससे बहुत पहले ही एक जगह आग जलाकर रात बीतने का इन्तजार करते हैं परन्तु वह रात उनके लिए बहुत ही बड़ी होती है। वे लोग अलग–अलग जगह पर सो रहे होते हैं, तभी यश को एक पेड़ के पीछे से, जहां बहुत ही अंधेरा होता है, पत्तों के कुचलने की आवाज सुनाई पड़ती है, जिससे उसे लगता है कि उनके आस–पास कोई है।

उस आवाज को सुनकर यश करन को जगाता है और उसे अपने साथ वहां पर ले जाता है, जहां से उसे आवाज सुनाई दी थी। वहां पहुंचने

पर उन्हें कोई भी नहीं मिलता है। वे दोनों ही वापस आकर सो जाते है और उनके पास आग जलती रहती है। उसी बीच वहां पर तेज हवा चलने लगती है जिससे वहां जल रही आग बुझ जाती हैं और उसमें से धुंआ निकलने लगता है। कुछ ही देर में वहां पर बारिश होने लगती है। जिससे उन सभी की आंखें खुल जाती हैं और वे लोग भी वहां से उठकर एक ऐसे पेड़ के नीचे जाते हैं, जहां उन पर पानी नहीं पड़ता है।

उस पूरी रात वहां बारिश होती रहती है, जिस कारण उनमें से कोई भी नहीं सो पाता। पूरी रात सभी ठण्ड से सिकुडते रहते हैं और बारिश के रुकने का इन्तजार करते रहते हैं।

अगले दिन सुबह होने पर सभी सो रहे होते है। सुबह का मौसम बहुत ही साफ और सुहावना होता है। साथ ही चारों ओर पक्षियों की आवाजें गूंजती रहती हैं और सूरज भी निकल चुका होता है, जिसकी रोशनी कुछ ही देर में पेड़ों के ऊपरी भाग को पार कर उन सभी पर पड़ती है, जिससे सभी की आंखे खुल जाती हैं। वे सभी उठकर अपने चारों ओर के मौसम को देखते हैं, जिसे देखकर सभी बीती बातें और सारे दुख भूल जाते हैं। उन्हें उस समय बस यह याद रहता है कि वे एक ऐसी जगह पर हैं, जहां उन्हें बहुत ही शान्ति दिख रही है।

वे सभी मिलकर वहां से आगे बढ़ते हैं तो उन्हें उसके आगे भी बहुत लम्बा और ज्यादा दूरी तक फैला जंगल ही दिखता है। बीती रात हुई बरसात का पानी उस पूरे जंगल में फैला रहता है, जो उनके घुटनों के नीचे तक होता है, जिसमें चलने में हमारे वैज्ञानिकों को बहुत ही परेशानियों का सामना करना पड़ता है। उन्हें उस जंगल में बहुत से छोटे–बड़े जंगली जीव–जन्तु, जिनमें सबसे ज्यादा बन्दर देखने को मिलते हैं। वे पेड़ों की डाल पर इधर–उधर घूमते रहते हैं परन्तु उनमें से कोई भी किसी को भी परेशान नहीं करता है। कुछ दूरी तक चलने पर उन्हें एक पेड़ की निचली मोटी डाल पर घास–फूंस से बना एक छोटा टेंट दिखता है, जिसे देखकर ऐसा प्रतीत होता है कि मानों वहां, उस पेड़ पर कभी कोई रुका हो। वे सभी वहां कुछ देर रुककर आगे बढ़ते हैं। आगे बढ़ने पर उन्हें दो रास्ते दिखाई देते हैं, जिन्हें देखकर उन्हें कुछ भी समझ में नहीं आता है कि वे किस रास्ते पर जायें। वे सभी इस बात को लेकर झगड़ने लगते हैं, यश अपनी जेब से एक सिक्का निकालकर कहता है कि अगर हेड आया तो हम दांयीं तरफ जायेंगे और अगर टेल आया तो हम बांयी दिशा की ओर चलेंगे। वह सिक्का

उछालकर अपने हाथों में वापस पकड़ लेता है, उसे खोलने पर उसके हाथों में वह सिक्का ही नहीं होता है, यह देख वे सभी हैरान हो जाते हैं और अपने चारों ओर देखने लगते हैं कि वह सिक्का कहीं नीचे तो नहीं गिर गया लेकिन नीचे उन्हें पानी, मिट्टी और घास–फूस के अलावा कुछ भी दिखाई नहीं देता है। पर उसी बीच उनका वो सिक्का ऊपर से नीचे की ओर गिरता हैं, जिसे यश उठाकर देखता है, तो उसमें हेड आया होता है। जिससे वे सभी आगे की ओर बढ़ने लगते हैं पर तभी डॉ. भटनागर को भूख लग जाती है और वे आगे नहीं चल पाते। यह देखकर यश अपने चारों ओर देखने लगता है। तभी उसे एक सेब का पेड़ दिखता है, जिस पर बहुत सारे सेब लगे होते हैं, वह करन को लेकर उस पेड़ पर चढ़ता है और बहुत से सेब तोड़कर नीचे आता है, जिसे खाकर सभी आगे बढ़ते हैं। उन सभी को प्यास लगती है, डॉ. खान अपने बैग से फिल्टर पेपर और एक बोतल निकालकर, जमीन से पानी लेकर छानते हैं और सभी को पीने के लिए देते हैं। कुछ पानी वे अपनी बोतल में भी भर लेते हैं और बैग में रखकर आगे दांयी तरफ के रास्ते की ओर बढ़ते हैं।

हालांकि वह रास्ता भी जंगली होता है, लेकिन फिर भी वे सब अपनी मंजिल तक पहुंचने के लिए हर तरह के खतरों का सामना करने के लिए हर वक्त तैयार रहते हैं। कुछ दूरी तक उन्हें वह रास्ता पूरी तरह साधारण लगता है, लेकिन उसके आगे पहुंचने पर उन सभी को एक गहरा गड्ढ़ा (पहाड़) दिखाई देता है, जो लगभग 80 मीटर चौड़ा और 100 मीटर गहरा होता है। उसके बगल से एक बहुत ही गहरी, लम्बी नदी निकलती है। जिसे पार करना उन सभी के लिए मुश्किल होता हैं, वे सभी उसके आगे जाकर आसान रास्ता तलाशने की सोचते हैं। परन्तु नदी टेढ़ी–मेढ़ी काफी दूरी तक फैली होती है और उन्हें सीध ा जाने के लिए उसे पार करना ही होगा। यह उनके सामने एक बड़ी चुनौती थी और रास्ता बहुत ही खतरनाक होने के कारण सभी को अपनी जान की चिन्ता लगी रहती है।

किसी तरह डॉ. खान अपने अन्दर हिम्मत जुटाकर अपने बैग से रस्सी निकालते हैं और उसे एक मोटे पेड़ से बहुत ही मजबूती से बांधकर नीचे नदी में उतरने की कोशिश करते हैं, लेकिन उनकी रस्सी भी थोड़ी छोटी पड़ जाती है, जिससे वे नदी के किनारे के हिस्से में रुक जाते हैं और बाकी लोगों को भी रस्सी के सहारे नीचे आने के लिए कहते हैं। यश सभी को पहले नीचे भेज देता है, जिससे रस्सी काफी कमजोर हो जाती

है और यश उसे बिना देखे ही नीचे उतरने लगता है। उस समय वह रस्सी के आधे भाग पर होता है जब उसकी रस्सी अचानक ही टूट जाती है। पानी का बहाव तेज होने के कारण यश पानी के साथ बहने लगता है। फिर भी वह किसी तरह खुद को सम्भालने की कोशिश करता है, लेकिन पानी का बहाव हार नहीं मानता है।

वे सभी उसे बचाने के बारे में सोचते हैं, लेकिन उसे रोक नहीं पाते हैं। तभी यश पानी के साथ बहते हुए एक चट्टान से टकरा जाता है। जिससे उसके सिर में चोट आ जाती है और वह पानी में डूबने लगता हैं। तभी करन की नजर यश पर पड़ती है और वे उसे डूबता हुआ देख बेखौफ़ होकर मौत का सामना करते हुए उसकी जान बचाने चला जाता है।

यश को बाहर लाने पर वह बेहोश मिलता है, करन उसे होश में लाने के लिए पहले उसके शरीर से पानी निकालता है। उसके होश में आने के बाद वह सभी के साथ कुछ देर तक आराम करता है और फिर सभी वहां से तैरकर नदी पार करते हैं। नदी के उस पार खाली स्थान पर सभी मिलकर आग जलाते हैं और अपनी रात गुजारते हैं।

केपटाउन शहर में लोगों की अकस्मात मौत होती रहती है और बीते दो दिनों में 36 लोग मर चुके होते हैं। जिसका पता लगाने की कोशिश में डॉ. मित्रा दिन–रात एक कर देते हैं। उन्हें सबसे ज्यादा घबराहट तब होती है, जब रिसर्च सेन्टर के छः लोग बीमार पड़ जाते हैं और उनमें से दो की तो उसी दिन मौत हो जाती है। परन्तु उन्हें कुछ भी पता नहीं चलता है कि ऐसा क्यों हो रहा है? उनके पास साउथ अफ्रीका के राष्ट्रपति व प्रधानमंत्री के फोन आते हैं, जिसका जवाब दे पाना उनके लिए मुश्किल हो गया था। फिर भी वे अपनी कोशिश करते रहते हैं। जिससे उन्हें चार बजे तक पता चलता है कि लोगों की मौत का कारण दूसरे ग्रहों द्वारा भेजी गयी जहरीली गैसों के कुछ वायरस हैं, जो अगले चार से छः घण्टों में पूरी दुनिया के कोने–कोने में फैलकर पूरी दुनिया में मौत की तबाही मचा देंगे। इनसे बचने के लिए उन्हें जल्द ही कोई–न–कोई कदम उठाना होगा और वे अपनी पूरी कोशिश कर उस वायरस का पता लगाने में जुट जाते हैं।

दूसरी तरफ सुबह के छः बजे यश, करन, एलिन, डॉ. भटनागर और डॉ. खान सभी मिलकर नदी के ऊपरी भाग (पहाड़), जिसकी जमीन से ऊंचाई लगभग 100–110 मीटर ऊपर थी, के ऊपर चढ़ने के लिए उस पर लगी छोटी–छोटी चट्टानों का सहारा लेते हैं। हालांकि उन

चट्टानों का कुछ भी नहीं पता होता है कि वे कब उससे टूटकर जमीन पर गिर जायें। लेकिन वे सभी खतरों का सामना करते हुए उस पर चढ़ ही जाते हैं।

उसके ऊपर पहुंचने पर उन्हें कुछ दूरी पर एक अजीब–सी गुफा दिखाई देती है, जो अलग–अलग झाड़ियों और पेड़ों से ढकी होती है। लेकिन उन्हें उसके अन्दर जाने का कुछ भाग दिखाई देता है, जो लगभग चार फीट चौड़ा और पांच फीट लम्बा होता है। जिसके पास वे सभी जाकर देखते हैं और उसके अन्दर घुसते हैं। वहां बहुत ही ज्यादा अंधेरा होता है, उन के घुसते ही कुछ चमगादड़ बाहर उड़ते हुए निकलते हैं। सभी वापस बाहर आकर अपने–अपने लिए मशाल बनाते हैं और उसे जलाकर गुफा के अन्दर आगे चलने लगते हैं। उनके मशाल लेकर गुफा में जाते ही हजारों की संख्या में चमगादड़ निकलते हैं, जो उन के शरीर से छू जाते हैं। परन्तु वे सभी जमीन पर बैठ जाते हैं और उनके गुफा खाली करते ही वे वापस खड़े होकर आगे बढ़ते हैं। आगे की गुफा पूरी और अंधेरी होने के कारण डरावनी होती है। जिसमें उन्हें काफी मोड़ देखने को मिलते हैं। सभी हर प्रकार के खतरों को पार कर एक सीधे रास्ते पर चलते हैं।

केपटाउन शहर में आये खतरे को टालने के लिए डॉ. मित्रा को एक उपाय मिल जाता है। वे एक ऐसा कैमिकल तैयार करने में लगे रहते हैं। इस बार वे डॉ. भटनागर के बनाये कैमिकल 'हाईपर–फाइड' को रिसर्च सेन्टर में रखे, एलियन के खून के साथ मिलाते हैं, जिससे वह एक ध ुंए में बदल जाता है और उसे डॉ. मित्रा रिसर्च सेन्टर के बाहर खिड़की से हवा में छोड़ देते हैं। जिसके हवा में मिलते ही पूरे शहर में लगभग दो घण्टों के लिए हल्का–हल्का धुंआ फैल जाता है, जो इस बात का संकेत होता है कि दूसरे ग्रहों द्वारा फैलाई गई जहरीली गैसों का असर खत्म हो रहा है।

दो घण्टे बाद पूरा शहर वापस पहले की तरह साफ हो जाता है और खतरा टल जाता है।

अगले दिन डॉ. मित्रा के लिए दुनिया भर से बधाईयां आती हैं, कि उन्होंने पूरी दुनिया को तबाह होने से बचा लिया।

दूसरी तरफ हमारे वैज्ञानिक अंधेरी गुफा में खतरों का सामना कर रहे होते हैं। उस समय उनके सामने तीन रास्ते होते हैं, जिनमें से वे कौन–सा रास्ता चुनें, उन्हें समझ में नहीं आता है। वे सोच ही रहे होते

हैं, तभी डॉ. खान के दिमाग में ख्याल आता है कि क्यों न वे अपना नक्शा निकालकर उसके मुताबिक चलें। अपना नक्शा निकालते हैं और बाकी सभी से अपनी मशालें गुफा की दीवारों में फंसाने के लिए कहते हैं और फिर सभी मिलकर उस नक्शे को देखते हैं। जिसमें उन्हें किनारे–किनारे की दोनों गुफाओं में जाने का संकेत मिलता है, जिससे वे यश, करन और एलिन को दांयी दिशा की ओर जाने के लिए कहते हैं। जबकि खुद डॉ. के साथ बांयी दिशा की ओर जाते हैं और नक्शे द्वारा वे अपने लिए सभी रास्तों को स्पष्ट रूप से देखकर एक कागज पर उसका चित्र बनाने लगते हैं। उसे बनाने में उन्हें आठ से ज्यादा घण्टे लगते हैं, और उनकी मशालों की रोशनी भी समय के साथ फीकी होने लगती है उन सभी के लिए बड़ी परेशानी होती है। इस परेशानी को हल करने के लिए यश डॉ. खान के बैग से पत्थर निकालकर आग जलाता है और उसके द्वारा सभी की मशालें जलाता है। उसके बाद डॉ. खान कुछ ही समय में अपना नक्शा बनाकर उन सभी को अपने–अपने रास्तों पर चलने के लिए कहते हैं।

यश, करन और एलिन तीनों ही मिलकर दांयी ओर के रास्ते पर चल देते हैं। जबकि डॉ. भटनागर और डॉ. खान दोनों ही बांयी ओर की गुफा के रास्ते पर निकल पड़ते हैं।

यश, करन और एलिन गुफा के जिस रास्ते पर निकलते हैं, उस रास्ते पर नीचे जमीन पर पानी–ही–पानी होता है, गुफा की ऊपरी चट्टानें हल्की–हल्की टूटी होती हैं, जिनमें से उन्हें रात में चाँद की रोशनी दिखाई देती है। वह गुफा बहुत ही छोटी होती है।

कुछ दूरी पर पहुंचते ही उन सभी को कुछ कंकाल देखने को मिलते हैं, जिन्हें देखकर लगता है कि मानों वे काफी सालों से उस गुफा में पड़े हो। वे तीनों वहां से आगे दो दिनों तक चलते रहते हैं।

दो दिन बाद उन तीनों के सामने उसी गुफा में कुछ दूरी पर उन्हें कुछ चमकता हुआ दिखता है, जिसे देखकर सभी लोक हैरान रह जाते हैं और उस रोशनी को देखने के लिए आगे बढ़ते हैं। उसके पास पहुंचने पर उन्हें उस स्थान को देखकर हैरानी होती है, क्योंकि वह गुफा वहां से आगे लगभग सौ मीटर गहरी थी, उसकी चौड़ाई लगभग दो सौ मीटर थी और हैरानी की बात यह थ कि उसमें चारों ओर सोने की दीवारें, चट्टानें तथा सोने की अलग–अलग आकृतियों के पत्थर पड़े रहते थे। साथ ही वहां पर आ रही रोशनी, बीच में लगे एक सोने के पेड़ की थी, जो पीले रंग का था। वे सभी उस गुफा को देख ही रहे होते

120 *ड्रेगन एण्ड फायरहार्ड-क्रिस्टल का इतिहास*

हैं तभी उनके ठीक सामने गुफा की चट्टानों पर एक रोशनी चमकती है और वहां पर भी एक छोटी–सी गुफा बन जाती है जिसमें से डॉ. खान और डॉ. भटनागर निकलते हैं, परन्तु वे भी उसके आखिरी हिस्से पर आकर रुक जाते हैं और खजाने को देखकर हैरान हो जाते हैं। तभी यश उन्हें आवाज देता है, जिससे वो दोनों उन तीनों को सही–सलामत देखकर बहुत ही खुश होते हैं और उन तीनों को अपनी ही जगह खड़े रहने के लिए कहते हैं।

डॉ. खान खजाने को देखकर उसमें कूद जाते हैं और उन्हें कुछ भी नहीं होता हैं, जिसे देखकर डॉ. भटनागर भी उसके अन्दर कूद पड़ते हैं और उन तीनों से भी उसके अन्दर आने के लिए कहते हैं, वे तीनों भी उसके अन्दर कूद जाते हैं और फिर सभी मिलकर रहस्यमयी खजाने को ध्यान से देखते हैं जिससे सभी को पता चलता है कि वे खजाना असली है। डॉ. भटनागर उस पेड़ के पास जाते हैं, जहां से रोशनी आ रही होती है। उसके पास पहुंचकर वे उस पेड़ को कुछ देर तक ध्यान से देखते हैं तो उन्हें उस पेड़ की एक टहनी पर चमकता हुआ कुछ दिखाई देता है, जिसे वे छूने की कोशिश करते हैं पर वहां तक उनका हाथ नहीं पहुंच पाता है। तभी डॉ. खान, यश, करन और एलिन के साथ वहां पर आकर एक सोने का सरिया देते हैं, जिसे डॉ. भटनागर उस चमकती हुई रोशनी पर मारते हैं, जिससे उस पेड़ पर से एक छोटा पत्थर गिरता है, वे उसे उठाकर देखते हैं। देखने में वह एक साधारण पीले रंग का पारदर्शी पत्थर होता है परन्तु हाथ में आते ही उसकी रोशनी बन्द हो जाती है और वहां पर अंधेरा हो जाता है। यह देखकर यश उनसे वह पत्थर जमीन पर रखने के लिए कहता है।

जमीन पर रखते ही उस पत्थर से पूरी गुफा में रोशनी ही रोशनी छा जाती है, जिसे देखकर सभी हैरान रह जाते हैं। उसी बीच अचानक ही उस पत्थर की रोशनी फीकी होने लगती है और हल्का–हल्का अंधेरा छाने लगता है। यश की नजर वहां रखे पत्थर पर पड़ती है, जिसके अन्दर कुछ चित्र बनने लगते हैं और कुछ ही देर में वे एक फिल्म की तरह चलने लगते हैं, जिसे देखकर ऐसा लगता है कि उस पत्थर में दिख रहे सभी चित्र कुछ–न–कुछ संकेत कर रहे हैं, पर उस पत्थर के छोटे होने के कारण उनमें से किसी को कुछ भी ठीक से समझ में नहीं आता है।

उसी बीच गुफा की ऊपरी चट्टान से कुछ धूल गिरती है और अंधेरा होने के कारण किसी को भी कुछ ठीक से दिखाई नहीं देता है। वे सभी

एक–दूसरे को अपने आस–पास देखने लगते हैं। उसी बीच वहां पर बहुत ही तेजी से धूल गिरने लगती है। जिससे बचने के लिए सभी सुरक्षित स्थान की ओर भागते हैं, जिनमें से यश और करन पूरब दिशा की ओर, जबकि एलिन, डॉ. खान और डॉ. भटनागर तीनों ही उत्तर दिशा की ओर भागते हैं। वे सभी बिछड़ जाते हैं। फिर भी एक–दूसरे को आवाज देते ही रहते हैं। तभी अचानक वहां पर रोशनी–ही–रोशनी छा जाती है, जिससे सभी खुश होते हैं। खासकर यश और करन तभी वे दोनों किनारे से होकर सभी के पास पहुंचने के लिए आगे बढ़ते हैं। उसी बीच एलिन, डॉ. खान और डॉ. भटनागर तीनों के पास ही एक आग का गोला विस्फोट करता है, जिससे वे तीनों ही जल जाते हैं। यह सारी घटना यश और करन के सामने होती है, पर फिर भी वे दोनों कुछ नहीं कर पाते हैं और अगले विस्फोट से हुए धमाके के द्वारा वहां से दूर जा गिरते हैं और बेहोश हो जाते हैं। तभी वहां पर जमीन में से आग का एक बड़ा विस्फोट होता है और पूरी गुफा उस धमाके के साथ खत्म हो जाती है। उसी समय उन दोनों के ही पास वह पीला पत्थर आता है, जिसे कुछ देर पहले वे मिलकर देख रहे थे। वह वहां से उन दोनों को अपनी रोशनी के साथ लेकर वहां से गायब हो जाता है और उसके बाद वह पूरी गुफा आग के धमाके से फट जाती है, जिससे उ के आस–पास के इलाके खत्म हो जाते हैं।

जबकि यश और करन दोनों ही उस पत्थर के साथ एक ऐसे अन्जान जंगल में आ जाते हैं, जहां बहुत ही अंधेरा और जमीन पर पानी होता है। जमीन पर पड़े पानी के कारण यश और करन दोनों के ही शरीर का जलना बन्द हो जाता है परन्तु वे होश में नहीं आते हैं, या यह कहें कि अब वे शायद ही जिन्दा हैं।

11

सच्चाई का सामना

सात दिन बाद आठवें दिन रात के लगभग दो बजे आसमान में सात तारे, जो की एक प्रश्नवाचक चिन्ह की तरह दिखते हैं। वैसे तो वे सभी तारे तब तक हल्के दिखाई देते हैं, पर उस रात अचानक ही उन सभी तारों की रोशनी बहुत तेज हो जाती है और उन सभी तारों से चिंगारी निकलने लगती है। देखते ही देखते वे सातों तारे आपस में मिलकर एक बड़े चमकीले तारे का रूप ले लेते हैं। और पूरे ब्रह्मांड के चक्कर लगाना शुरू करते हैं और कुछ ही देर में वे वहां से सीधे पृथ्वी के अन्दर आने लगती है।

उसी बीच केपटाउन शहर के रिसर्च सेन्टर में कम्प्यूटर पर काम करते हुए डॉ. मित्रा को अचानक ही वे चमकीली और अद्‌भुत हैरान करने वाले तारे की रोशनी दिखाई देती है। जिसका वह अपने कम्प्यूटर द्वारा पीछा भी करते हैं। किन्तु कुछ ही देर में उस तारे की रोशनी वहां से गायब हो जाती है, जिसे रिसर्च सेन्टर में काम कर रहे सभी लोग देखकर हैरान रह जाते हैं और उन सभी के मन में ख्याल आता है कि कहीं वह कोई एलियन तो नहीं। घबराकर सभी मिस्क्लेयर के पास जाकर देखते हैं, लेकिन उन्हें एलियन्स के आने का कोई संकेत नहीं मिलता है। इससे सभी खुश होते हैं, पर हैरान भी होते हैं कि वह रोशनी आखिर थी क्या? तभी डॉ. मित्रा को पता चलता है कि वह एक तारा है। परन्तु अब वह डॉ. मित्रा उस तारे के बारे में पता लगाने की सोचते हैं। परन्तु अब वह रोशनी वहां उन्हें कहीं भी आस–पास दिखाई नहीं देती है।

उस समय वह रोशनी हर रास्ते को पार कर उस स्थान पर आती है, जहां पर यश और करन दोनों ही जंगल में बेहोश पानी में पड़े होते हैं। वह रोशनी वहां पर आकर सीधे यश के शरीर में समा जाती है और यश का शरीर हिलने लगता है, जिससे उसका हाथ जाकर सीधे करन के सीने पर पड़ता है और भी दर्द में तड़पने लगता है। उन दोनों के ही दिमाग में बहुत ही गहरी चोट लगी होती है, जिससे उन्हें कुछ भी होश नहीं होता है, फिर भी यश को सपने में कुछ दिनों पहले हुई घटना दिखाई देती है।

करन दर्द से तड़पता रहता है। तभी वहां से कुछ ही दूरी पर कुछ लोगों के आने की आवाज सुनाई देती है, जिनमें एक पुरुष तथा एक महिला थी। अंधेरा होने के कारण उन दोनोंको कुछ भी ठीक से दिखाई नहीं देता है। पर फिर भी वे लोग किसी तरह आगे बढ़कर यश और करन के पास आते हैं और उन दोनों को ही जल्द–से–जल्द होश में लाने की कोशिश करते हैं। वे दोनों ही उन दोनों को लेकर घबराये होते हैं, उन्हें देखकर ऐसा लगता है कि मानों उनका यश और करन दोनों से ही कोई करीबी रिश्ता हो। कुछ देर बाद करन बिल्कुल शान्त हो जाता है, जबकि यश तड़पता रहता है, जिसे देखकर वे दोनों ही यश और करन को अपनी पीठ पर उठाकर एक सूखे स्थान पर लाकर लिटा देते हैं और उनके पास आग जलाते हैं। जिससे उन दोनों को ही गर्माहट का अनुभव होने लगता है और कुछ ही घण्टों बाद अचानक ही यश की आंखें खुलती हैं, जिससे वह खुद को जिन्दा और अपने पास आग जलता देख हैरान हो जाता है। तभी उसकी नजर कुछ दूरी पर उन दो लोगों पर पड़ती है, जिन्होंने उन दोनों को बचाया था। उसी बीच वह अपने बगल में करन को देखता हैं और उसे होश में लाने की कोशिश करता है। जिसे कुछ दूरी पर बैठे दोनों लोग देख लेते हैं और उसके पास आते हैं। यश पीछे मुड़कर देखते ही हैरान हो जाता है और खड़ा होकर उस आदमी को छूकर देखता है तब वह उसे तो वो उसे जिन्दा लगता है। यश उसे अंकल कहकर गले लग जाता है। तभी करन की आंखें खुलती हैं और वह उन सभी के पास आता है। पहले तो उसे अपनी आंखों पर बिलकुल भी विश्वास नहीं होता है, पर जब यश उसे बताता है कि वे दोनों जिन्दा हैं न की कोई आत्मा। यश की बातें सुनकर करन रो पड़ता है और वो भी उन्हें पापा कहकर गले लग

जाता है। उसके बाद यश उस महिला के पास जाकर उससे गले मिलता है और वे सभी वापस मिलने से बहुत ही खुश होते हैं।

अब आप सोच रहे होंगे कि आखिर वे दोनों हैं कौन? तो हम आपको बता दें कि उनमें से एक आदमी, जो की करन के पिता और यश के अंकल डॉ. आर्या हैं और वहां पर उनके साथ वह महिला उन सभी की साथी डॉ. लेजली हैं, जो की एक हादसे के कारण वहां भटक रहे थे।

कुछ समय बाद वे सभी मिलकर एक साथ आग के पास जाकर बैठते हैं और वहां डॉ. आर्या उन दोनों से पूछते हैं कि वे दोनों ही यहां तक कैसे आए? वे दोनों मिलकर उन्हें पूरी बात बताते हैं।

उनकी बातें सुनकर डॉ. आर्या कहते हैं "हमें पता था कि तुम दोनों यहां तक आ ही जाओगे।" तभी करन उनसे कहता है "पापा आपका और लेजली दोनों का ही यान तो एलियन दुर्घटना में नष्ट हो गया था, तो आप लोग बचे कैसे?"

उसकी बातें सुनकर डॉ. आर्या उन्हें अपने बारे में बताते हैं कि जिस रात वे सभी मिसाइल से लड़ रहे थे। उसी बीच वहां अचानक उनका मिसाइल काम करना बन्द कर देता है, जिससे वे दोनों ही अलग–अलग एक जंगल में जा गिरते हैं और कुछ दिनों बाद जब उन्हें होश आता है तो वे तरह–तरह के खतरों का सामना करते हुए मौत से लड़े और आज वे जैसे भी हैं, उनके सामने हैं।

यश और करन को उनकी बातें सुनकर बहुत ही दुख होता है, परन्तु उनके जिन्दा होने के कारण वे बहुत ज्यादा ही खुश होते हैं।

अगले दिन सुबह सूरज निकलने से पहले ही हल्के उजाले में यश डॉ. आर्या को अपने पिता की कही बातों के बारे में बताता है कि धरती पर जो क्रिस्टल है, वह धरती का ही है और उसे पाकर ही वह धरती पर हो रही तबाही को रोक सकते हैं। जिसे सुनकर डॉ. आर्या उन सभी के साथ मिलकर वहां से सीधे अपनी मंजिल की ओर बढ़ते हैं। इस समय जिस रास्ते के द्वारा वे आगे बढ़ते हैं, वह एक पथरीला रेगिस्तान होता है, जहां चलने में उन्हें बहुत सारी कठिनाइयों का सामना करना पड़ता है। कुछ दूर पहुंचने पर उन सभी को कुछ ऊंचाई पर पत्थरों के बीच एक गहरा गड्ढा बना दिखाई देता है। जिसे देखते ही सभी मिलकर उसके पास जाते हैं और उसे देखते हैं। वह गड्ढा बहुत ही

गहरा होता है, जिसमें नीचे से हल्की—हल्की रोशनी आती रहती है। तभी उन्हें उसमें से हल्की—हल्की आवाजें सुनाई देती हैं, जिसे वह गौर से सुनते हैं, परन्तु उन्हें उस बारे में कुछ भी पता नहीं चलता है और उसी बात का पता लगाने के लिए वे सभी चट्टानों से बने गड्ढे में किसी तरह पैर रखते हैं। नीचे पहुंचने पर उस गड्ढ़े के अन्त में उन्हें वहां से एक सीधी गुफा जाती हुई दिखती है। जिसके अन्दर वे सभी आगे बढ़ते हैं, उस गुफा में ऊपरी चट्टान कहीं—कहीं टूटी होने के कारण हल्की—हल्की रोशनी आती है।

कुछ दूर पहुंचने पर वह गुफा धीरे—धीरे छोटी होती जाती है, जिसे वे सभी मिलकर किसी तरह से पार करते हैं। उसे पार करते ही वहां रोशनी आनी बन्द हो जाती है, जिससे सभी घबरा जाते हैं। पर फिर भी वो लोग उस गुफा की सीधाई के साथ आगे बढ़ते हैं। कुछ दूरी पर पहुंचते ही उन्हें उस गुफा की चट्टानें टूटी हुई दिखाई देती हैं, जहां से रोशनी आती है और उनके आगे पहुंचने में उन सभी को कम—से—कम सात दिन लगते हैं।

केपटाउन शहर में डॉ. मित्रा कुछ दिनों पहले मंगल ग्रह पर हुए विस्फोट को देखकर अपनी एक टीम को अन्तरिक्ष में भेजने की तैयारी में लग जाते हैं। उस समय वे अपनी उस टीम के साथ एक महत्त्वपूर्ण मीटिंग करते हैं कि मंगल ग्रह पर हुए हादसे का कोई—न—कोई कारण जरूर होगा। जिसका पता लगाने के लिए उनकी पूरी टीम अगले दिन ही अपने मिसाइल से मंगल ग्रह के लिए रवाना हो जाती हैं। उनके उस ग्रह पर पहुंचते ही डॉ. मित्रा अपने कम्प्यूटर द्वारा उस टीम के चीफ डॉ. राज सक्सेना से बात करते हुए उनसे वहां पर पूरी बात का जल्द—से—जल्द पता लगाकर उन्हें बताने के लिए कहते हैं। जिससे डॉ. सक्सेना तुरन्त ही अपनी पूरी टीम को काम पर लगा देते हैं। वे खुद अपनी ऑक्सीजन और ड्रेस के साथ मंगल ग्रह पर उतरते हैं। उनके मंगल ग्रह पर उतरते ही उन्हें वहां अपने पास कुछ निशान दिखाई देते हैं, जो कि देखने में तो पैरों के लगते हैं, परन्तु मनुष्य के नहीं। बल्कि उन्हें लगता हैं कि वे किसी एलियन के पैरों के निशान हैं जिससे वो अपनी मिसाइल से अपने दो असिसटेण्टों को बुलाकर उन निशानों की जांच कर वहां की मिट्टी अन्दर ले जाने के लिए कहते हैं। उससे पहले वे दोनों से उसकी तस्वीर

खींचने के लिए कहकर वहां से आगे चले जाते हैं। वे दोनों अपना काम करते हैं और डॉ. सक्सेना वहां से उस स्थान पर जाते हैं, जहां कुछ दिनों पहले धमाका हुआ था।

वहां पहुंचते ही उन्हें हैरानी होती है, क्योंकि वहां पर बहुत ही गहरा गड्ढा होता है, जो की आग की ज्वाला से तपता रहता है। हालांकि वह वहां से काफी ऊंचाई पर रहते हैं, पर फिर भी वे अपनी जांच पूरी करने में लगे रहते हैं।

दूसरी तरफ हमारी पृथ्वी पर जंगलों में भटक रहे यश, करन, डॉ. आर्या और लेजली चारों ही उस समय पूरी गुफा पार कर एक ऐसे स्थान पर आ जाते हैं, जहां पर उसके आगे गुफा वहीं पर खत्म होकर ऊपर की ओर खुलती है या यह कहें कि वह गुफा एक 5 मीटर गहरे गड्ढ़े में आकर खुलती है। वे सभी एक–एक कर उस गड्ढे की चट्टानों पर पैर रखकर उस गड्ढे के ऊपर पहुंचते हैं। वहां पर उन्हें उस गड्ढे के बगल से पानी का एक झरना गिरता हुआ दिखाई देता है, जिसकी गहराई लगभग 150 मीटर होगी। दूसरी तरफ देखने पर एक बहुत बड़ी नदी और नदी के उस पार एक घना जंगल देखने को मिलता है। वे सभी उसे देखकर घबरा जाते हैं, उन्हें बिल्कुल भी समझ में नहीं आता है कि वे किसी तरफ जायें।

उसी बीच नदी की तेज लहरें उठती हैं और उन सभी को अपने साथ पानी के झरने में ले आती हैं, जिससे वे सभी पानी के झरने की तेज धारा के साथ बहकर नीचे बह रही नदी में आ जाते हैं। उसके आगे डॉ. आर्या, एलिन और करन तीनों ही पानी के साथ बहते हुए नदी के अलग–अलग किनारों पर आ जाते हैं, जिनमें से करन और एलिन दोनों ही नदी के एक किनारे पर पड़े होते हैं। उनके बीच का फासला लगभग बीस मीटर होता है। डॉ. आर्या नदी के दूसरे किनारे पर अकेले बेहोश पड़े रहते हैं। यश का वहां पर कुछ भी पता नहीं होता और उन तीनों में से किसी को भी उस समय होश नहीं आता है।

शाम होने पर डॉ. आर्या को होश आता है, वे अपने होश में आते ही सभी की तलाश में लग जाते हैं, लेकिन कुछ समय बाद रात हो जाती है, और वे किसी को भी खोज नहीं पाते हैं और घबरा कर पास के जंगल के शुरुआती हिस्से में एक पेड़ के नीचे जाकर बैठ जाते हैं। उस रात

उनके मुख उदासी में छाई रहती है, क्योंकि उन्हें किसी का कुछ भी पता नहीं चलता है और वे उसी सोच में रात भर डूबे रहते हैं, पर कुछ समय बाद उन्हें नींद आ जाती है।

यश नदी के पानी के साथ बहकर वहां से काफी दूर चला जाता है, और उस पानी के अन्दर बेहोश पड़ा रहता है और पानी के साथ बहता रहता है। उसके शरीर में भी काफी मात्रा में पानी चला गया था, जिससे वह पानी के सबसे नीचे चला जाता है और वहां पर उसका सिर एक बड़ी चट्टान से टकरा गया, जिससे उसके सिर से खून निकलना भी शुरू हो गया। उसी के साथ उसकी आंखे भी खुल गयीं और उसे अपने सामने एक पानी भरी गुफा दिखाई देने लगी। वह उसमें जाना तो नहीं चाहता था परन्तु उसका शरीर अपने–आप ही उस गुफा के अन्दर जाने लगा। उस पानी से भरी गुफा के अन्दर था तो बहुत अंधेरा पर यश को अन्दर सब कुछ साफ–साफ नजर आ रहा था। वह गुफा देखने में उसे आज से हजारों साल पुरानी लगती है, जिसके अन्दर आज से पहले कभी भी कोई नहीं गया। वहां की दीवारें बड़ी–बड़ी चट्टानों से बनी हुई थीं, पर वह गुफा थी बहुत छोटी, जिसके अन्दर से छोटी–छोटी मछलियों का एक बहुत बड़ा समूह आ रहा था, परन्तु उन सभी मछलियों का समूह यश को बिना कुछ नुकसान पहुंचाए सीधे निकल जाता है। यश के कुछ दूर पहुंचने पर वह गुफा एक बड़ी चट्टान के उस गुफा में होने से उस गुफा का रास्ता वहीं पर खत्म हो जाता है। यश का शरीर स्वयं ही उस पत्थर से जा टकराता है और उसके अन्दर गायब हो जाता है।

वहां से गायब होकर वह एक पहले से भी बड़ी गुफा के अन्दर आ जाता है, जहां पर उसे बहुत से छोटे–बड़े ड्रेगन्स का टूटा फूटा कंकाल दिखाई देता है। जिसके चारों ओर उसका शरीर खुद ही चक्कर लगाता है, हालांकि यश को सब कुछ ठीक से दिखाई दे रहा था। लेकिन उस समय वह कुछ भी अपनी इच्छा से नहीं कर सकता था और यही कारण था कि वह बिना अपनी इच्छा के एक ऐसे ड्रेगन के कंकाल के पास पहुंचता है, जो देखने में सबसे बड़ा था। उसकी गर्दन के ऊपरी भाग के अलावा उसके शरीर का बाकी भाग वहां आस–पास नहीं था। जिसे देखकर यश बहुत ही हैरान रह जाता है और उसे अपने हाथों से छूने

के बारे में सोचता है और उसे छू भी पाता है। उसे छूते ही यश को एक बड़े सच का सामना करना पड़ता है, उसे वे सारी बातें याद आने लगती हैं, कि वह पिछले जन्म में एक ड्रेगन था।

उसे अपना अतीत दिखने लगता है कि आज से हजारों, करोडों साल पहले धरती पर केवल पथरीली चट्टानें और ज्यादातर जंगली भाग था। उनमें से ही एक जगह चट्टान के पास बैठा एक ड्रेगन बहुत ही उदास था, जिसका नाम 'फायरहार्ड' था। जबकि वहां के सभी ड्रेगन्स में से कुछ ड्रेगन्स अपने मुंह से आग निकालकर धरती पर एक–दूसरे के साथ खेल रहे थे तो कुछ आसमान में उड़कर अपनी शक्ति का अनुमान लगा रहे थे। वे सभी बहुत ही ताकतवर और खतरनाक थे। वह धरती के सबसे पहले ड्रेगन्स का समूह था। जिनमें सबसे छोटा, दूर बैठा ड्रेगन फायरहार्ड था। लेकिन उसका विकास बाकी सभी ड्रेगन्स की तुलना में सबसे तेज था परन्तु उस समय वह ड्रेगन एक चट्टान के पास अकेले बैठकर अपने माता–पिता के बारे में सोच रहा था, क्योंकि उसके माता–पिता दूसरे ड्रेगन्स के हमलों के कारण कुछ दिनों पहले मारे गये थे। तभी उसके पास उसका एक दोस्त आकर उसके पास बैठता है हालांकि उसकी लम्बाई उससे कम थी पर उसकी ही उम्र का था। वह ड्रेगन उसके पास आकर अपनी भाषा में कहता है कि वह भी चलकर सबके साथ खेले, लेकिन फायरहार्ड उस पर गुर्राकर उसे वहां से जाने के लिए कहता है। जिससे वह वहां से चला जाता है और फायरहार्ड वहां पर अकेले उदास बैठा रहता है।

उसी बीच वहां पर आसमान में बिजली कड़कते हुए बारिश का संकेत दे रही थी। जिससे फायरहार्ड की उदासी दूर हो जाती है और वह भी चारों दिशाओं में सबसे ऊंचाई पर उड़ने लगता है, क्योंकि उसे बारिश बहुत ही पसन्द थी। वह उस समय जिस ऊंचाई पर था, वहां से उसे पूरी दुनिया दिखाई देने लगती है। जिसे देखकर वह और ज्यादा खुश हो जाता है। कुछ ही देर में बारिश होने लगती है जिससे फायरहार्ड के अलावा बाकी सभी ड्रेगन्स नीचे अपनी गुफाओं में आ गये क्योंकि उनके शरीर पर पानी पड़ने से उनकी ज्वाला धीमी पड़ जाती थी। लेकिन फायरहार्ड पर पानी का कुछ भी असर नहीं होता था, क्योंकि वह अनोखा था। देखते–ही–देखते रात हो गयी, जिससे सभी

ड्रेगन अपनी–अपनी गुफाओं में बारिश रुकने का इन्तजार कर रहे थे। लेकिन फायरहार्ड आसमान में उड़कर बारिश का आनन्द ले रहा था।

उसी बीच दूसरे इलाके के ड्रेगन्स के एक बहुत बड़े झुण्ड ने (जिसमें लगभग 300 से 400 ड्रेगन थे।) अचानक ही फायरहार्ड के बाकी सभी साथियों की गुफाओं पर हमला कर दिया। फायरहार्ड आसमान में उड़ रहा था। जब बारिश हल्की होती है, तो उसकी नजर नीचे धरती पर पड़ती है और वह अपने बाकी साथियों पर हमला होते देख तुरन्त ही नीचे आकर दुश्मन ड्रेगन्स को अपने अलग–अलग प्रहारों से मार गिराता है पर दुश्मन का एक ड्रेगन अपनी पूंछ के द्वारा बड़ा नुकीला पत्थर लाकर उसकी पीठ पर मार देता है, जिससे फायरहार्ड की ताकत कमजोर हो गयी। फिर भी वह किसी तरह से उस ड्रेगन को भी मार गिराता है और खुद भी गिर जाता है।

अगले दिन सुबह वहां पर बहुत से ड्रेगन्स मरे दिखते हैं और फायरहार्ड चट्टानों के बीच बेहोश पड़ा है, जबकि उसके बाकी साथी उसके किनारे खड़े होकर उसके होश में आने का इन्तजार कर रहे थे।

कुछ समय बाद जब उस ड्रेगन को होश आता है तो वह सबसे पहले वहां पर पड़े दुश्मन ड्रेगन्स की लाशों को अपनी आग द्वारा जलाकर उनकी राख को अपने मुंह से हवा निकालकर उड़ा देता है और अपने साथियों के साथ खाने की तलाश में उड़कर जंगल की ओर निकल जाता है। जंगल पहुंचकर वे सब अपना मनपसन्द पौधे खाने लगते हैं। वो सभी ड्रेगन्स शाकाहारी होने के कारण केवल छोटे पौधे ही खाते थे।

अपना पेट भरने के बाद फायरहार्ड और उसके सभी साथी वहां से एक लम्बी उड़ान लगाने के लिए दूर निकल जाते हैं। उसके बाकी साथी अलग–अलग दिशाओं में उड़ रहे थे, जबकि फायरहार्ड उस समय अकेले उड़ रहा था। उसी बीच उसे नीचे धरती पर एक बड़ी चट्टान दिखाई दी, और वो अपने साथियों को बिना बताये वहां पर आ गया और चारों ओर घूमने लगा। वहां चट्टानें बहुत बड़ी और अजीब–अजीब–सी थीं। कई चट्टानें आग की तरह गर्म और तप रही थीं। जिनमें से एक चट्टान पर फायरहार्ड की नजर पड़ती है तो उसे उस गर्म चट्टान के बीच छोटे गहरे गड्ढे में एक छोटी–सी चमकती हुई रोशनी दिखाई देती

है। जिसके पास वह जाकर देखता है तो उसे कुछ भी ठीक से नहीं दिखता है। वह अपनी पूंछ को उस गर्म चट्टान पर बार–बार मारकर चूर–चूर कर देता है, जिससे वहां पर उसे एक छोटा चमकीला पत्थर 'क्रिस्टल' दिखाई देता है। जिसे देखकर वो काफी हैरानी में पड़ जाता है, परन्तु वह बच्चा होने के कारण उसे देखकर बहुत खुश था।

वह उस क्रिस्टल को खुशी से छूकर देखता है और उतने में ही पूरी पृथ्वी पर अंधेरा छा जाता है, आसमान में बादल गरजने लगते हैं और बरसात का संकेत देते हैं। कुछ ही देर में वहां पर बरसात होने लगती है और वह क्रिस्टल फायरहार्ड के शरीर में समा गया। उस क्रिस्टल के समाते ही फायरहार्ड तेजी से आसमान की ओर देखते हुए गुर्राने लगा और अपनी पूंछ चारों दिशाओं में घूम–घूम कर पटकने लगा। वह जितनी बार अपनी पूंछ पटक रहा था, उतनी बार वहां की धरती फट रही थी। जबकि आसमान से हो रही बारिश का पानी वहां की गर्म चट्टानों को ठण्डा करने में लगा था।

फायरहार्ड उस समय पूरा बेकाबू हो गया था।

अगले दिन सुबह फायरहार्ड एक गुफा में बैठा मिलता है और वहां पर वह अकेला था। उसे देखने से लग रहा था कि वह किसी की याद में खोया हुआ है।

तभी उसे आसमान में हजार से भी ज्यादा ड्रेगन्स गुर्राते हुए उड़ते दिखते हैं, जो कि बुराई के ड्रेगन्स थे। उनकी रफ्तार बहुत तेज थी और वे सभी फायरहार्ड और उसके दोस्तों की गुफा की तरफ जा रहे थे। लेकिन जब फायरहार्ड की नजर उन पर पड़ती है, तब तक वे वहां से काफी दूर निकल चुके थे। यह देखते ही वह उस गुफा से निकलकर तेजी से उड़ते हुए अपनी गुफा की ओर निकलता है। वह उस समय आसमान में था, जब नीचे धरती पर बुराई के ड्रेगन्स उसके दोस्तों को, (जो कि अच्छाई के ड्रेगन्स थे।) मार रहे थे।

फायरहार्ड उस समय गुस्से से भरा हुआ था और यही कारण था, कि वह धरती पर आते ही बुराई के सभी ड्रेगन्स पर अपना हमला करता है। फायरहार्ड का हमला इतना भयानक था कि उसका वार एक बार जिस ड्रेगन पर भी पड़ता, वह वहीं पर गिर कर मर जाता। लेकिन ड्रेगन्स की संख्या बहुत ही ज्यादा होने के कारण सभी को एक साथ नहीं

मार सकता था, इसलिए वह सबसे पहले चुन–चुन कर बुराई के खतरनाक ड्रेगन्स को मार रहा था। कुछ समय बाद बुराई के लगभग सौ ड्रेगन्स के मरने के बाद फायरहार्ड को अपने कुछ ही साथी जिन्दा दिखे, तो वह गुस्से से और लाल हो गया और सभी बुरे ड्रेगन्स को बुरी तरह से मारने लगा।

शाम होने तक वहां मौजूद फायरहार्ड के सभी साथियों की मौत हो चुकी थी। बुराई के ड्रेगन्स भी ज्यादा नहीं लगभग 50 ही बचे थे। फायरहार्ड उन पर भी अनेक प्रकार के हमले कर रहा था। उन सभी में से जब 10 बुराई के ड्रेगन्स बचे तो आसमान से अचानक ही एक चमकती हुई बिजली आकर उन सभी को एक कर देती है, वे सभी एक साथ मिलकर एक बड़े ड्रेगन का रूप लेकर फायरहार्ड पर हमला करते हैं। उन सभी के एक होने से फायरहार्ड भी कमजोर पड़ जाता है और उनके आग के भयानक हमले से प्रभावित होकर नीचे गिर जाता है, वह बुराई का बड़ा ड्रेगन फायरहार्ड से बहुत बड़ा होने के कारण उस पर अपना पैर रख देता है। जिसे देखकर लगता है कि अब शायद ही फायरहार्ड जिन्दा बचे। लेकिन उसी समय दूसरे इलाके के ड्रेगन्स का समूह वहां पर फायरहार्ड की तरफ से लड़ने के लिए आता है। जिसे देखकर वह बड़ा बुरा ड्रेगन फायरहार्ड पर से अपना पैर हटा लेता है और उड़कर आसमान में बाकी ड्रेगन्स से लड़ने के लिए चला जाता है और वहां पर वे उन सभी ड्रेगन्स को मारने लगता है। जिससे कुछ ड्रेगन्स मरकर नीचे धरती पर गिरने लगते हैं। तभी अचानक फायरहार्ड की ऑखें खुलती हैं और वह तुरन्त ही उन सभी की मदद करने के लिए बुरे बड़े ड्रेगन से लड़ने के लिए आसमान में चला जाता है और वहां पर वह उस बड़े ड्रेगन से लड़ता है। आसमान में देखने पर चारों ओर आग–ही–आग नजर आती है, पर फायरहार्ड लड़ता रहता है और आधी से ज्यादा रात बीतने के बाद वह समय आ ही जाता है, जब फायरहार्ड बुराई के ड्रेगन पर अपना सबसे खतरनाक आग का हमला करता है और उसे पूरी तरह से कमजोर कर जला देता है।

फायरहार्ड उस समय बहुत ही खुश था पर तभी एक ड्रेगन आसमान से अचानक आया और फायरहार्ड की पीठ पर अपनी पूंछ से हमला कर उसे मार दिया। लेकिन वहां मौजूद बाकी सभी अच्छाई के ड्रेगन्स ने

मिलकर उस ड्रेगन को भी मार गिराया और तुरन्त ही उनमें से कुछ ड्रेगन्स फायरहार्ड के धरती पर गिरने से पहले ही उसे अपनी पीठ पर बैठाकर धरती पर ले आते हैं। वहां पर आते ही वे उसे धरती पर लिटा देते हैं और उतने में ही फायरहार्ड की मौत हो जाती है परन्तु उसकी मौत होने से पहले ही उसके शरीर का क्रिस्टल बाहर निकलकर गायब हो जाता है।

उसकी मौत के बाद वहां पर तेज आंधी आती है, आसमान में तेजी से बिजली कड़कने लगती है और देखते–ही–देखते वहां पर कुछ ही देर में तेज बारिश होने लगती है। जिससे वहां मौजूद उसके बाकी सभी साथी वहां से उड़कर अंधेरे में ही चले गये। उनके जाते ही फायरहार्ड का शरीर जमीन में समा गया और वहां पर चारों ओर पानी ही पानी भर गया।

यहीं पर अचानक यश होश में आ जाता है और उसके शरीर में पानी जाने से वह वहीं पर तड़पने लगता है, जिससे कुछ ही देर में यश मौत के करीब होता है, लेकिन उसी समय उसका शरीर वापस उन गुफाओं को पार कर पानी में आ जाता है। वहां पर आते ही उसका शरीर हल्का हो जाता है और पानी से बाहर निकल आता है। वह पानी बीच जंगल में बहती एक बड़ी नदी थी।

12

जादुई जंगल की दुनिया

शाम का समय था, जब यश बेहोशी की हालत में नदी के किनारे पर पड़ा था। तभी वहां एक बूढ़ा आदमी आकर यश के शरीर में भरे पानी को बाहर निकालता है और उसे वहां से बीच जंगल में बने एक झाड़ियों के झोपड़े में लेकर जाता है। वहां पर वह रोशनी करके यश के होश में आने का इन्तजार कर ही रहा था, तभी अचानक यश को होश आने लगता है। जिससे वह बूढ़ा आदमी उसके पास आकर बैठ जाता है और उससे कहता है "बेटे अब तुम कैसे हो?" यश उसे वहां देखकर हैरान हो जाता है और उससे पूछता है कि वे यहां पर क्या कर रहे हैं। तो वह कहता है कि बेटे तुम तो बेहोशी की हालत में नदी के किनारे पड़े थे। इसलिए हम तुम्हें उठाकर यहां ले आये। उनकी बातें सुनकर यश अपने चारों ओर डॉ. आर्या, करन और लेजली को देखता है पर उनके वहां न होने पर वह घबरा जाता है और उनसे कहता है "हमने पानी में बहुत से ड्रेगन देखे थे, जिनमें से फायरहार्ड की मौत हो गयी और हमें लग रहा है कि हम फायरहार्ड हैं।" वह बूढ़ा व्यक्ति यश की बातें सुनकर उसके लिए दवा बनाते हुए कहता है कि वह तुम्हारा पहला जन्म था, जबकि यह दूसरा जन्म है। यश उनकी बातों से बेखबर था। इसलिए कुछ नहीं कह पाता है और उसका सिर दर्द होने लगता है। तभी वह बूढ़ा व्यक्ति यश को पत्ते पर दवा पीने के लिए देता है, जिसे पीकर यश को वह बूढ़ा व्यक्ति सोने के लिए कहता है पर उसे नींद नहीं आती है और खड़ा होकर बाहर देखता है। बाहर मौसम सुहावना होने

ड्रेगन एण्ड फायरहार्ड-क्रिस्टल का इतिहास

के कारण यश को अच्छा लगता है और वह कुछ देर बाहर रहकर वापस अन्दर आता है। वहां पर वह बूढ़ा व्यक्ति यश के लिए और दवाइयां पीस रहा था। यश उससे पूछता है कि वे यह सब क्यों कर रहे हैं? तो वे उससे कहते हैं कि अपनी पृथ्वी के लिए। यश को उनकी बातें बिल्कुल भी समझ में नहीं आती हैं और वह उनसे कहता है कि हम अपने बाकी साथियों की खोज करने जा रहे हैं। वे उसे मना करते हुए कहते हैं ''तुम्हें जाने की जरूरत नहीं है। तुम बस यहां पर आराम करो। वे सब खुद–ब–खुद ही यहां पर आ जायेंगे। यश उनसे कहता है की आपको यह सब कैसे पता? वे उसे दवा देते हैं और कहते हैं कि तुम अपने फायरहार्ड होने का जिक्र किसी से भी न करना। समय आने पर सबको पता चल जायेगा। बस तुम्हें वापस अपने क्रिस्टल को पाकर पृथ्वी वासियों की रक्षा करनी है, इसलिए तुम्हें अपने साथ के सभी लोगों के साथ मिलकर अपनी मंजिल तक पहुंचना है।

इतने में आसमान में बिजली कड़कती है और यश बाहर निकलकर देखता है तो उसे बाहर का मौसम बिल्कुल साफ नजर आता है, वह वापस अन्दर आ जाता है लेकिन उसे अन्दर वह बूढ़ा व्यक्ति दिखाई नहीं देता है। जिससे वह घबरा जाता है और बाहर निकलकर चारों ओर देखता है लेकिन उसे कोई भी नजर नहीं आता है वह वापस अन्दर आकर पानी पीकर लेट जाता है परन्तु उसे नींद नहीं आती है बल्कि उसे दर्द होने लगता है, जिससे वह उस बूढ़े व्यक्ति की बनायी दवा को पी लेता है और कुछ ही देर में उसे नींद आ जाती है।

दूसरी तरफ डॉ. आर्या, करन, लेजली और यश की तलाश में लगे रहते हैं। उसी बीच उनकी नजर नदी के दूसरी तरफ पड़ती है जहां उन्हें लेजली और करन बेहोश दिखाई देते हैं। वे उन दोनों के पास पहुंचने के लिए तैर कर नदी पार करते हैं और उनके पास पहुंचते ही उन्हें होश में लाने की कोशिश करते हैं।

कुछ समय बाद जब वे दोनों होंश में आ जाते हैं तो तीनों ही मिलकर यश की तलाश में आगे बढ़ते हैं। वहां पर डॉ. आर्या को याद आता है कि वे पहले भी डॉ. मल्होत्रा के साथ यहां पर आए हैं और कुछ दूरी पर उन दोनों ने मिलकर रुकने के लिए एक झाड़ियों का छप्पर बनाया था। वे यह बात उन दोनों को बिना बताये ही यश की तलाश

में आगे बढ़ते हैं। कुछ दूर पहुंचने पर करन को झाड़ियों से बना एक छप्पर दिखाई देता है, जिसे वे अपने पिता और लेजली को दिखाता है। उसे देखते ही डॉ. आर्या को पूरा विश्वास हो जाता है कि यह वही छप्पर है जिसे उन्होंने बनाया था। वे उन दोनों से यह बात बताते हैं, वे सभी मिलकर उस छप्पर की ओर आगे बढ़ते हैं।

वहां पहुंचकर वे उस छप्पर के अन्दर घुसकर देखते हैं। उनके अन्दर घुसते ही यश की आंखें खुल जाती हैं और वह उन सभी को देख लेता है। वे सब भी उसे वहां पर देखकर हैरान होते हैं परंतु उसे वापस पाकर बहुत ही खुशी होती है। उसके बाद वे सभी मिलकर वहां बैठते हैं और डॉ. आर्या यश से पूछते हैं कि वह यहां पर आखिर आया कैसे? यश उन्हें पूरी बात बताता है जिसे सुनकर वे तीनों ही एक बड़ी सोच में पड़ जाते हैं परन्तु यश उनमें से किसी को भी यह नहीं बताता है कि वह फायरहार्ड का पुनः जन्म है। हालांकि उसे पूरी सच्चाई का पता चल गया था। फिर भी वह एक बड़ी समस्या में था, वह यह कि, वह तो अपने पिछले जन्म में एक ड्रेगन था। जबकि इस जन्म में वह एक मनुष्य है और वह इस रूप में कैसे किसी का विनाश कर पृथ्वी वासियों की रक्षा कर सकता है।

उसी बीच वे तीनों से कहते हैं "तुम लोगों को शायद नहीं पता होगा। लेकिन आज हम सब उसी मोड़ और रास्ते पर हैं जहां पहले कभी हम और डॉ. मल्होत्रा थे। इस रास्ते पर चलकर ही हम अपनी मंजिल पर पहुंचे थे, लेकिन हमें अपनी मंजिल पूरी तरह से नहीं मिल सकी। इसलिए अब हमें मिलकर आगे धरती के क्रिस्टल की तलाश में बढ़कर उसे पाना ही होगा और तभी हमारी पृथ्वी तबाह होने से बच सकती है। उनकी बातें सुनकर यश उनसे उस गुफा में चलने के लिए कहता है, जहां पर कभी उसके पिता और डॉ. आर्या गये थे। वहां से उन्हें एक ड्रेगन भी मिला था, जिसने पूरे सफर में उनका साथ दिया। यश की बातें सुनकर डॉ. आर्या हैरान रह जाते हैं और उससे पूछते हैं कि उसे यह सब कैसे पता? तो वह कहता है "ये समय कुछ पूछने का नहीं बल्कि जल्द से जल्द अपनी मंजिल पर पहुंचने का है।" यश की बातें सुनकर डॉ. आर्या उन तीनों को वहां से लेकर कुछ दूरी पर एक साथ लगे तीन अनोखे पेड़ों के पास ले गये।

सभी उस पेड़ को छूकर वहां से गायब हो जाते हैं और वहां से वे एक अनोखे जंगल में पहुंच जाते हैं और सभी मिलकर कुछ दूरी पर जहां डॉ. आर्या उन्हें वह पेड़ दिखाते हैं, जिससे डॉ. मल्होत्रा ने कभी डॉ. आर्या को वापस ठीक किया था। उसे देखने के बाद डॉ. उन्हें उस जगह लेकर जाते हैं जहां से उन्होंने और डॉ. मल्होत्रा ने अपने सफर की शुरुआत की थी।

वे सब भी मिलकर अपने सफर शुरुआत वहीं से करते हुए आगे बढ़ते हैं। कुछ दूर पहुंचने पर डॉ. आर्या को वहां का पूरा रास्ता बदला हुआ और अजीब लगता है। लेकिन फिर भी वे उन तीनों से बिना कुछ कहे आगे बढ़ते रहते हैं और थोड़ी दूर पहुंचने के बाद उन्हें वह गुफा दिख ही जाती है। वे सभी उस गुफा को देखकर हैरान हो जाते हैं, क्योंकि उस गुफा में से तेजी से धुऑं बाहर आ रहा था। एक बहुत ही बड़ा ड्रेगन बाहर आता है उसे देखते ही डॉ. आर्या यश और दुर्लभ से यह कहते हैं कि यह वही ड्रेगन है जो कि आज से पच्चीस साल पहले इस जंगल में उनके और डॉ. मल्होत्रा के साथ था। उनकी बातें सुनकर वो सब ही उनके कहने का पूरा मतलब समझ जाते हैं। उतने में ही यश, करन और लेजली तीनों ही उस ड्रेगन के पास दौड़ते हुए जाते हैं जबकि पीछे से डॉ. आर्या उसके पास धीरे–धीरे चलकर आ रहे थे। उससे पहले यश, करन और लेजली को, वह ड्रेगन अपनी पीठ पर बैठाकर डॉ. आर्या के पास आता है और उनको भी अपनी पीठ पर बैठाकर सभी के साथ गुफा के अन्दर दीवारों से गायब होकर चला जाता है।

गुफा के अन्दर पहुंचने पर उन सभी को, वह गुफा पूरी तरह से अजीब–सी लगती है खासकर डॉ. आर्या को। क्योंकि उस गुफा में उन्हें चारों ओर से बहुत ही शोर आता हुआ सुनाई देता है और वहां पर उन्हें ऐसा लगता है कि एक बार फिर से कहीं एलियन्स ने धरती के ड्रेगन्स को अपने कब्जे में कर पूरी पृथ्वी को तबाह करने की सोची है। उतने में ही उस गुफा के लगभग 500 मी0 की दूरी पर बहुत तेजी से बड़ा धमाका होता है। जिससे पूरी गुफा दहक उठती है। जिसे देखते ही वे लोग घबरा से जाते हैं लेकिन उसी समय वह ड्रेगन उन तीनों को अपनी पीठ से अपनी पूंछ के द्वारा नीचे उतारकर उस धमाके की ओर भागता है। उसके वहां से जाने के बाद यश, करन, लेजली और डॉ.

आर्या के पास भी एक धमाका होता है जिससे वहां पर एक गहरा गड्ढा हो जाता है और वे सभी उसमें गिरने लगते हैं। उससे पहले उनके पास गुफा के ऊपरी हिस्से से एक मोटी–सी रस्सी गिरती है, जो उन चारों को ही लपेट लेती है। जिससे वे सभी बच जाते हैं। उतने में ही उस धमाके में हुए गड्ढे से तेजी से ज्वाला ऊपर की ओर उठती है, और पूरी रस्सी जला देती है। वे सभी उस गड्ढे में गिर जाते हैं।

नीचे से आ रही ज्वाला उन्हें वहां से उड़ाते हुए उस गुफा के बाहर ले आती है। उनके बाहर आते ही वे पूरी गुफा विस्फोट कर जाती है और वे सभी बच जाते हैं। उसी समय एक भारी पत्थर आसमान से यश पर गिरता है लेकिन वह यश से टकराते ही चकनाचूर हो जाता है, जिसे देखकर वे तीनों हैरान रह जाते हैं। हालांकि यश को उतनी हैरान नहीं होती है लेकिन वह बहुत खुश होता है लेकिन अपनी खुशी किसी को भी दिखाता नहीं है।

कुछ दूर चलने पर यश को एक गुफा दिखाई देती है, जो लगभग एक मी0 की दूरी में फैली रहती है। वह गुफा पांच, छः चट्टानों से बनी थी। जो हिल रही थी। उसे देखकर डॉ. आर्या कहते हैं "यहां पर पहले तो इसकी जगह एक बड़ी गुफा हुआ करती थी, तो यह छोटी कैसे हो गयी?" फिर भी वे चारों मिलकर उस गुफा के अन्दर जाते हैं। उसके अन्दर पहुंचने पर वे गुफा बहुत ही बड़ी थी और उसमें ऊपर की चट्टानों से पानी रिस रहा था। लेकिन ऊपर की चट्टानों में कोई छेद भी नहीं था और न ही बाहर बारिश हो रही थी। फिर वे वहां से आगे बढ़ते है, कुछ दूरी पर उन्हें बहुत–सी हड्डियां दिखती हैं और वे चारों मिलकर वहां से उन हड्डियों के पास पहुंचते हैं। वे देखने में किसी भी प्रकार से किसी मनुष्य की नहीं लगती हैं। जिसे देखकर यश के अलावा सभी हैरान रह जाते हैं और सोच में पड़ जाते हैं कि ये हड्डियां आखिर हो किसकी हो सकती हैं? इसकी पहचान करने के लिए डॉ. आर्या उनमें से कुछ हड्डियों को उठाकर देखते हैं पर फिर भी उन्हें कुछ भी पूरी तरह से समझ में नहीं आता है, फिर उन्हें एक बड़े पैर और उसकी रीढ़ की हड्डी दिखती है जिसे देखते ही वे समझ जाते हैं कि ये सभी हड्डियां जरूर किसी ड्रेगन की होंगी, जो आज से पहले ही मर चुका है। तभी करन की नजर वहां से कुछ दूरी पर पड़ती है, जहां पर एक

बड़ी चट्टान पड़ी थी। वह उसे डॉ. आर्या को दिखाता है, जिसे देखकर डॉ. आर्या कहते हैं कि यहां से तो पहले कभी एक छोटी गुफा होकर जाती थी पर आज यहां पर यह चट्टान कैसी? उन्हें इस बात से हैरानी होती है पर फिर भी वे सभी के साथ मिलकर उस चट्टान को हटाते हैं और उसके अन्दर जाते हैं। उसके अन्दर जाने पर उन्हें कुछ छोटे-छोटे ड्रेगन्स की हड्डियां, काटें की तरह मोटे-मोटे पत्ते, मरे हुए बड़े-बड़े कोकरोच काफी दूरी में फैले हुए मिलते हैं। इसके अलावा वहां पर काफी ज्यादा अजीब-अजीब सी चीजें देखने को मिलती हैं जिसे देखकर वे सभी हैरान रह जाते हैं पर उसी समय वहां पर उस गुफा की चट्टानें किसी पटाखे की तरह दगने लगती हैं, जिसमें से काफी ज्यादा चिंगारियां निकलती हैं। उन सभी के लिए हैरानी की बात ये थी कि वे चट्टानें वहां पर वापस अपनी जगह निकल आ रही थीं। वे सभी किसी तरह उनसे बचते-बचते आगे बढ़ते हैं, जहां पर करन सबसे पहले पहुंचता है, उसे वहां पर एक ड्रेगन की पत्थरों से बनी एक बड़ी मूर्ति दिखाई देती है, वे सभी के साथ मिलकर उसके पास जाकर उसे देखते हैं, इसे देखकर डॉ. आर्या को लगता है कि यह ड्रेगन जहां तक संभव है मानव की किसी पूर्वज जाति ने बनाया होगा। उसी समय जमीन पर यश के पैर के नीचे जमीन पर पड़ी एक किताब दिखाई देती है जिसे वह उठाकर देखता है। लेकिन यह किताब आधी होने के कारण उसे कुछ भी समझ में नहीं आता है और वह डॉ. आर्या को अपने पास बुलाकर वह किताब दिखाता है। जिसे देखते ही डॉ. आर्या हैरानी में पड़ जाते हैं और उस आधी किताब को ध्यान से देखते हैं, जिससे उन्हें पता चलता है कि ये डॉ. मल्होत्रा की लिखी हुई किताब, वही किताब है जो आज से 22 साल पहले गुम हो गई थी। वे उसे पाकर बहुत ही खुश होते हैं परन्तु जब वे यह बात सबसे बताते हैं तो उनमें सबसे ज्यादा खुशी यश को होती है क्योंकि वह किताब उसके पिता की लिखी हुई थी। वे सभी एक किनारे जाकर उसे पढ़ने की कोशिश करते हैं। लेकिन वहां पर चट्टानों के दगने के कारण रोशनी तो होती है पर बहुत आवाज भी और वह धीरे-धीरे उनके पास की चट्टानों तक भी पहुंच जाती है जिससे वो सभी मिलकर वहां से भागते हुए कुछ दूरी पर पहुंचते हैं जहां पर उस गुफा की ऊपरी चट्टान के टूटे होने के कारण नीचे रोशनी

आती है। वहां वे सभी पड़ी चट्टानों पर बैठकर उस आधी किताब को पढ़ते हैं।

उस गुफा के बाहर जंगल में अचानक से ही आग के अंगारों की बारिश होने लगती है, जो गुफा में बैठकर किताब पढ़ रहे यश, करन, डॉ. आर्या आकर लेजली पर भी पड़ते हैं। जिसे देखकर वे सभी हैरान रह जाते हैं, उससे बचने के लिए वे सभी गुफा की चट्टानों के किनारे–किनारे से होकर बाहर आते हैं। उसी बीच आसमान से आग के अंगारे का एक बड़ा टुकड़ा आकर डॉ. आर्या के हाथ में दबी किताब जला देता है और डॉ. आर्या उसे बुझाने की काफी कोशिश भी करते हैं पर वह आग इतनी तेज थी कि मजबूर होकर उन्हें वह किताब अपने हाथों से छोड़नी ही पड़ी।

कुछ दूरी पर पहुंचते ही वहां की धरती फटने लगती है और उसमें से आग की तेज ज्वाला भी निकलने लगती है। जिससे बचने की वह काफी कोशिश करते हैं पर वह ज्वाला पूरी गुफा में फैलकर उन्हें अपने साथ सीधे बीच जंगल में ले आती है जहां पर मूसलाधार बारिश हो रही होती है और वहां जमीन पर पानी उन सभी के घुटनों के ऊपर तक भरा रहता है। वे सभी आग के साथ गुफा से बाहर निकलते ही जंगल में बारिश के कारण भरे पानी में गिर जाते हैं।

पानी में गिरने के कारण उनके जल रहे कपड़ों की आग बुझ जाती है, परन्तु उनके शरीर में काफी जगह छाले भी पड़ जाते हैं।

वे सभी हो रही बारिश से बचने के लिए एक पेड़ के नीचे छिप जाते हैं। जिससे वे बारिश से तो बच जाते हैं। लेकिन कुछ ही देर में वहां पर अंधेरा होने वाला था और उनके पास समय भी कम था, जिससे वे उस पानी वाले इलाके से बाहर निकल सकें। फिर भी लगातार हो रही मूसलाधार बारिश उन्हें आगे नहीं बढ़ने देती।

उन चारों को लगातार हो रही बारिश के कारण ठण्ड भी लगने लगती है और हो रहा अंधेरा उन्हें और भी बड़ी मुसीबत में ड़ाल देता है।

अन्धेरा होने पर वे सभी डर रहे थे। कि इस मूसलाधार बारिश के कारण कुछ ही देर में वहां पर पानी का स्तर और भी ज्यादा हो जायेगा।

जिससे अगर वे वहां पर रात बिताने की सोचें तो वह भी उनके लिए खतरनाक है। वे सभी इस बात से परेशान थे। तभी वहां से लगभग 500

मीटर की दूरी पर लेजली की नजर पड़ती है, जहां पर उसे एक आग जलती हुई नजर आती है। वह डॉ. आर्या से यह बात बताती है, जिसे देखकर डॉ. आर्या को लगता है कि वहां पर पानी में तो कोई आग जला नहीं सकता है, शायद उस जगह कोई व्यक्ति हो जो इस जंगल में रह रहा हो या बारिश के रुकने का इन्तजार कर रहा हो, जो शायद किसी गुफा या किसी सुरक्षित स्थान पर हो, जहां वे अपनी रात बिता सकें।।

अपने इस इरादे से ही वे सभी मूसलाधार बारिश का सामना करते हुए वहां से आगे बढ़ते हैं।

कुछ दूरी पर पहुंचने पर लेजली का पैर अंधेरे के कारण एक बड़े गड्ढे में पड़ जाता है। और वह उस गड्ढे में गिर जाती है और अंधेरा होने के कारण किसी की भी नजर लेजली पर नहीं पड़ती। वे सभी वहां से सीधे चलते जाते हैं।

लेजली पानी भरे उस गड्ढे में डूबने लगती है। वे यश, करन और डॉ. आर्या तीनों को ही आवाज भी देती है पर उस पर किसी की भी नजर नहीं पड़ती है, वह वहीं तड़पती रहती है।

दूसरी तरफ वे तीनों मिलकर उस जगह पहुंचते हैं, जहां पर उन्हें आग जलती हुई नजर आ रही थी।

वहां पहुंचने पर उन्हें वह आग एक छोटी ऊंची चट्टान, जिस पर एक बड़ी चट्टान पड़ी थी और एक काफी छोटी-सी जगह भी थी, जिसके अन्दर आग जलती नजर आती है, वहां पर एक आदमी चादर ओढ़कर सो रहा था। वे तीनों मिलकर उस आदमी के पास उस चट्टान के ऊपर चढ़कर जाते हैं और उस आदमी को जगाते हैं। जगते ही वह आदमी उन्हें देखकर हैरान हो जाता है और उनसे पूछता है कि वे लोग कौन हैं और यहां पर क्या कर रहे हैं? उसकी बातें सुनकर डॉ. आर्या उसे पूरी बात बताते हैं और उसके पास उस रात रुकने के लिए कहते हैं। जिससे उस व्यक्ति को कोई परेशानी नहीं होती है और वे उन्हें वहां पर बैठने के लिए कहता है और वे सभी बैठ जाते हैं।

तभी अचानक यश को लेजली का ध्यान आता है परन्तु उसे वहां न पाकर, वह करन और डॉ. आर्या तीनों ही घबरा जाते हैं। यश लेजली को खोजने के लिए करन को अपने साथ लेकर जाने लगता है। परन्तु उसी समय वहां मौजूद वह आदमी करन को वहीं पर डॉ. आर्या के साथ रुकने

के लिए कहता है और बारिश पहले से कम होने के कारण दो मशालें बनाकर उन्हें जलाता है और एक यश को पकड़ा देता है, दूसरी खुद लेकर। वहां से लेजली की तलाश में निकल जाते हैं।

जबकि डॉ. आर्या और करन एक साथ वहीं रुककर उन सभी के एक साथ आने का इन्तजार करते हैं।

यश और वह व्यक्ति दोनों ही मिलकर उस रास्ते पर जाते हैं जहां से यश, करन और डॉ. आर्या लेजली के साथ आ रहे थे। यश और उसके साथ के आदमी दोनों के ही पास एक–एक मशाल थी। जिससे उन्हें रास्ते में चलते समय कोई भी परेशानी नहीं होती है।

वे दोनों ही वहां से काफी दूरी पर पहुंच चुके थे पर उन्हें लेजली का कुछ भी पता नहीं चलता है। जिससे यश और भी ज्यादा घबरा जाता है। उसे कुछ भी समझ में नहीं आ रहा था कि वह क्या करे?

लेजली के न मिलने पर वे वापस आने लगते हैं। तभी यश को अपने आस–पास से अनुभव होता है की कहीं कोई है, जो पानी के अन्दर सांस ले रहा है। जिससे देखकर यश के साथ के व्यक्ति को लगता है कि कहीं कोई जानवर तो नहीं है?

वहां पर पानी मटमैला होने के कारण उन दोनों में से किसी को कुछ भी ठीक से नहीं दिखाई देता है। जिससे वे दोनों ही वहीं पर रुक जाते हैं और उसे देखने की कोशिश करते हैं पर उन्हें कोई भी दिखाई नहीं देता है।

वे आगे बढ़ने के लिए अपने पैर आगे बढ़ाते हैं। तभी यश के ऊपर पेड़ से एक अजगर सॉप गिरता है, जो उसे कसकर लपेट लेता है जिससे यश वहीं पर गिर जाता है और चिल्लाने लगता है। उसके साथ मौजूद आदमी यश के ऊपर से उस साँप को हटाने की काफी कोशिश करता है पर उस अजगर साँप ने यश को इतना कसकर लपेटा था, जिसे छुड़ा पाना काफी मुश्किल था। फिर भी वह अपनी तरफ से पूरी कोशिश कर रहा था। लेकिन जब यश के शरीर से अजगर नहीं छूटता है तो वह व्यक्ति अपनी मशाल से उस अजगर पर आग लगाता है पर आग यश के शरीर से भी छू जाती है जिससे यश चिल्ला उठता है।

वह व्यक्ति अपनी मशाल एक पेड़ की डाल पर रखकर अपनी पैंट से एक चाकू निकालता है और उस अजगर पर काफी वार

करता है। अजगर यश को छोड़कर नीचे पानी में गिर जाता है और यश बच जाता है।

यश के खड़े होते ही उसका पैर पानी में किसी पत्थर से टकराता है और यश पानी में गिर जाता है। तभी उसका पैर पानी एक गड्ढे में चला जाता है, और उसका पैर लेजली के पैर से टकराता है। यश उस पैर को पकड़कर बाहर खींचता है, जिससे उसे लेजली मिल जाती है पर उसकी हालत बहुत ही गम्भीर थी। यश और वह व्यक्ति दोनों ही मिलकर लेजली को अपने साथ करन और डॉ. आर्या के पास लेकर आते हैं, जहां पर यश उसके शरीर में गये पानी को निकालता है और उसे आग के पास गर्म होने के लिए लिटा देता है। वे सभी मिलकर लेजली के होश में आने का इन्तजार करते हैं।

13

मौत का सौदागर

अगले दिन सुबह होने ही वाली थी पर उस समय अभी अंधेरा था। जब सभी मिलकर अलग–अलग सो रहे थे लेकिन बारिश रुकने का नाम ही नहीं ले रही थी।

उसी बीच अचानक ही लेजली का हाथ हिलने लगा। यह उसके होश में आने का संकेत था, पर सभी गहरी नींद में थे। इसलिए उनमें से किसी ने भी लेजली पर ध्यान नहीं दिया। लेजली होश में आते ही खुद को जिन्दा पाकर हैरान थी। वह वहां पर चारों ओर देखकर यश और करन को जगाने लगी। जिससे उन दोनों की आंखें खुली और वे लेजली को पहले जैसा पाकर बुहत ही खुश थे। इसलिए उन दोनों ने बाकी दोनों को भी जगा दिया। वे दोनों भी लेजली को ठीक–ठाक पाकर बहुत ही खुश हुए लेकिन लेजली उस अन्जान व्यक्ति को वहां पर देखकर हैरान थी। उसने उसके बारे में पूछा भी। डॉ. आर्या ने लेजली को उनके बारे में पूरी जानकारी देते हुए उनका नाम रोनित बताया।

पर दूसरी तरफ साउथ–अफ्रीका के केपटाउन शहर में डॉ. मित्रा अन्तरिक्ष में मौजूद डॉ. सक्सेना से बात कर रह होते हैं। उसी समय डॉ. सक्सेना को अन्तरिक्ष में अपने यंत्रों द्वारा कुछ भयानक घटना के घटित होने का संकेत मिलता है। जिससे वे काफी ज्यादा घबरा जाते हैं और डॉ. मित्रा से बात पूरी कर अपनी मिसाइल में लगे कम्प्यूटर्स द्वारा पता लगाने की कोशिश करते हैं कि कौन–सी समस्या आनें वाली है? परन्तु उनके मंगल ग्रह पर होने के कारण कुछ भी पता नहीं चलता है और

उनके पास इतना समय भी नहीं था की वे मंगल ग्रह से अन्तरिक्ष में जाकर होने वाली घटना का पता लगायें।

वे इस समस्या को हल करने के लिए अपने मिसाइल का ही एक टुकड़ा, जो की एक छोटा मिसाइल था, अलग करके उसमें अपने कुछ खास वैज्ञानिकों को अन्तरिक्ष में होने वाली घटना का पता लगाने के लिए भेजते हैं।

जंगल में भटक रहे डॉ. आर्या, यश, करन, लेजली और उनके साथ मौजूद वह व्यक्ति सभी मिलकर वहां हो रही बारिश के रुकने का इन्तजार करते हैं। बारिश लगातार होती रहती है, जिससे वहां पर पानी का स्तर पहले से दो गुना हो जाता है और उन सभी के लिए ये घबराहट की बात होती है। हालांकि उन्हें डर भी लगता है पर वे पानी से दस फीट की ऊंचाई पर थे और ऊपर बड़ी–सी चट्टान के होने के कारण बारिश के पानी से भी बच रहे थे। लेकिन उनकी यह कोशिश ज्यादा देर तक काम नहीं आती है और अचानक ही उनके सामने का एक बड़ा पेड़ टूटकर वहीं गिर जाता है, जो उनके ऊपर पड़ी वह, चट्टान जिसके सहारे से वे बच रहे थे, उससे टकरा जाता है। जिससे उस चट्टान के ऊपरी भाग के कुछ टुकड़े टूटकर नीचे गिरने लगते हैं। परन्तु वह पूरी चट्टान टूटकर गिरने से बच जाती है। जिससे उन्हें थोड़ी सन्तुष्टी होती है। फिर भी उनके अन्दर थोड़ा डर बना ही रहता है कि कहीं वह चट्टान टूटकर गिर न जाये और इससे बचने के लिए वे सभी बारिश के रुकने का इन्तजार कर रहे थे, जिससे वे बारिश के रुकते ही वहां से निकलकर किसी सुरक्षित स्थान पर पहुंच सकें। लेकिन बारिश रुकने का नाम तक नहीं लेती है।

दूसरी तरफ अन्तरिक्ष में मौजूद हमारे वैज्ञानिकों की टीम अन्तरिक्ष में होने वाली घटना का पता लगाने की कोशिश कर ही रही थी परन्तु उसी समय उनका मिसाइल अचानक ही वहां से गायब हो जाता है, जिसे डॉ. सक्सेना देखकर घबरा जाते हैं। वे ये बात केप्टाउन शहर में मौजूद डॉ. मित्रा को इस घटना की खबर देते हैं। जिसे सुनते ही उनके होश उड़ जाते हैं। वे इस सोच में पड़ जाते हैं कि आखिर उनका मिसाइल अन्तरिक्ष से जा कहां सकता है?

उनके साथ–साथ मंगल ग्रह पर मौजूद डॉ. सक्सेना भी काफी घबरा जाते हैं और डॉ. मित्रा से खुद ही पूरी घटना की जांच करने के लिए कहते हैं।

उसी समय से वे अपने मिसाइल के साथ अन्तरिक्ष की ओर निकल जाते हैं, जहां पहुंचकर वे पूरी घटना का पता लगाने की कोशिश में लग जाते हैं।

दस घण्टों बाद तक भी डॉ. सक्सेना को कोई भी जानकारी नहीं मिलती है, जिससे उनकी घबराहट बढ़ जाती है पर फिर भी वे अपनी कोशिश में लगे रहते हैं और उनकी इसी कोशिश से कुछ ही देर में उन्हें पता चलता है कि हमारे वैज्ञानिकों का मिसाइल गायब होने के पीछे दूसरे ग्रहों का हाथ है। लेकिन वह ग्रह कौन–सा है? इस बारे में उन्हें कुछ भी नहीं पता लगता है। डॉ. मित्रा वापस मंगल ग्रह पर जीवन की तलाश में निकल जाते हैं।

जंगल में तेज हो रही मूसलाधार बारिश के बीच फंसे यश, करन, डॉ. आर्या, लेजली और एक व्यक्ति, वे सभी बारिश के रुकने का इन्तजार करते–करते पूरा दिन बिता देते हैं पर बारिश रुकने का नाम नहीं लेती है। जिससे वे सभी शाम होने तक एक ही जगह रुककर परेशान हो जाते हैं। बारिश न रुकती देख डॉ. आर्या सभी से अगले दिन सुबह निकलने के लिए कहते हैं और वे सभी मिलकर वहां पर आग जलाकर रात के बीतने का इन्तजार करते हैं।

अगले दिन सुबह होते ही बारिश की रफ्तार पहले से भी ज्यादा तेज हो जाती है पर उन सभी की आंखें खुलते ही डॉ. आर्या सभी को पूरी सावधानी के साथ आगे बढ़ने के लिए कहते हैं।

वे सभी उनकी बात मानते हुए चट्टानों पर सम्भलकर आगे बढ़ते हैं। उन पर बारिश का पानी तो पड़ता है परन्तु वे पानी में नहीं हैं। सभी मिलकर चट्टानों के किनारे–किनारे आगे बढ़ ही रहे थे, तभी उन्हें उन चट्टानों के बीच से सीधे जाती हुई गुफा दिखी, जो पानी से काफी ऊपर थी।

उसे देखते ही उन सभी के मन में ख्याल आया कि क्यों न उस गुफा से होते हुए रास्ता पार करें।

सभी मिलकर उस गुफा के अन्दर कदम रखते हैं पर अन्दर बहुत अन्धेरा होने के कारण उनके साथ वह दूसरा व्यक्ति वहां, उस जंगल

से कुछ पत्तियां तोड़कर उनकी पांच मशालें तैयारकर सभी को एक–एक थमा देता है और फिर वे सभी मिलकर वहां से आगे बढ़ते हैं। उस गुफा के अन्दर मकड़ियों के काफी बड़े–बड़े जाल देखने को मिलते हैं। वे सभी उन्हें हटाते हुए आगे बढ़ रहे थे लेकिन उन्हें यह नहीं पता था की उन्हें मकड़ियों का जाल तोड़ना आगे कितना महंगा पड़ेगा? वे सभी वहां से आगे बढ़ते ही जाते हैं, परन्तु कुछ दूर पहुंचने पर उनके ऊपर गुफा की ऊपरी चट्टानों से चिपकी बड़ी मकड़ियां हमला कर देती हैं, जिससे उन सभी के शरीर पर मकड़ियां ही मकड़ियां चिपककर उन्हें काटने लगती हैं और उनसे बचने के लिए वे सभी मिलकर सीधे बाहर की ओर भागते हैं। बाहर आते ही वे पानी के अन्दर कूद जाते हैं, जिससे उन्हें मकड़ियां तो छोड़ देती हैं पर वहां हो रही बरसात के पानी से नहीं बच पाते हैं।

उनके शरीर से मकड़ियों के छूटते ही वो सभी वहां लगे अलग–अलग पेड़ों की डाल पर चढ़ जाते हैं और उस पर ही कुछ देर तक रुक कर बारिश के रुकने का इन्तजार करते हैं।

कुछ ही देर में वहां पर बारिश बहुत ही हल्की हो जाती है, जिससे उन सभी को काफी राहत मिलती है। बारिश के रुकते ही वे सब वहां से उतरकर, पानी में से होते हुए निकलते हैं।

पानी उनके घुटनों से काफी ऊपर था। इसलिए आगे बढ़ने में उन्हें थोड़ी कठिनाई भी होती है फिर भी वे हर प्रकार की कठिनाई का सामना करते हुए वहां से निकलते हैं। एक कि0 मी0 की दूरी पार करते ही पानी का स्तर धीरे–धीरे कम होता जाता है। जंगल में तेज हो रही मूसलाध ार बारिश के कारण वहां के काफी पेड़ टूटकर जमीन पर गिरे हुए थे। जिन्हें वे सभी अपने सामने से हटाते हुए आगे बढ़ते हैं।

उन्हें वह पूरा जंगल पार करते–करते शाम हो जाती है। अब तक सभी उस जंगल को पार कर चुके होते हैं फिर भी उनके लिए वह स्थान बिल्कुल भी सुरक्षित नहीं था। अंधेरा होने के कारण उन्हें रोशनी की भी जरुरत थी। वे सभी एक स्थान पर रुककर अपने–अपने लिए एक मशाल बनाकर आगे बढ़ते हैं।

इस समय वे जिस जंगल में चलते हैं, वह पूरा इलाका खूंखार जंगली जानवरों से भरा हुआ था और सभी को उस इलाके को पार करने की जल्दी भी थी। किन्तु वह जंगल इतना बड़ा था की अगर

उसे वह रात–भर भी चलते रहें, तो भी वे उस जंगल को पार नहीं कर सकते हैं।

वे सब चल ही रहे थे कि अचानक ही उन्हें आसमान में कुछ ड्रेगन्स, जो की एलियन्स के बनाये हुए बुराई के थे। दिखते हैं। जिससे यश समझ जाता है की एलियन्स ने एक बार फिर धरती को अपना शिकार बनाया है, लेकिन वह कुछ कर नहीं सकता था क्योंकि उसे अभी जादूई क्रिस्टल नहीं मिला और न ही उसे उसका कुछ पता चला। डॉ. आर्या भी आसमान में उड़ रहे ड्रेगन्स को देखकर हैरान थे। उन को देखकर वे सभी से ऑक्सीहार्ड के बारे में बताते हैं कि अब धरती का तो पता नहीं क्या होगा? अगर ऑक्सीहार्ड आज जिन्दा होता तो एलियन्स इस तरह से हमारी धरती को अपना गुलाम न बनाते।

वे सब चल ही रहे थे कि यश को एक अजीब–सा पेड़ दिखाई देता है, वहे सभी के साथ वहां पर उस पेड़ के पास जाता है। उसे सबसे पहले यश छूकर देखता है और उसके द्वारा पेड को छूते ही वह, जहां पर खड़ा था, उस जगह एक गड्ढा–सा जाता है, जिसमें वह गिरता चला जाता है। सभी घबरा जाते हैं और यश को बचाने के लिए करन भी उस पेड़ को छूता है पर उसे कुछ भी नहीं हुआ और वो गड्ढा जहां से यश जमीन में गया था। वह गड्ढा भी बन्द हो चुका था।

सभी यश को लेकर परेशान थे पर उन्हें यश का कुछ भी नहीं पता चला।

यश उस गड्ढे में गिरते ही सीधे जमीन के नीचे बनी एक सबसे बड़ी भयानक और अजीब गुफा में आ जाता है, जहां पर उसे उस गुफा में चारों ओर मशालें जलती हुई दिखती हैं। जिससे वहां रोशनी होती है। उस गुफा में पहुंचते ही यश को एक अवाज सुनाई देती है ''तुम्हारा स्वागत है 'फायरहार्ड'। यह सुनकर यश अपने चारों ओर देखने लगता है। परन्तु उसे अपने आस–पास कोई भी नहीं दिखाई देता है, वह घबराकर कहता है ''तुम कौन हो, सामने क्यों नहीं आते?''

यश की बातें सुनकर वह उससे पीछे देखने के लिए कहता है। उसकी बात मानते हुए यश पीछे मुड़ता है। पीछे देखने पर यश को एक सांप दिखाई देता है, जो देखने में बड़ा ही विचित्र था।

वह सांप लगभग एक मीटर लम्बा, पीछे से पतला और सामने से मुंह वाला भाग मोटा था। जिसकी आंखें पूरी तरह से मनुष्य की आंखों के समान थीं किंतु मुंह एक सांप की तरह। उसका रंग पूरा काला था।

उसे देखकर यश उससे कहता है "तुम कौन हो और यहां क्या कर रहे हो?" तो वह सांप उससे कहता है "तुम यहां जिसकी तलाश में आये हो वह तुम्हें इसे गुफा को पूरा पार करने के बाद, समुद्र के अन्दर से होकर जाती हुई पानी की दुनिया में मिलेगा।" यश को उसकी बातें तो समझ में आ जाती हैं पर फिर भी वह उससे पूछता है कि उसे यह सब कैसे पता? तो सांप उससे कहता है "मैं आज तक केवल तम्हारे आने का ही इन्तजार कर रहा था और अब तुम ही हमें इस दुनिया से मुक्ति दिला सकते हो।" इस बार उसकी बातें यश की समझ में नहीं आती हैं और वह उससे कहता है "तुम यह क्या कह रहे हो? मेरी समझ में कुछ भी नहीं आ रहा है।" उसे समझाने के लिए सांप अपने अतीत के बारे में बताता है, कि अपने पिछले जन्म में वह खुद एक ड्रेगन था और उसके पाप करने पर ऑक्सीहार्ड ने उसे बुरी तरह से घायल कर दिया था और वह अन्तरिक्ष में चला गया था। वहां पर उसे चमकते हुए सूरज ने उससे कहा कि तुम अब से धरती पर मौजूद क्रिस्टल की रक्षा करोगे और वह भी फायरहार्ड के आने तक। साथ ही वह यह भी कहता है कि अगर उसने क्रिस्टल को चुराकर शक्तिशाली बनने की कोशिश की तो वह बीच में ही एक दुर्लभ सांप के रूप में बदल जायेगा। उसे सिर्फ फायरहार्ड ही ठीक कर सकेगा और मुक्ति दिलाएगा।

उसके बारे में सुनकर यश उससे पूछता है की आखिर वह उसे कैसे उसे मुक्ति दिला सकता है? तो वह कहता है "कि वह अपने असली रूप में आने के बाद, जो तलवार पायेगा। उससे उसका अन्त करना होगा और फिर बुराई का नाश कर इस दुनिया को बचाना होगा।"

उसकी बातें सुनकर यश उससे कहता है "आखिर वह जादुई क्रिस्टल मिलेगा कहां? वह यश से कहता है कि "उसे सामने के रास्ते पर सीधे जाना होगा। जहां पर उसे उसकी मंजिल तक पहुंचाने वाला मिल जायेगा।"

यश उसकी बात मानते हुए उस गुफा के सीधे रास्ते पर निकल जाता है। कुछ दूर पहुंचने पर अंधेरा हो जाता है। उसी समय उसे एक

टुक–टुक की आवाज सुनाई देती है, जिसे सुनकर वह घबरा जाता है पर उसी समय उसके सामने एक जलती हुई आग, जो बीच हवे में जल रही थी, आ जाती है और उसमें से एक छोटी–सी 'रे मछली' बाहर आती है, जो बार–बार टुक–टुक बोलती है। परन्तु यश के लिए यह हैरानी की बात थी कि वह रे मछली हवे में कैसे?

यश उससे बार–बार पूछता है कि वह कौन है? और रे मछली बार–बार टुक–टुक चिल्लाती रहती है, जिससे यश को लगता है कि शायद उसका नाम टुक–टुक ही है।

तभी यश को उस सांप की बात याद आती है, जिससे उसे लगता है की शायद यही उसे उसकी मंजिल तक पहुंचायेगी। इसलिए वो टुक–टुक से जादुई क्रिस्टल तक ले चलने के लिए कहता है। टुक–टुक उसकी बात मानते हुए उसके आगे–आगे गुफा में सीधे चलती रहती है।

वह गुफा देखने में किसी खण्डर से कम नहीं थी। वहां के रास्ते टेढ़े–मेढ़े और उभरी–निचली चट्टानों से बने थे। जिन पर चलना यश के लिए काफी मश्किल था। उसे सबसे ज्यादा मुश्किल तब होती है, जब उसे उस गुफा के ही बहुत ही छोटे रास्तों से गुजरना पड़ता है। पर फिर भी वह बिल्कुल भी हार नहीं मानता है और गुफा के साथ–साथ कहीं झुक कर तो कहीं सीधे खड़े होकर चलते हुए वे मुश्किलों का सामना करता है।

वहां से एक कि0 मी0 की दूरी पार करते ही यश को गुफा में सामने का रास्ता बन्द नजर आता है। उसके पास पहुंचने पर यश को उसके आस–पास या अगल–बगल कोई मोड़ भी नहीं नजर आता है।, जो उसके लिए सबसे बड़ी मुसीबत थी। वह टुक–टुक से कहता है कि अब आगे वे कैसे जायेंगे?

टुक–टुक तुरन्त ही हवे से उतरकर नीचे जमीन पर आती है, जहां वह गुफा के सामने की चट्टान और उसके बगल की चट्टान के बीचो–बीच बने एक छोटे से गड्ढे से होकर गुफा के उस पार चली जाती है।

उसके जाते ही यश की घबराहट पहले से भी ज्यादा बढ़ जाती है। वह टुक–टुक को रोकने की काफी कोशिशें करता है पर टुक–टुक नहीं रुकती है। जिससे यश सोचता है की आखिर अब वह अपने मकसद में कैसे कामयाब होगा?

दूसरी तरफ डॉ. आर्या के साथ मौजूद सभी लोग यश को लेकर काफी परेशान थे। वे सभी उस जंगल में एक किनारे अलग–अलग पेड़ की डालों पर बैठ कर रो रहे थे। उसी समय आसमान में दिन होने के बावजूद भी रात हो जाती है या ये कहें की उजाले में भी अंधेरा छा जाता है। जिसे देखते ही वे सभी घबरा जाते हैं।

ये हाल सिर्फ उनके पास ही नहीं बल्कि साउथ अफ्रीका और उसके आस–पास के सभी देशों का होता है। उन सभी देशों के लोग दिन में अंधेरा देखकर घबरा जाते हैं। जबकि दुनिया भर के वैज्ञानिक दिन के समय अंधेरा होने का कारण पता लगाने की कोशिश में लग जाते हैं।

गुफा में अकेला खड़ा यश नीचे बैठकर, झुककर उस गड्ढे में देखता है, जहां से टुक–टुक अन्दर गयी थी। उसके अन्दर देखने पर यश को बहुत ही अजीब–सा लगता है। वह उसमें देख ही रहा था पर उसी समय उसे टुक–टुक वापस बाहर आता हुआ नजर आता है। जिसे देखकर यश को बहुत खुशी होती है और वह सीधा खड़ा हो जाता है। जिससे टुक–टुक को बाहर आने में कोई परेशानी न हो।

टुक–टुक के बाहर आते ही यश को बहुत ही खुशी होती है लेकिन हैरानी भी। वह इसलिए क्योंकि उसके हाथ में उससे बड़ी एक अजीब–सी चाभी थी।, जिसे वह यश को पकड़ाती है।

यश जैसे ही उस चाभी को पकड़ता है वैसे ही गुफा की ऊपरी चट्टान से यश के सामने पत्थर से बनी बहुत ही पुरानी और बहुत ही मजबूत एक तलवार आ गिरती है। जिसे देखकर यश हैरान हो जाता है।

फिर भी वह उसे उठाकर देखता है। यश के तलवार उठाने पर, उसे उस तलवार के नुकीले भाग में एक छेद दिखाई देता है, जो उस चाभी के नाप का था। जो उसके हाथ में थी।

यश उस चाभी को तलवार में लगाता है, जिससे वह तलवार सोने की तलवार में बदल जाती है और उसके सामने गुफा में पड़ी चट्टान में उस तलवार की नाप का एक गड्ढा हो जाता है जिसमें यश अपनी तलवार डालता है और उसके तलवार डालते ही गुफा में सामने की चट्टान नीचे गिर जाती है। जिससे यश के सामने का रास्ता तो खुल चुका था परन्तु उसके सामने सबसे बड़ी मुसीबत आगे बढ़ना था, क्योंकि आगे जाने के लिए उसे आग की एक बड़ी गुफा से गुजरना था।

आग की वह गुफा नीचे से बहुत गहरी, ऊपर से बहुत ऊंची थी।, जिसमें चारों ओर आग ही आग थी या यह कहें कि उस गुफा की चट्टानें आग से गर्म लाल थीं।

यश का वहां तक का रास्ता बिल्कुल समान था परन्तु उसके आगे जाने के लिए, नीचे गहराई के कारण उसके सामने कोई भी रास्ता नहीं था किन्तु टुक–टुक यश को परेशान देखकर उसे उसके बगल में रखे पत्थर को दिखाती है, जिसे यश छूता है और उसके छूते ही उसके सामने कुछ छोटी–बड़ी चट्टानें आ जाती हैं। जिन पर चलकर यश पार करता है।

वह जैसे ही उसके बीच में पहुंचता है, वैसे ही नीचे से तेज उठती हुई आग की एक ज्वाला आकर यश को लग जाती है। जिससे यश नीचे आग के बने गहरे गड्ढे में गिर जाता है परन्तु उसके उसमें गिरने से पहले ही टुक–टुक उसे अपनी पूरी शक्ति लगाकर बचा लेती है। जिससे यश ऊपर तो आ जाता है पर टुक–टुक अपने अन्त के करीब पहुंच जाती है।

यश के ऊपर आते ही टुक–टुक उसे बिल्कुल सीधे जाने का रास्ता बताकर मर जाती है। यश को उसके मरने से काफी दुख होता है पर उसी समय एक बार फिर आग की एक तेज ज्वाला यश की तरफ आती है लेकिन टुक–टुक के शरीर को अपने साथ लेकर नीचे चली जाती है, जहां उसका शरीर जलकर राख बन जाता है।

उसकी मौत के बाद यश के दिमाग में दुनिया में हो रही तबाही की तस्वीर बनने लगती है, जिससे वह वहां से तुरन्त ही उठकर सीधे अपनी मंजिल की ओर भागता है।

उसी समय उसे याद आता है की वह अपनी तलवार तो आग की गुफा में ही भूल गया है और उसे वापस पाने के लिए वह एक बार फिर उस आग की गुफा में जाता है और उस तलवार को लेकर भागता है।

भागते–भागते यश एक ऐसी जगह पहुंचता है, जहां पर उसके सामने एक समुद्र था और पीछे की ओर पूरा जंगल ही जंगल या ये कहें कि उस गुफा का रास्ता एक जंगल के अन्त और समुद्र के बीचों–बीच खुलता है।

जब यश की नजर आसमान में पड़ती है, तो उसे वहां चारों ओर अंधेरा ही अंधेरा नजर आता है, जिसे देखकर यश को लगता है कि शायद अभी रात होगी।

जबकि पूरी दुनिया में बिजली होने के बावजूद भी अंधेरा छाने के कारण भगदड़ मच गयी थी और दुनिया भर के वैज्ञानिक अचानक ही अंधेरा होने के कारण का पता लगाने की कोशिश में लग गये।

उसी बीच जंगल में मौजूद डॉ. आर्या, करन, लेजली और उनके साथ मौजूद वह व्यक्ति तीनों को ही उसी समय आसमान में हजारों से भी ज्यादा ड्रेगन्स उड़ते हुए दिखाई देते हैं। जिन्हें देखकर डॉ. आर्या को लगता है कि एक बार फिर से एलियन्स ने धरती के मरे हुए ड्रेगन्स को अपने कब्जे में कर धरती पर तबाही मचाने की सोची है। पर उनकी सोच तब सच साबित होती है, जब उन सभी ड्रेगन्स के पीछे से एक एलियन का यान आता दिखता है।

जिससे उन्हें पता चल जाता है कि हकीकत में यह एलियन्स की ही चाल है। वे यह बात अपने साथ के सभी लोगों को बताते हैं और सभी के साथ एक पेड़ के नीचे बड़ी ही चतुराई के साथ छिप जाते हैं।

उसी समय एलियन के यान के पीछे से आते हुए ड्रेगन्स आसमान से धरती पर सीधे आग के व अनेक हमले करते हैं। जिससे वहां का इलाका जंगल होने के कारण, उस जंगल के सभी पेड़ जलने लगते हैं परन्तु जैसे ही डॉ. आर्या के पास के पेड़ों में आग लगती है, वैसे ही वे अपने साथ सभी को लेकर वहां से तेजी से उस ओर भागते हैं जहां एलियन्स अपना हमला नहीं करते हैं। लेकिन उस ओर भागना भी उन्हें महंगा पड़ता है क्योंकि उस ओर से भी कुछ ही क्षण में ड्रेगन्स आने लगते हैं, जो वहां पर बड़ी भयानक तबाही मचा देते हैं।

इस तरह से एलियन्स के ड्रेगन्स दुनिया के लगभग 1/2 प्रतिशत जंगल को तबाह करने में लग जाते हैं। जिससे पूरी दुनिया ड्रेगन्स के खौफ में आ जाती है कि कहीं ड्रेगन्स उनके देश या शहर में अपना हमला न कर दें।

कुछ ही देर में यश के आस–पास भी वे ड्रेगन्स आसमान में तबाही मचाने लगते हैं। यश को देखते ही वे सभी ड्रेगन्स यश की ओर आने लगते हैं, जिससे यश घबरा जाता है।

उसी समय यश से कुछ दूर की धरती फटने लगती है, जिसे देखकर यश और भी ज्यादा घबरा जाता है परन्तु वहां से धरती फाड़कर ऑक्सीहार्ड बाहर आकर यश की ओर भगते हुए आता है।

यश उसे पहचान जाता है और उसे आते देखकर उसे भी खुशी होती है।

ऑक्सीहार्ड यश के पास आते ही उसे अपनी शक्तियों द्वारा अपनी पीठ पर बैठाकर सीधे समुद्र की ओर भागता है जबकि एलियन्स के बनाये बहुत से ड्रेगन्स यश के साथ ऑक्सीहार्ड का पीछा करने लगते हैं। लेकिन ऑक्सीहार्ड इतना ताकतवर था कि उसे पकड़ना बिल्कुल भी आसान नहीं था।

ऑक्सीहार्ड वहां से सीधे यश को लेकर समुद्र के अन्दर चला जाता है, जहां पर यश के बाल बड़े होने के कारण पानी के साथ बिखर जाते हैं। लेकिन उसे पानी के अन्दर सांस लेने में कोई भी कठिनाई नहीं होती है।

वे सभी ड्रेगन्स उन दोनों का पीछा न छोड़कर पानी के अन्दर भी चले जाते हैं। ऑक्सीहाड और यश उनके बीच की दूरी लगभग तीन कि0 मी0 होने के कारण उन ड्रेगन्स का उन्हें पकड़ना मुश्किल ही नहीं बल्कि नामुमकिन भी था।

पानी के अन्दर काफी दूरी पर पहुंचने पर यश को एक चमकीली रोशनी दिखाई देती है, जिसमें ऑक्सीहार्ड यश को लेकर अन्दर चला जाता है।

उसके साथ–साथ वे सभी ड्रेगन्स भी उसके अन्दर चले जाते हैं। उन सभी ड्रेगन्स की कोशिश यश को मारने की थी परन्तु ऑक्सीहार्ड उसे बचा रहा था।

उस समय वे सभी समुद्र की निचली सतह में, उसे पार कर धरती के नीचे भरे पानी में आ जाते हैं, जहां पर यश को एक बड़े से ड्रेगन (फायरहार्ड) का कंकाल दिखाई देता है, जो उसके पिछले जन्म में उसका ही रूप था सिर्फ फर्क इतना था कि वह अपने पिछले जन्म में एक ड्रेगन था।

उसे फायरहार्ड के अन्दर एक छोटी–सी चमकीली रोशनी दिखाई देती है। जिसे देखकर वह काफी हैरान था। उस कंकाल के पास पहुंचते ही ऑक्सीहार्ड यश को उस कंकाल के अन्दर उतारकर, उसकी तरफ आ रहे सभी बुरे ड्रेगन्स का नाश करने में लग जाता है।

यश फायरहार्ड के कंकाल के अन्दर न ही नीचे जाता है और न ही ऊपर। वह उसके अन्दर पूरी तरह से सुरक्षित था। उसके अन्दर यश उस चमकीली रोशनी के पास जाता है। जिसे देखकर वह काफी हैरान

रह जाता है क्योंकि वह एक 'जादुई क्रिस्टल' था जिसकी तलाश में वह लगा था।

उस क्रिस्टल के पास यश के पहुंचते ही उस क्रिस्टल में से एक आवाज आती है कि "तुम्हारा स्वागत है 'फायरहार्ड'। अब से यह क्रिस्टल पूरी तरह से तुम्हारा।"

जिससे यश को काफी खुशी होती है और वह उसे छूता है। उसे छूते ही यश अपने कंकाल के साथ अपने पिछले जन्म के रूप फायरहार्ड में बदल जाता है।

वह किस्टल पाकर और लम्बे समय से दूर होने के कारण पहले से भी ज्यादा शक्तिशाली था। साथ ही उसका रूप भी पहले से बहुत ही अलग था।

यश फाहरहार्ड के रूप में बदलते ही बड़ा गुस्सैल और खतरनाक लगता है और वह अपने उसी रूप में, वहां से सीधे दौड़ते हुए उन सभी बुरे ड्रेगन्स की ओर भागता है, जिनसे ऑक्सीहार्ड लड़ रहा था।

फायरहार्ड उन सभी को पानी के अन्दर इतनी बुरी तरीके से मारना शुरू करता है की बुराई के सभी ड्रेगन्स वहां पर चारों ओर जा गिरते हैं, और गिरते ही मर जाते हैं। फायरहार्ड उन्हें कभी अपनी पूंछ, तो कभी अपने मुंह की शक्तियों से मार रहा था।

फायरहार्ड को लड़ता देख ऑक्सीहार्ड उन सभी ड्रेगन्स को छोड़कर वहां से सीधे जंगलों और शहरों में हो रही तबाही की ओर भागता है। परन्तु वहां पर पानी में मौजूद सभी बुरे ड्रेगन्स से लड़ता रहा।

सभी बुरे ड्रेगन्स का अन्त करते ही फायरहार्ड वहां से सीधे समुद्र में उसके बीचो–बीच जाता है और वहां से सीधे ऊपर आसमान की ओर निकलता है, जिससे समुद्र का पानी बहुत ही तेज उछाल के साथ उठता है और फायरहार्ड वहां से सीधे जंगल में हो रही तबाही को रोकने के लिए भागता है।

चारों ओर अंधेरा और गुस्से में होने के कारण फायरहार्ड अपने मुंह से आग की ज्वाला निकाल रहा था। उसकी पूंछ में से भी आग निकल ही रही थी।

फायरहार्ड को आसमान में आते समय सबसे पहले उस एलियन का यान दिखता है, जो ड्रेगन्स के साथ आ रहा था। फायरहार्ड उसके पास

जाते ही उस पर अपने पैर से आग निकालते हुए एक ऐसा बार करता है, जिससे एलियन्स का वह यान वहीं पर विस्फोट कर देता है और उसमें मौजूद एलियन्स मर जाते हैं।

वहां से निकलते ही फायरहार्ड डॉ. आर्या और उनके साथियों के पास आता है, जहां पर ड्रेगन्स आसमान से अपने हमला कर रहे थे।

फायरहार्ड वहां पर आते ही सीधे उन सभी ड्रेगन्स पर टूट पड़ता है और उन सभी को भी अपने अलग—अलग हमलों से खत्म कर देता है। वी जिन ड्रेगन्स को मार रहा था, वे सभी ड्रेगन्स धरती पर आ गिर रहे थे, जिनमें से तीन ड्रेगन्स डॉ. आर्या और उनके साथियों के पास आ गिरते हैं, जिससे लेजली उनमें से एक ड्रेगन की पूंछ के नीचे दब जाती है। जिसे वे सभी मिलकर निकालने की भी कोशिश करते हैं पर उस ड्रेगन की पूंछ भारी होने के कारण उनसे नहीं उठती है। तभी वहां पर आसमान से सभी बुरे ड्रेगन्स का विनाश कर फायरहार्ड धरती पर आता है और उस ड्रेगन के किनारे की पूंछ को अपने मुंह में दबाकर इतनी तेजी से गोल—गोल घुमाता है कि वह उस ड्रेगन के साथ आसमान में आ जाता है और वहां पर वह उसे इतनी तेजी से फेंकता है कि उसके सामने से आ रहे कुछ ड्रेगन्स उसके साथ ही वहां से सीधे एक पहाड़ी इलाके की तरफ जा गिरते हैं, जहां पर वो सभी पहाड़ की एक चोटी के अन्दर धंस कर मर जाते हैं।

ऑक्सीहार्ड केपटाउन शहर में तबाही मचा रहे ड्रेगन्स को मारने की काफी कोशिश करता रहता है पर उनमें से कुछ ड्रेगन्स इतने शक्तिशाली थे जो शहर की बिल्डिंगों को गिराने में लगे रहते हैं।

यह हाल न सिर्फ केपटाउन शहर का ही नहीं था बल्कि काफी देशों का था।

फायरहार्ड ऑक्सीहार्ड के पास पहुंचते ही हवा में तबाही मचा रहे सभी ड्रेगन्स से लड़ता है। वे सबसे पहले उन सभी ड्रेगन्स को मारता है, जो शहर की बिल्डिंगों को गिराने में लगे थे।

फायरहार्ड उस शहर के सभी बुरे ड्रेगन्स का अन्त करते ही सीधे बाकी तबाह हो रहे शहरों की ओर 'मौत के सौदागर' की तरह बढ़ता है।

फायरहार्ड और शहर में एलियन्स द्वारा फैलाये गये बुरे ड्रेगन्स के बीच ये दुनिया का सबसे बड़ा युद्ध चार दिनों तक चलता रहता है।

चार दिनों बाद जब एलियन्स के बुराई के सभी ड्रेगन्स का फायरहार्ड अन्त कर चुका होता है पर फिर भी एक ड्रेगन बुराई का बचता है। जिसे फायरहार्ड अपने शरीर से सोने की तलवार निकालकर बिल्कुल ही एक मनुष्य की तरह खड़ा होकर अपने हाथों से पकड़कर मार देता है। उसके मरते ही पूरी दुनिया में एक बार फिर से उजाला हो जाता है और सभी बुराई के ड्रेगन्स जिनका शरीर मरने के बाद जमीन पर पड़ा था। वहां से खुद ब खुद गायब हो जाते हैं।

एक बार फिर पूरी दुनिया खुशी से झूम उठती है। आसमान में पक्षी वापस अपनी आजदी का जश्न मनाते हुए उड़ते हैं और एक बार फिर से सूरज सुबह—सुबह लाल होकर दुनिया में अच्छाई का संकेत देता है।

उस समय ऑक्सीहार्ड फायरहार्ड के साथ उड़ता हुआ ऐसी पहाड़ी चट्टानों के बीच आता है, जहां पर वे चारों ओर पहाड़ी चट्टानों से घिरे रहते हैं। लेकिन जगह इतनी खुली थी कि उन दोनों को ही उस समय बहुत ही अच्छा महसूस हो रहा था। दोनों ही मिलकर वहां पर चारों ओर दौड़ते हुए अपनी स्वतन्त्रता का जश्न मनाते हैं क्योंकि एक बार फिर से पिता ऑक्सीहार्ड और बेटा फायरहार्ड एक हुए थे।

उसी समय फायरहार्ड को उस सांप के बारे में याद आता है, जिससे वह वहां दौड़ता हुआ सीधे उस गुफा में जाकर उस सांप से मिलता है, जिसने उसे रास्ता दिखाया था। फायरहार्ड उसे वहां पर अपने असली रूप में होने के कारण अपनी तलवार अपने शरीर से निकालता है और बिल्कुल ही एक मनुष्य की तरह खड़ा होकर अपने हाथ से तलवार पकड़कर उस सांप को मार देता है। जिससे वहां पर तेजी से एक धमाका होता है और पूरी गुफा में विस्फोट हो जाता है। उस गुफा के विस्फोट होते ही फायरहार्ड वापस अपने पिता ऑक्सीहार्ड के पास आकर गिर जाता है और वह सांप एक रोशनी में बदलकर सीधे आसमान की ओर चला जाता है, जिसे देखकर वह बहुत ही खुश होता है।

जंगल में डॉ. आर्या, करन, लेजली और उनके साथ मौजूद वह व्यक्ति चारों ही मिलकर अपनी वापसी के लिए आगे बढ़ने की सोचते हैं। किन्तु उसी समय वहां उन्हें अपने सामने से एक छोटा ड्रेगन आता दिखाई देता है, जो डॉ. आर्या को देखने में बहुत ही अच्छा और सच्चा लगता है।

डॉ. आर्या और वे सभी उसके पास जाकर देखते हैं। तो उन्हें वह ड्रेगन वहां पर अकेला ही नजर आता है परन्तु वह बहुत ही खुश था। वह ड्रेगन उन सभी को वहां से सीधे अपनी पीठ पर बैठाकर वहां पर लेकर आता है, जहां ऑक्सीहार्ड और फायरहार्ड दोनों ही मिलकर जश्न मना रहे थे।

वहां आने पर डॉ. आर्या की नजर सबसे पहले ऑक्सीहार्ड पर पड़ती है। जिसे एक बार फिर देखकर वे बहुत खुश होते हैं और उन्हें उसे देखकर इतनी खुशी होती है कि वे दौड़े–दौड़े ऑक्सीहार्ड के पास जाकर उसे लिपट जाते हैं।

ऑक्सीहार्ड को भी बहुत ही खुशी थी। फायरहार्ड वहां पर उन सभी के साथ मौजूद उस छोटे ड्रेगन को देखकर हैरान हो जाता है और वह उसके पास जाकर भी देखता है किन्तु उसे समझ में नहीं आता है।

तभी वह छोटा ड्रेगन टुक–टुक का रूप ले लेता है और बार–बार टुक–टुक कहने लगता है। जिसे देखकर कर फायरहार्ड को हैरानी होती है और तुरन्त ही वह अपना रूप बदलकर अपने मनुष्य के रूप यश में आ जाता है। जिसे देखकर सभी हैरान रह जाते हैं। अपने असली रूप में आते ही यश वहां से सीधे टुक–टुक की ओर जाता है और उसे खुशी से अपने गले लगा लेता है।

उसके बाद यश सीधे डॉ. आर्या के पास जाता है और उनसे गले मिलता है। डॉ. आर्या के साथ सभी यश को वापस पाकर बहुत ही खुश थे। डॉ. आर्या से गले मिलने के बाद वह करन से, लेजली से और उस व्यक्ति से भी गले मिलता है।

उन सभी के एक होने से आसमान से हल्की–हल्की बारिश की बूंदे गिरने लगती हैं, तभी डॉ. आर्या उस व्यक्ति के पास आते हैं जिसने उनका रास्ते भर साथ दिया था। उसके पास आकर वे उससे कहते हैं ''दोस्त पूरा सफर बीत गया, पर हमने आपका नाम तक नहीं पूछा।'' उनकी बात सुनते ही वह व्यक्ति धीरे–धीरे एक रोशनी में बदलने लगता है और उसके साथ ही उसका रूप भी बदलने लगता है। जिससे वह कुछ ही समय में हवा में जाकर डॉ. मल्होत्रा का रूप ले लेता है। क्योंकि वह कोई और नहीं, बल्कि यश के पिता डॉ. मल्होत्रा की आत्मा थी। जिसे

देखकर सभी खुश होते हैं, खासकर यश। अपने पिता को एक बार फिर देखकर। उसकी आंखों में आंसू आ जाते हैं। जिसे देखकर डॉ. मल्होत्रा की आत्मा चलकर उसके पास आती है और कहती है "बेटा अब तुम्हें इस धरती की, पृथ्वीवासियों की रक्षा करनी है।"

उसी समय डॉ. आर्या यश का हाथ पकड़कर अपने हाथ के साथ उठाते हैं और तेजी से चिल्लाकर कहते हैं "ये है धरती का रक्षक 'फायरहार्ड'।"!!

∎∎∎